산속의 가을 저녁 山居秋暝

빈 산, 새로 내린 비 막 갠 뒤
날 저물자 가을이 깊어졌다
밝은 달 소나무 사이로 비치고
맑은 샘물은 돌 위로 흐른다
대나무 숲 시끄럽게 빨래 하는 아낙네들 돌아가고
연꽃 요동치게 고깃배가 내려가네
봄날의 향기로운 꽃 없어진들 어떠리
은자만 절로 머물만 한 것을

空山新雨後 天氣晚來秋 明月松間照 清泉石上流
竹暄歸浣女 蓮動下漁丹 隨意春芳歇 王孫自可留

太極劍刀解用

태극검해(太極劍解) 2

한성수 新무협 판타지 소설

초판 1쇄 찍은 날 § 2005년 4월 25일
초판 1쇄 펴낸 날 § 2005년 5월 4일

지은이 § 한성수
펴낸이 § 서경석

편집장 § 문혜영
편집책임 § 장상수
편집 § 이재권 · 한지윤

펴낸곳 § 도서출판 청어람
등록번호 § 제1081-1-89호
등록일자 § 1999. 5. 31
어람번호 § 제1-0589호

주소 § 경기도 부천시 원미구 심곡1동 350-1 남성B/D 3F (우) 420-011
전화 § 032-656-4452 팩스 § 032-656-4453
http://www.chungeoram.com
E-mail § eoram99@chollian.net

ⓒ 한성수, 2005

ISBN 89-5831-526-1 04810
ISBN 89-5831-524-5 (세트)

太極劍解

太극검해

한성우 新무협 판타지 소설

Fantastic Oriental Heroes

2

삼담인월(三潭印月), 달밤의 검무

도서출판
청어람

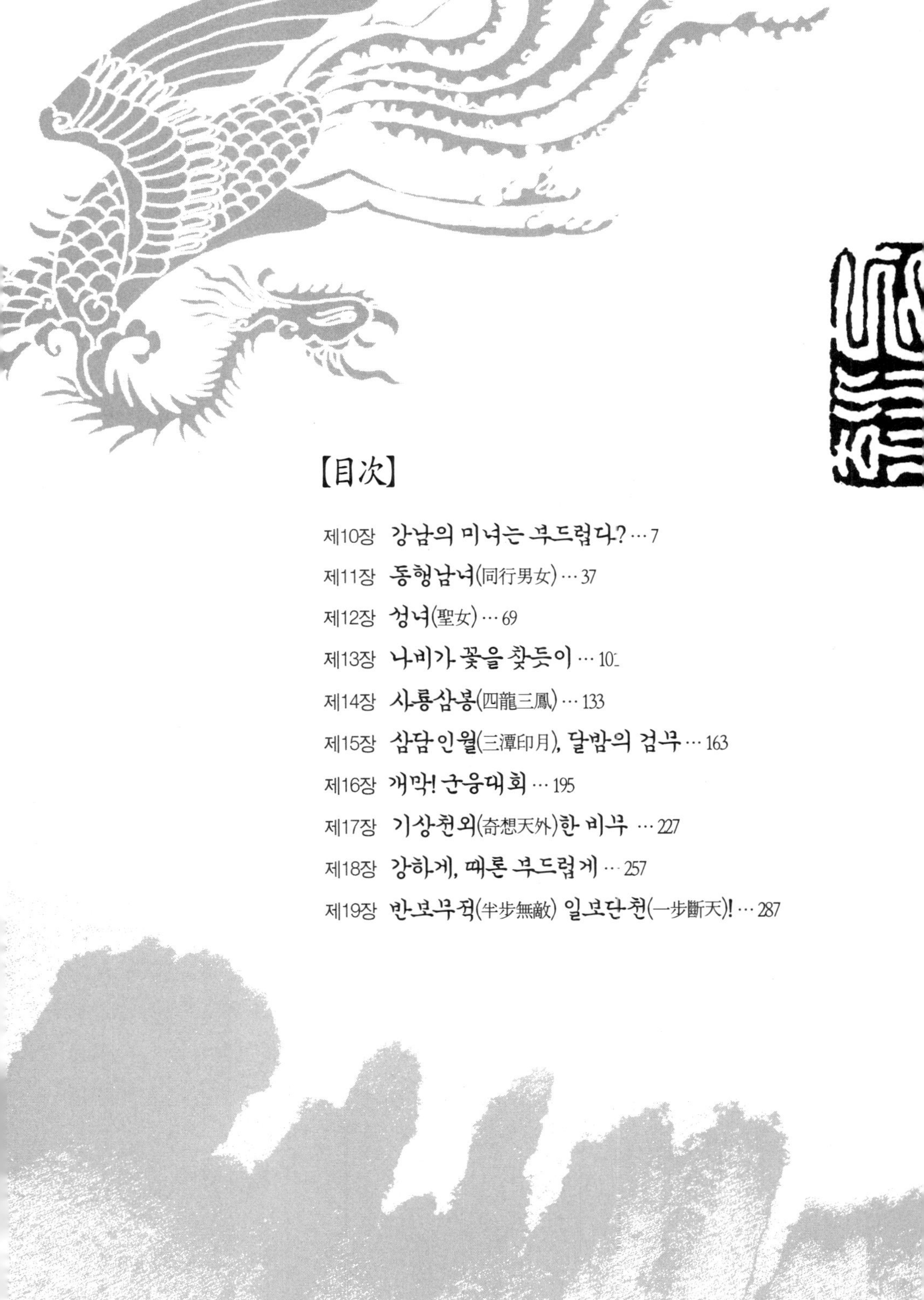

【目次】

◆ 第十章 ◆
강남의 미녀는 부드럽다?

청해성(青海省)을 가로지르는 대산맥 곤륜(崑崙).

그중에서도 가장 심처에 위치한 십만대산(十萬大山)에 천마신교는 자리잡고 있다.

본래 곤륜의 주인이던 곤륜파(崑崙派)조차 외곤륜으로 밀어낸 이 강대한 세력의 중심에는 마종주(魔宗主)라 불리는 교주와 장로인 오마, 십대마군이 있었으나, 현 시점에선 꽤나 무의미한 지위 체계였다.

무림 중에 마교라 불리던 천마신교를 마도제일세이자 천하제일세로 존재할 수 있게 했던 무상제일신마 마선 담천위!

절대거인의 사후 교주의 자리는 공석이 됐고, 오마는 분쟁을 일으켰으며, 십대마군 또한 아직 주인을 정하지 못했다.

그만큼 담천위의 빈자리는 컸고, 구주 이십오성에 속한 오마 간의 알력과 자존심은 하늘 아래 짝을 찾을 수 없었다. 사실 담천위를 제외하곤 오마와 십대마군 모두를 아우른다는 건 거의 불가능한 일이나 다름없기도 했다.

그러나 당금에 이르러서도 천마신교는 절대적인 무위를 자랑하고 있었다. 과거 담천위가 정마대전을 벌이기 직전 조직해 놨던 마교 오대부대의 무력만으로도 천하에서 천마신교에 대항할 단일 세력은 찾을 수 없었다.

천마신교 외성(外城).

오대부대의 으뜸인 천마무적대의 본부로 짧은 석양이 스멀거리며 밀려들었다. 주변의 산정 전체를 불태울 듯 강렬하고 황홀한 핏빛 물결.

그 강렬한 석양 속에 우두커니 선 흑의 미청년이 있다.

천마무적대주 마군자 상유하.

떠오르는 마도의 신성, 혹은 마성이라 불리는 자.

상유하의 미간이 가볍게 치켜 올라갔다. 항시 이 시간만큼은 홀로 있기를 원하는 그의 의지를 거스르는 검은 그림자가 배후에 모습을 드러냈음을 직감했기 때문이다.

"영마(影魔) 천좌께서 이런 곳까지 어쩐 일이신지요?"

상유하의 입에서 흘러나온 말이 놀랍다.

영마 반여삭.

당금 천마신교를 대표하는 오마의 일원이자 천하제일의 경공술을 지녔다고 알려진 절대고수이다. 일개 외성의 천마무적대 본부에 모습을 보일 사람이 아니란 뜻이다.

그러나 더욱 놀라운 일은 따로 있었다. 상유하의 호명이 있은 것과 동시, 천하의 반여삭이 마치 짚단처럼 바닥에 부복한 것이다.

"상 공자의 명상을 깬 죄, 심히 크오이다."

"……."

듣는 이의 심금을 갉아먹는 듯한 목소리에 상유하가 천천히 신형을 돌려 세웠다. 쏟아져 내린다는 표현이 어울릴 듯한 석양과 거의 하나가 되어 있던 조화가 그제야 깨졌다.

'그런데도 전혀 위화감이 느껴지지 않는다? 상 공자의 성취가 또 한 단계 진전됐구나!'

반여삭은 내심 가볍게 탄복하며 상유하에게 짧게 보고했다.

"광마가 돌아왔습니다."

"광마 천좌가요?"

"예, 진짜 그 미친 녀석은 그토록 오랜 세월 동안이나 무당파에 갇혀 있었던 것 같습니다."

"이번 작전에 투입됐던 사마 대장으로부터 아직 적절한 보고가 오지 않은 걸 보면, 천살혈영대는 궤멸에 가까운 타격을 입었겠군요?"

"사마진궁, 그 아이는 광마가 어떻게 구해온 것 같습니다만, 나머지 천살혈영대는 모두 무당파에 붙잡히거나 죽은 것 같습니다."

상유하의 입가에 부드러운 미소가 떠올랐다.

"허공과 허무가 없는 무당파라 하나 아직 허수아비는 아니라는 거군요."

"북검신도는 그리 녹록한 말코는 아닙니다."

"그렇겠지요."

반여삭의 말에 미미하게 고개를 끄덕인 상유하가 화제를 바꿨다.

"광마 천좌가 본 교에 돌아왔다는 건 역시 교주 직에 도전하려는 걸 테지요?"

"그럴 것입니다. 하지만 지난 삼십여 년간 광마가 무공에 전념했다 한들 다른 사마를 압도할 순 없을 겁니다. 어차피 오마 간의 무공 격차는 과거나 지금이나 별반 차이가 없을 테니까요."

"그러나 그 점은 광마 천좌 역시 알고 있지 않겠습니까?"

"상 공자의 뜻은?"

"알고도 찾아왔다면 그만한 자신감이 있을 거라는 겁니다."

일순 반여삭의 입가에 흐릿한 미소가 떠올랐다.

"흐흐, 광마의 무공이 일취월장했다 한들 이제 와서 무얼 할 수 있겠습니까? 어차피 신교의 위아래는 이미 상 공자께서 장악하고 계신 것을……."

"방심은 금물입니다. 아직 십대마군들 중 몇 명은 전대에 천하를 호령했던 담 교주의 추억을 잊지 못하고 있으니까요."

"그건……."

상유하의 입가에 다시 부드러운 미소가 떠올랐다.

"그나저나 십대마군들의 사랑을 한 몸에 받고 있는 성녀(聖女)께서는 또 신교를 빠져나갔다고요?"

"그렇습니다."

"이번엔 또 어디라고 하던가요?"

"아무래도 상 공자의 격장지계(激將之計:상대 장수의 감정을 결정적으로 자극시켜 의도하는 방향으로 이끄는 계책. 흔히 성격이 급한 적장을 상대로 사용한다)에 넘어간 만독문과 독조 갈홍경을 막기 위해 열리는 정파 무림맹의 군웅대회를 구경간 것 같습니다."

"여전히 재밌는 아가씨군요."

“철이 없는 것이지요.”
반여삭의 얼굴에 음흉한 미소가 떠올랐다.

*　　　　　*　　　　　*

소주는 강소성(江蘇省) 남부의 양자강 삼각주 평원 위에 자리잡고 있는 도시이다.

서남쪽으로는 태호(太湖), 북쪽으로는 양자강(揚子江)과 접해 있으며, 동쪽으로는 상해(上海)에 근접해 있고, 남쪽으로는 항주(杭州)를 바라보고 있다.

도시 전체가 운하로 이루어져 있는 소주는 예로부터 아름다운 정원과 미인으로 유명했다. 부드럽고 현숙하며 아름다운 소주 미인이란 말은 천하 뭇 남성들에겐 동경의 대상에 다름 아니었다.

“소주에 아는 사람이 있다구?”

무당산을 내려와 꼬박 한 달 만이다. 대운하와 외성하(外城河)가 마치 옥으로 만든 두 개의 허리띠처럼 아름다운 소주의 성곽 안에 들어선 진자운 일행은 한나절을 헤맨 끝에 태호 강변으로 향하는 길 한 켠에 털썩 주저앉았다. 현음이 그토록 호언창담했던 ‘아는 사람’ 을 찾지 못한 까닭이다.

진자운의 핀잔을 받은 현음이 슬그머니 고개를 외로 꼬았다.

“그야, 험난한 세상이 아닙니까!”

“험난한 세상?”

“살다 보면 어떤 일을 만날지 알 수 없다는 겁니다. 한 치 앞도 내다

볼 수 없는 게 인생인데, 어찌 이 사질이 오늘과 같은 황당한 경우를 당할지 알 수 있었겠습니까."

"그러니까 현음 사질에겐 전혀 죄가 없다?"

"다 팔자소관인 게지요."

진자운이 참지 못하고 소매를 걷어붙이자 현음이 놀라 얼른 뒤로 물러섰다. 소주로 향하는 동안 툭하면 비무를 가장한 감정 싸움을 벌여온 두 사람이기에 공수를 준비하는 모양새가 꽤나 자연스러웠다.

'또 싸우려는 게냐, 또!'

내공이 금제된 상태로 하루 종일 두 사람의 뒤를 쫓아다닌 장진구가 내심 크게 한탄을 토해냈다.

벌써 그의 뱃속에서는 식충이들이 꽤나 심하게 난리법석을 부린 지 오래였다. 지금 와선 거의 전쟁터나 다름없었다. 다 현음의 '아는 사람'을 찾기 위해 점심을 건너뛰었기 때문이다.

그런데 한번 붙었다 하면 싸우는 건지 무공 연마를 하는 건지 알 수 없는 두 사람이 또 드잡이질을 한단다.

꼬르륵!

결국 뱃속에서 다급한 신호를 보내오자 장진구가 결심한 듯 아랫입술을 꽉 깨물었다. 어떡하든 두 사람이 하루 종일 대타(對打)를 하는 것만은 막아야 했다.

"두 분, 잠시 내 말 좀 들어주시오!"

"왜!"

"왜?"

거의 동시에 두 개의 서로 다른 목소리가 똑같이 퉁명스런 반응을 보였다. 말을 꺼낸 장진구의 목이 자라목이 되었다.

그는 그다지 잘못한 것이 없음에도 괜시리 뒤로 비실비실 물러서며 얼굴에 비굴한 표정을 떠올렸다.

"그, 그것이……."

진자운의 눈 가장자리가 대번에 주욱 찢어졌다.

"자식, 사내새끼가 말을 꺼냈으면 화통하게 할 것이지 뭘 그렇게 더듬거려!"

'툭하면 사람의 갈비뼈를 걷어차는 네 녀석이 할 소리냐!'

장진구는 불끈 치밀어 오르는 울화통을 억지로 억누른 채 자동적으로 허리를 굽실거렸다.

"그렇습지요. 지당하신 말씀입니다."

"그래서!"

진자운의 목소리가 올라갔다. 여기서 더 시간을 지체하면 현음과 행하려던 대타를 장진구의 몸을 상대로 펼칠 공산이 컸다. 물론 내공이 금제된 현재의 장진구로선 진자운의 권각을 피해 도망칠 수도 없다.

얼른 생각을 정리한 장진구가 말했다.

"사실 소주에 대해 저도 알 만큼은 압니다."

"어떻게?"

"어린 시절, 태호 부근의 녹림수채에서 잠시 몸을 의탁한 일이 있어서……."

퍽!

장진구가 잔뜩 신경을 곤두세우고 있던 진자운은 아무런 움직임이 없었다.

장진구의 옆구리를 발로 걷어찬 건 옆에서 두 사람의 대화를 조용히 경청하고 있던 현음이었다.

‘왜? 왜!’

장진구가 진실로 억울한 표정으로 노려보자 현음이 사뭇 근엄한 표정을 지어 보이며 말했다.

“진작 네 녀석이 길 안내를 자청했으면 소사숙과 내가 이런 후미진 곳에서 헤매고 다닐 필요가 없었지 않겠느냐!”

“그야 하도 어린 시절의 일이라 기억이 가물가물한 데다, 현음 도장께서 워낙 자신만 믿으라고…….”

“더 맞고 싶은 건가?”

“…….”

장진구는 얼른 입을 닫았다. 마음속에 분함과 억울함이 잔뜩 들어차 폭발할 것 같았으나 더 얻어맞는 건 싫었다. 그때 진자운의 만사 귀찮다는 목소리가 그의 귓전을 때렸다.

“아아, 됐고! 일단 배가 고프니까 빨랑 요기부터 해결할 수 있는 곳으로 안내해!”

꼬로록!

진자운의 말이 떨어지기가 무섭게 장진구의 뱃속에서 다시 아우성이 터져 나왔다.

장진구는 한동안 어린 시절의 기억을 더듬다 결국 사람들이 많이 향하는 방면을 목표로 잡았다.

그의 경험상 사람이 많이 꼬이는 곳은 볼 만한 구경거리가 마련된 곳, 상을 당한 곳, 잔치가 벌어지는 곳이 대부분이었다. 물론 아닌 경우도 있겠지만 장진구로선 일단 모험을 걸 수밖에 없는 상황이었다.

장진구의 모험은 성공이었다.

사람들을 쫓아 한참 걸어가다 보니 시원스런 바람과 함께 태호가 모습을 드러냈고, 그 주변에는 몇 개의 선상 주점과 꽃배들이 화려한 자태를 뽐내고 있었다.

'웃샤!'

장진구가 내심 주먹을 불끈 쥐어 보이는 순간, 현음의 발길질이 다시 그의 등짝을 강타했다.

퍽!

"어이쿠!"

장진구는 비명을 지르면서도 바닥을 뒹구는 것만은 간신히 모면했다. 다른 때 같았으면 한 대라도 매를 덜기 위해 일부러라도 바닥을 구른 후 죽는다고 소리를 질렀을 것이다. 하지만 지금은 보는 눈이 너무 많았다. 그런 남부끄러운 짓을 하기엔 쪽이 팔렸다.

그러자 현음의 눈꼬리가 치켜 올라갔다. 평소와 달리 비틀거리면서도 용케 쓰러지지 않고 버티는 장진구의 모습이 마음에 들지 않았다.

이번엔 손을 쓰려는 현음의 도포자락을 슬그머니 잡아당기며 진자운이 만류했다.

"보는 눈이 너무 많다."

현음이 주변을 슬쩍 둘러보곤 미미하게 고개를 끄덕였다.

"그렇군요."

"그래, 나중에 천천히……."

뒷말을 흐리는 진자운을 장진구가 더욱 치떨린다는 표정으로 바라봤다. 잠시나마 현음의 구타를 말리는 그의 모습에 감격했던 자신이 원망스러웠다.

그때 현음이 짐짓 도사다운 목소리로 말했다.

"여기 소사숙은 속인이라 괜찮지만, 빈도는 어디까지나 도사의 신분
이다. 어찌 너는 빈도를 술 향기 감도는 악의 소굴로 이끌어 죄의 유혹
에 빠지게 만들려는 것이더냐!"

'그거 때문이었냐!'

장진구는 내심 버럭 소리치곤 평소보다 조금 덜 허리를 굽신거리
며―물론 별 차이는 없다―말했다.

"도장님, 물론 이곳에선 술을 팔긴 합니다만, 태호에서 막 잡아 올린
맛 좋은 생선 요리와 감주도 있습니다."

"감주?"

"예, 감주이지 결코 술이 아닙지요."

평소 별다른 표정의 변화를 보이지 않던 현음의 입가에 흐뭇한 미소
가 떠올랐다. 바로 장진구의 입에서 그가 원하던 말이 흘러나오자 기
분이 좋아진 것이다.

"험험, 빈도 역시 소주가 어미지향(魚米之鄕)이라 불린다는 말은 들
어본 바 있는데……."

"어미지향?"

진자운이 묻자 현음이 얼른 설명해 줬다.

"소주는 물산이 풍부하고 고기의 맛이 좋아 그리 불리지요."

"한마디로 고기와 쌀의 맛이 좋다는 뜻이군?"

"그렇습니다."

"그럼, 그 맛 좋다는 고기와 쌀 맛 좀 보러 가볼까? 현음 사질은 한
동안 맛을 보지 못한 감주로 목이나 축이고."

진자운이 히죽거리며 말하자 현음이 얼른 정중하게 대답했다.

"소사숙께서 명하신다면 이 현음, 따르지 않을 도리가 없지요."

“뭐, 굳이 강요하는 건 아닌데…….”

“아닙니다! 소사숙의 명을 어찌 따르지 않을 수 있겠습니까!”

“흠, 그 말 잊지 말라구!”

진자운이 오금을 박자 현음의 표정이 잠시 움찔했으나 내색을 하진 않았다. 이미 맛 좋은 술을 앞에 뒀으니 마시고 보자란 생각을 한 것이다.

그때 두 사람의 모습을 힐끔거리고 있던 장진구의 눈 깊은 곳에서 잠시 기광이 스쳐 지나갔다. 선상 주루가 늘어선 태호변 일각에서 큼지막한 소란이 인 것과 동시의 일이다.

“이 새끼들아! 주둥이를 확 뭉개놓기 전에 빨랑 바닥에 꿇지 못하겠냐!”

시정을 뒹구는 사내라 해도 쉽사리 내뱉기 어려운 말이다. 그러나 그 목소리의 주인공은 젊은 여인이었다. 그것도 오 척 일곱 치(약 171cm)는 되어 보이는 훤칠한 키에 이목구비가 선명한 미인이었다.

여인은 여염집 규수와 달리 몸에 착 달라붙는 붉은색 무복을 걸치고 있었는데, 지금 잔뜩 화가 나 안색에 붉은 기가 감돌고 있었다.

그녀의 주변을 둘러싼 다섯 명의 비열하게 생긴 화복청년들과 무관하진 않을 성싶은 모습이다.

여인과 다섯 사내 외에 주변을 에워싼 구경꾼들의 표정엔 연민과 안타까움이 가득했다. 그녀의 앞을 막아선 다섯 사내들의 정체를 아는 까닭이다.

‘쯔쯧, 어째 저런 미인이 하필이면 오견(五犬)에게 걸렸단 말인가!’

‘오늘 또 애꿎은 처녀 하나가 신세를 망치겠구나!’

오견.

소주의 다섯 개새끼로 불리는 무뢰한들의 별명이다. 그들끼리는 소주오공자(蘇州五公子)라 자칭하긴 하나 소주와 태호 근방에서 그렇게 불러주는 사람은 아무도 없었다. 생긴 대로 논다고 하는 행실이 극히 불량하고 비열했기 때문이다.

그러나 오견은 각기 소주 유수의 부호와 관부 자제들이었다. 함부로 놀고 패악질을 한다 해도 누가 옆에서 뭐라 할 사람이 드물다는 뜻이다. 때문에 소주 인근에서 그들에 대한 원성은 이미 자자한 형편이었다.

그런 오견의 다양한 취미 중 하나는 길 가는 여인 붙잡고 희롱하기였는데, 오늘은 재수없게 눈앞의 미녀가 걸려들었다. 비록 입이 상당히 험하기는 하나 오견의 평소 행실을 아는 사람들로선 여인에 대한 안타까움이 없을 리 만무했다.

그때 한차례 욕설을 퍼붓고도 성이 안 찼는지 여인이 오견 중 가장 비열하다 알려진 우두머리, 유진충을 지목했다.

"너! 쥐새끼처럼 재수없게 생긴 녀석! 자꾸 실실 쪼개지 마! 재수없다!"

여인의 앙탈이 귀엽다는 듯 웃고 있던 유진충의 눈 주위에 주름이 생겼다. 평소 쥐새끼같이 생긴 얼굴은 그의 가장 큰 불만 중 하나였다.

"이런 버르장머리없는 년을 봤나! 귀엽다 귀엽다 했더니, 본 공자의 머리끝까지 올라타려는구나!"

유진충이 대뜸 앞으로 나서려는데, 옆에 서 있던 큼지막한 몸집의 관일경이 슬쩍 소매를 붙들며 만류했다.

"대형, 어찌 앉아서 오줌을 누는 것의 말에 화를 내시는 겁니까!"

"관 이제, 하지만 저년이……."

"저년은 소제가 알아서 대형께 바칠 것인즉, 지금은 좀 참으시지 요!"

관일경의 목소리는 몸집만큼이나 작지 않았다. 나름대로 목소리를 낮췄다곤 하나 방금 전의 말은 눈앞의 여인은 물론이고, 주변의 구경꾼들의 귀에도 똑똑히 들려왔다.

'저런 철면피 같은 놈들!'

구경꾼들이 내심 욕하는 사이, 관일경이 여인 쪽으로 곰 같은 걸음으로 나섰다.

"나는 앞서 대형께서 소개했던 소주오공자의 둘째인 관일경이다."

"그래서?"

여인이 조소를 섞어 말하자, 관일경의 굵은 눈썹이 꿈틀거리며 치켜올라갔다.

"네년이 주둥이를 매섭게 놀리는 걸로 보아 제법 무술 한두 초식은 연마한 것 같다만, 나 관일경은 소주제일의 무관인 금룡무관(金龍武館)의 수제자로……."

퍽!

관일경은 채 말을 끝맺을 수 없었다. 그뿐 아니라 항상 넓은 대로 한 복판을 몽땅 차지하고 걸을 정도로 자랑스럽던 가슴을 잔뜩 오므려야만 했다. 어느새 코앞까지 다가든 여인의 무릎에 낭심을 걷어차인 것이다.

"이, 이년이……!"

"왜, 좋아?"

새빨간 여인의 입술이 나풀거리며 미소를 만들어냈을 때다. 잔뜩 일그러진 얼굴이 된 관일경의 입에서 욕설이 터져 나오려는 찰나, 여인의 늘씬한 다리가 회전을 일으켰다.

파팍!

주변에 모여 있던 사람들 중 여인의 다리가 일으킨 각도를 자세히 본 사람은 거의 없었다.

다만 여인이 다리를 거둬들인 순간, 관일경의 곰 같은 머리가 좌우로 격하게 흔들렸다는 것만 간신히 알아봤을 뿐이다.

털썩!

관일경이 대자로 뻗었다. 그러자 여태까지 유진충 옆에서 음탕한 웃음을 짓고 있던 오견 중 셋째인 이일도, 넷째인 금진충, 다섯째 여일진이 여인에게 한꺼번에 달려들었다.

"이 가랑이를 찢어 죽일 년이!"

제일 먼저 달려들며 입을 험하게 놀린 이일도의 가랑이가 여인의 연환각에 몇 차례 얻어맞더니… 찢어졌다. 앞으로 변을 보려면 필히 요강이 필요할 정도로 무참하게.

'이런 썅!'

금진충과 여일진은 재빨리 시선을 교환한 후 합공을 가하면서도 목구멍까지 튀어나왔던 쌍욕을 꿀꺽 삼켰다. 오견 중 관일경과 이일도의 무공이 가장 높은데, 그들이 당한 꼴이 너무 처참한 것이다.

결론적으로 그들의 선택은 탁월했다.

합공을 펼쳤음에도 불구하고 금진충과 여일진은 채 삼 초를 버티지 못했다. 그들은 여인이 장난스럽게 휘저은 연환퇴와 원앙각에 볼따구가 불이 나도록 얻어맞고 바닥에 납작 엎드렸다.

처음 달려들었던 금진충과 여일진에 비해 그리 큰 부상을 당한 건 아니나 이미 전의는 깡그리 꺾였다. 뒤에 남은 대형 유진충이 없었다면 벌써 여인의 발 아래 머리를 조아린 채 살려달라고 울부짖었으리라.

소주를 주름잡던 세도가들의 자식들치곤 너무 비참한 결과!

단숨에 네 마리 개새끼를 제압한 여인이 무서운 기세로 바라보자 유진충이 몰래 뒷걸음질치던 걸음을 멈췄다.

그는 이대로 뒤도 돌아보지 않고 달아나고 싶었다. 여인의 무위가 대단하다고 생각했기 때문이다. 하지만 그러기엔 주변의 보는 눈이나 의제들의 시선이 너무 따가웠다.

"……."

유진충은 그야말로 뜨끈뜨끈한 똥을 한 움큼 씹은 표정으로 의제들을 바라보곤 내심 한숨을 내쉬었다.

그의 의제들은 전문적으로 무공을 익힌 관일경을 제외하더라도 제법 패싸움에 일가견이 있었다. 상대가 무림의 일류고수가 아니라면 한꺼번에 덮쳐 이처럼 처참하게 당할 실력은 아닌 것이다.

'제기랄, 이런 곳에서 무림의 일류고수를 만날 줄이야!'

소주제일의 거상인 신화전장(神話錢莊)의 후계자답게 재빨리 상황 파악을 끝낸 유진충이 갑자기 낯을 싹 바꿨다. 그는 여태까지 짓고 있던 입가의 느물거리는 표정을 지우고 정색을 하더니, 정중하게 포권까지 해 보였다.

"본인은 소주 신화전장의 유진충이라 하오! 하늘의 선녀도 시샘하고 갈 만한 소저의 아름다움에 취해 본인과 아우들이 잠시 농을 걸었으니, 용서해 주시기 바라오!"

'허어!'

'흐음!'

소주의 오견이 정체 불명의 미녀에게 박살나는 모습에 사뭇 통쾌한 표정을 짓고 있던 구경꾼들의 얼굴에 작은 실망이 떠올랐다.

유진충이 갑자기 항상 곤란한 일을 만날 시 전가의 보도처럼 휘두르던 가문의 이름을 꺼냈다. 그러니 오늘의 사단도 이만 유야무야 끝나리란 생각이 들었다.

그러나 여인은 이번에도 주변과 유진충을 비롯한 오견의 기대를 저버렸다. 살풋 시원스럽게 뻗은 아미를 찡그려 보인 여인의 입가에 가소롭다는 듯한 미소가 떠올랐다.

“어머, 그러셨어요? 정말 좋은 집안의 자제분이시네요… 라고 말할 줄 알았냐, 새꺄!”

“…….”

“너, 아랫도리가 묵직하긴 하냐?”

“그, 그게 무슨?”

“사내새끼 맞냐고 묻는 거야! 상판만 쥐새끼 같은 줄 알았더니, 하는 행동도 똑같구나!”

그 말이 끝난 것과 동시였다.

‘역시! 똥 밟은 게 확실하다!’

갑자기 체면이고 의리고 몽땅 집어 던지고 몸을 돌려 도망가던 유진충을 단숨에 따라잡은 여인이 그의 뒷덜미를 확 잡아챘다. 아니, 잡아챘다고 생각한 순간 유진충의 몸이 공중으로 부웅 떠올랐다. 도망가던 쪽과는 완전히 다른 반대 방향으로.

풍덩!

태호의 물이 출렁거린 순간, 구경꾼들이 일제히 환호를 질러댔다. 후일 독이 오른 오견이 무슨 행패를 부릴진 알 수 없으나 지금 현재만큼은 십 년 동안 막혔던 체기가 확 풀린 것처럼 시원했다.

　

"흐음."

진자운은 어느새 구경꾼의 한 명이 되어 진지한 표정으로 고개를 끄덕이고 있었다. 평소 보이지 않던 모습. 그때 진자운의 옆에 서 있던 현음이 역시 감탄했다는 듯 말했다.

"평범한 듯 보이나 비범한 움직임이군요. 간단한 원앙각과 연환퇴밖엔 사용하지 않았으나 그 움직임이 표흘해 일류고수라 해도 쉽사리 막진 못할 듯합니다."

"역시 여자는 사내와 달리 몸매가……."

"예?"

현음의 놀란 목소리에 진자운이 재빨리 말끝을 돌렸다.

"…각법을 익히기에 참 좋게 발달되어 있는 것 같군, 쫙쫙 다리가 잘도 올라가는 게."

"그야 여인 쪽이 아무래도 사내보다는 유연성이 좋으니 섬세하고 독특한 동작까지 소화하기가 쉽긴 하지요."

진자운이 천천히 고개를 끄덕였다.

"하긴 사내 녀석이 저런 식으로 발길질을 하면 꼴불견도 그런 꼴불견이 없을 거야."

"본 파의 자오원앙각은 그런 점에서 절도가 있으면서도 변화가 다양한 게……."

"그런데 누가 강남의 미녀는 부드럽다고 그랬더라?"

"……."

현음이 얼른 입을 닫았다. 며칠 전 관도를 걷던 중 자신이 한 말이지만, 눈앞의 여인을 보고 나니 말짱 헛소리란 생각이 들었기 때문이다.

'저 여인은 필시 강남 출신이 아닐 것이다!'

현음이 내심 중얼거리고 있는데, 진자운의 입가에 미소가 떠올랐다.

"아, 저 집이군!"

바닥에 쓰러진 오견을 다시 한차례씩 밟아준 여인이 향하는 선상 주루를 눈으로 좇은 진자운이 얼른 그쪽으로 걸어갔다. 현음과 장진구 따윈 거들떠보지도 않고.

"소, 소사숙!"

"진 소협!"

"빨랑 와! 배고프다!"

진자운은 끝까지 뒤를 돌아보지 않았다.

소설향은 선상 주루에 들어서자마자 대여섯 명이나 되는 기녀들의 열렬한 환대를 받았다. 모두 태호 인근에서 장사하다 소주 오견에게 한차례씩 험한 꼴을 당한 여인들이었다.

기녀들에게 이끌려 최고로 좋은 상석에 앉은 소설향이 가장 나이 많은 머리 기녀에게 슬쩍 눈짓을 던졌다.

"그 어린 아가씨들은 뒷문으로 돌려보냈겠지?"

'아하, 이 여걸은 그 아무것도 모른 채 태호에 놀러 나온 어리숙한 애기들 때문에 이런 소동을 일으켰구나!'

세파에 시달린 만큼 금세 소설향의 말뜻을 눈치챈 머리 기녀가 입가에 흐릿한 미소를 매달았다.

"그렇지 않아도 싸움이 일어나자 구경을 하려 하길래 밑에 애들을 시켜서 뒷길로 보냈습니다."

"잘했어. 역시 생강은 오래 묵을수록 맵군."

"매화나무는 오래될수록 더욱 향긋한 향기를 내는 꽃을 피워내는 것 이겠죠."

"훗, 그런가?"

소설향은 머리 기녀의 능숙하게 되받는 말이 싫지 않은 듯 피식 웃 었다. 그러자 머리 기녀가 슬쩍 눈짓을 해 근처의 기녀들을 물리고 조 용조용 말했다.

"타지에서 오신 게지요?"

"티가 났나?"

"그 오공자, 아니, 오견은 소주에서는 나름대로 거들먹거리는 집안 의 자제들이랍니다."

"대충 그런 것 같더군."

별로 놀라지 않는 소설향의 모습이 새로웠음인가. 머리 기녀의 눈에 잠시 이채가 떠올랐다 사라졌다.

"그런데 오늘 그들이 소저에게 대망신을 당했으니, 반드시 복수하러 올 거예요."

"오라지."

"그들 혼자는 오지 않습니다만."

소설향의 입가에 다시 미소가 떠올랐다, 흐릿하지만 묘하게 색이 느 껴지지 않는.

"만약 그렇다면 그날이 그 녀석들의 명년 제삿날이 될 것이야."

"……."

머리 기녀가 잠시 소설향을 지그시 바라보다 살짝 고개를 숙여 보였 다.

“제가 괜시리 주제넘은 짓을 했습니다.”

“괜찮아. 당신은 내 맘에 들었으니까.”

머리 기녀가 종종걸음으로 떠나가자 소설향의 시선이 맞은편 탁자로 향했다. 싸움이 끝난 후 대놓고 그녀를 쫓아온 진자운의 빙글거리는 얼굴이 보였다.

‘밉상 맞은 얼굴은 아닌데, 참 염치도 좋은 놈이네!’

소설향이 잠시 아미를 찡그려 보이다 진자운에게 슬며시 손짓했다. 얼마 전 선상 주루 앞에서 새침 맞은 표정의 아가씨 몇 명의 뒤를 침 흘리며 쫓아가던 오견에게 했던 것과 똑같은 미소를 입가에 머금고서.

그러나 진자운이 보인 반응은 갑자기 하늘에서 떨어진 선녀를 품에 안은 듯 안색이 변하던 오견과는 사뭇 달랐다.

잠시 소설향을 향해 마주 웃어 보인 그는 오히려 고개를 가로젓더니 자신 쪽으로 손짓을 했다. 합석을 하고 싶으면 소설향이 오라는 뜻이었다.

‘게다가 재밌기까지 하네?’

소설향은 잠시의 고민도 없이 자리에서 일어서더니 진자운이 앉은 탁자로 다가왔다.

이미 그녀가 보인 일대 활극을 기억하고 있는 주변의 사람들—현음과 장진구를 비롯한—의 얼굴에 은근한 기대감이 떠올랐다. 하지만 그들이 기대하던 두 번째 난투극 내지는 활극은 벌어지지 않았다. 소설향이 얌전하게 진자운 앞에 자리를 잡은 것이다.

“난 진자운이오.”

진자운이 대뜸 자신을 소개하자 소설향이 잠시 멈칫했다. 이런 행동은 그녀가 다른 마음에 드는 사내를 만났을 때 보이는 모습이기 때문이다.

'역시 재밌어!'

마치 사내처럼 어깨를 으쓱해 보인 소설향이 픽 웃어 보였다.

"이젠 내 이름도 말해야 하는 건가?"

"싫으면 마쇼."

"시원시원한 대답이네?"

"그야 지금부터 대놓고 머리 속에서 상상의 나래를 펼칠 수 있게 됐으니, 나쁘지 않은 게 아니겠소?"

"상상의 나래?"

"나 정도 되는 나이의 사내가 그쪽같이 멋진 여자를 보고 뭘 생각하겠소?"

탁!

소설향이 탁자를 손으로 내려치자 진자운이 히죽 웃었다.

"어차피 이름도 모르는 사이. 남남이나 마찬가지니 내 머리 속까지 간섭할 순 없는 거요."

"만약 간섭해야겠다면?"

"나야 딴 곳으로 떠난 뒤에 천천히 상상의 나래를 펼치면 그만이니까……."

"소설향!"

결국 소설향이 손을 들고 항복하자 진자운이 다시 입가에 빙글거리는 웃음을 띤 채 말했다.

"소 소저! 아니, 나보다 나이가 많아 보이니, 소 누님이라고 불러야 하려나?"

"누가 누구의 누님이야!"

"나이가 몇 살인데요?"

"스물둘……."

소설향은 얼른 말끝을 흐렸다. 진자운의 입가에 떠오른 득의만면한 미소를 본 것이다.

'이 자식이!'

"역시 누님이네. 난 이제 스물밖엔 안 됐는데."

소설향의 눈꼬리가 치켜 올라갔다.

"꼬맹아, 그 입 닥치고 일행이나 불러라!"

"이렇게 비좁은 탁자에 네 명은 무리지 않을까요?"

"일행을 배신하겠단 거냐?"

"뭐, 배신이 아니라 한동안 각자 자유 시간을 갖는 것도 나쁜 건 아니니까……."

소설향이 불만스레 진자운을 바라보다 입가에 흐릿한 미소를 담았다.

"너, 술은 좀 마실 줄 아냐?"

"술?"

"응, 날 혼자 상대할 자신이 있냔 말야."

술에 곯아떨어진 진자운을 엎어 나른 건 장진구였다. 현음이 초저녁도 되기 전에 술병 사이로 고개를 파묻은 진자운을 대신해 소설향과 두 번째 주투(酒闘)에 들어갔기 때문이다.

'빌어먹을! 이 사악한 무당파의 숙질 녀석들은 날 어떻게 생각하는 거냐! 난 위대한 천마신교의 유령수 장진구란 말이다, 장진구!'

"우욱!"

장진구가 선상 주루의 이층을 오르는 사이 몸이 흔들린 탓이리라. 진자운이 업힌 상태 그대로 토악질을 해댔다, 아주 시원스럽고 화끈하게.

덕분에 목젖 부근에 뜨뜻미지근한 이물질 세례를 받은 장진구의 눈 깊숙한 곳에서 맹렬한 살기가 치솟았다. 비록 내공이 금제된 상태라곤 하나 잠들어서 제정신이 아닌 진자운 정도는 목을 졸라 죽일 수 있을 것 같았다.

'하지만 이 녀석은 얼마나 능구렁이 같은 놈이던가!'

장진구는 순간 무당산을 떠나 소주로 오는 한 달 동안 겪었던 진자운의 무서움을 떠올리며 어깨를 가볍게 떨었다. 자연스레 몸에 각인된 공포.

그가 본 현음은 성격이 좀 과격할 뿐 도사답게 순진한 구석이 있었다. 내공이 금제된 상태에서도 어찌 상대해 볼 자신이 있는 것이다.

하지만 그에 반해, 진자운은 거의 완벽한 사마외도 중의 대마두였다. 여태까지 본 사람 중 가장 두려움을 느꼈던 게 마교 오대부대의 총대주인 마군자 상유하였다면, 사악함 면에서는 진자운 역시 그 못지않다는 생각이 들었다.

그도 그럴 것이 장진구는 여태까지 몇 번이나 탈출을 계획했다. 위대한 마교의 제자로서 이대로 무림맹에 개같이 끌려갈 수는 없었다. 무림맹에서 당할 치욕이 두려운 게 아니라 마교에서 보낼 살수에게 입막음을 당할 것이 분명했기 때문이다.

해서 무림의 일류고수답지 않게 온갖 비굴을 떨었으나 그의 탈출 계획은 번번이 초기 단계에서 진자운에게 발각됐다. 진자운은 마치 그의 뱃속에서 기생하며 피를 빨아먹는 회충과 같았다.

게다가 또 한 가지!

오늘 밤 장진구로 하여금 미친 듯 들끓어 오르는 살기를 발산하는 걸 주저케 하는 건 소설향의 존재였다. 처음 본 순간부터 왠지 낯설지 않다는 생각이 들었는데, 잠시 지켜보다 보니 확연히 느껴지는 바가 있었다.

'절대 정파의 계집은 아니다! 그리고 내가 파악하지 못할 정도의 무공을 지닌 마도의 계집이라면, 천마신교밖엔 없다! 빌어먹을!'

장진구는 소설향이 자신을 입막음하기 위해 마교에서 파견된 살수라고 생각했다. 그렇지 않다면 그녀의 등장이 너무 공교로웠다.

주륵!

진자운의 무게에 짓눌린 장진구의 등으로 식은땀 한줄기가 흘러내렸다. 진자운이 무거워서가 아니라 소설향이란 존재에 대한 공포 때문이었다.

그때 거의 정신을 잃은 것처럼 보이던 진자운의 조그만 목소리가 장진구의 귓전을 파고들었다.

[씨발! 그만 고민하고 가자!]

부르르!

장진구는 다시 어깨를 한차례 떨고는 얌전히 객실로 향했다. 고뇌 끝에 진자운의 목을 조르는 걸 실행에 옮기지 않은 것에 크게 안도하며.

'마교의 여자라?'

진자운은 객실에 들어서자마자 장진구가 미주알고주알 일러바친 사실을 잠깐 떠올리곤 입가에 알 수 없는 미소를 담았다. 본래 자신이 가질 수 없거나 금단의 사랑만큼 청년을 후끈 달아오르게 하는 건 없는 법이다.

정파의 태두인 무당파의 제자와 마도의 으뜸인 마교 여제자 간의 불꽃같은 사랑!

뭔가 운명이 느껴질 법도 하건만, 진자운은 머리 속에 잠시 떠오른 생각을 지우고 재빨리 자리에서 일어섰다. 그가 누워 있던 침상 옆에 수혈이 짚인 채 얌전히 자빠져 있는 장진구의 모습이 보였다.

"흥, 한참 동안 내 목을 조를까 말까를 고민하는 것 같더니, 용케도 위기를 넘겼군."

장진구의 목숨을 건 고심을 한차례 비웃음거리로 격하시킨 진자운이 슬쩍 객실에 난 창 쪽으로 시선을 던졌다. 어느새 초저녁이 지나 본격적인 밤중임을 웅변하듯 은은한 달빛이 호반 위를 출렁거리고 있었다.

"그럼 마교의 아가씨 대신 슬슬 몸이나 풀러 가볼까?"

말의 여운이 끝나기도 전에 진자운의 신형이 창문을 빠져나갔다. 달을 잡으려 호수에 몸을 던진 시선(詩仙) 이백이라도 되려는 듯.

진자운은 제운종을 발휘해 짧은 시간 만에 선상 주루 주변을 한 바퀴 돌았다. 그가 경공을 발휘하자 귓가로 야풍이 쌩쌩 스쳐 지나갔다.

그렇게 반 시진이 조금 지났을까?

소주 성내에서 태호변으로 오는 길목에 이르러 발길을 멈춘 진자운의 입가로 흐릿한 미소가 떠올랐다. 그가 기다리고 있던 몸풀기 상대들이 손에 손에 횃불과 병장기를 집어 들고 달려오는 모습을 발견한 것이다.

'쯔쯧, 좀 더 늦던가 좀 더 이르던가! 야습을 한다는 생각은 좋았지만 시운을 타지 못했으니 횡액을 당할 상이로구나!'

내심 지객원에 든 일반인들을 상대로 돈을 뜯어내던 지객원주 현학이 잘하곤 하던 말을 중얼거린 진자운이 대뜸 그들 앞으로 나섰다.

"이놈들! 이 야반삼경에 손에 손에 횃불을 들고 살벌한 흉기를 쥔 채 뛰어가는 걸 보아하니, 도적들이 아니면 떼강도가 분명하구나!"

"도적?"

"떼강도?".

오늘 신화전장의 보표들과 금룡무관의 제자들이 중심이 되어 태호변으로 달려온 장정들의 숫자는 족히 서른 명이 넘었다. 웬만한 녹림의 도적들이나 작은 소문파, 무관 등과 붙어도 자신있는 숫자였고 구성원이었다.

그런데 갑자기 그들 앞을 한 청년이 가로막고 서더니, 버럭 호통까지 쳤다. 야간에 일을 나선 것과 더불어 기분이 더럽지 않을 리 만무했다.

"카악, 퉤!"

맨 앞에 서서 장정들을 이끌던 신화전장 제일의 고수 청룡쾌도(靑龍快刀) 유익비가 누런 가래침을 바닥에 뱉곤 앞으로 나섰다.

"나는 신화전장의 유익비다."

유익비는 혹시라도 진자운이 자신의 신분이 너무 대단해 의심할 것을 걱정했는지 허리에 찬 애도를 툭 쳐 보이기까지 했다. 목숨이 아까우면 당장 길을 비키라는 뜻이다.

그러나 어제 막 소주에 도착한 진자운이 유익비가 누군지, 청룡쾌도가 얼마나 빠른지 알 턱이 없다. 사실 그런 걸 알았다 해도 결과는 크게 달라지는 게 없었을 테지만.

유익비를 한차례 훑어본 진자운은 그냥 어깨를 한차례 으쓱해 보였다.

'그래서 뭐?'

분명 진자운은 말을 입 밖으로 내지 않았으나 유익비에겐 뜻이 확실히 전달됐다.

'죽인다!'

스윽!

유익비가 발도술에 들어간 것과 동시였다. 온몸이 허점투성이인 진자운 쪽으로 묵직하게 한 걸음 내딛던 유익비의 눈앞에서 별이 반짝였다.

그의 발도술보다 빨리 진자운이 파고든 것이다.

쿵!

최고 고수인 유익비를 일권으로 쓰러뜨린 진자운이 황급히 병장기를 끄집어내기 시작한 장정들에게 히죽 웃어 보였다. 마치 양 떼 속에 뛰어들기 전의 늑대와 같은 얼굴을 한 채.

"도망갈 놈들은 지금 당장 가는 게 좋아!"

"미친놈! 쳐라!"

유익비 다음의 고수인 금룡무관주 금룡권(金龍拳) 사일경의 외침과 함께 일 대 삼십의 야밤 쟁투의 막이 올랐다. 선상 주루에선 여전히 만만찮은 정마(正魔), 양대 세력의 대표라 할 수 있는 두 술꾼 간의 주투가 계속되고 있었고.

◆ 第十一章 ◆ 동행남녀(同行男女)

소주에서 가장 유명한 볼거리는 거미줄처럼 뻗은 운하와 사대명원(四大名園)이다.

각기 창랑정(滄浪亭), 유원(留園), 졸정원(拙政園), 사자림(獅子林)이라 불리는 이곳들은 세워진 때나 서려 있는 이야기가 가지각색이나 모두 기가 막힌 절경이라는 데는 우열을 가리기 쉽지 않다.

그중 창랑정은 오대 오월 광릉왕(光陵王)의 개인 정원이었는데 북송 때 시인 소순흠(蘇舜欽)이 이 정원을 사들여 물가에 창랑정이라는 정자를 지은 데서 정원의 이름이 나왔다.

소주의 다른 정원에 비해 규모는 작지만, 세련된 배치와 대나무가 잘 어울리는 이곳의 현 주인은 소주제일 거상이라 불리는 신화전장의 주인, 유상경이었다.

틱틱틱틱! 쩔그럭!

손가락으로 연신 산반을 튕기며 장부 정리에 여념이 없던 유상경의 눈살이 가볍게 찌푸려졌다. 그뿐 아니라 바삐 움직이던 손가락도 멈췄다.

뭔가 마음에 안 드는 일이라도 떠올린 것일까?

촤륵!

괜시리 심통이 나는 듯 산반을 옆으로 내동댕이친 유상경이 옆에 마련되어 있던 술잔에 손을 뻗었다. 평소 금전 처리와 관부에 뇌물을 먹일 때만큼은 절대 정신을 똑바로 차리는 그이고 보면 꽤나 보기 드문 모습.

"꿀꺽!"

단숨에 술 한 잔을 목구멍으로 넘긴 유상경의 입에서 절로 한탄이 터져 나왔다.

"하아! 십 년이다, 십 년! 오대독자 하나를 얻기 위해 천하의 유명하다는 절이며 도관을 발이 부르트도록 찾아다니며 공양하고 치성을 드렸거늘……."

말끝을 흐리며 고개를 가로저은 유상경이 비워진 잔에 다시 술을 채웠다.

오대독자이자 신화전장의 후계자인 아들 유진충만 생각하면 가슴이 답답해 술을 마시지 않고선 견딜 수 없다. 하도 귀하게 얻은 자식이라 너무 오냐오냐 키웠던 자신의 소치에 화가 나는 것이다.

오늘만 해도 그렇다.

대낮부터 술이라도 마시다 물에 빠졌는지 옷이 흠뻑 젖어 돌아온 유진충은 초저녁 전장의 호위를 맡은 보표들을 소집시켰다. 필시 누군가한테 시비라도 걸다 당하곤 화풀이를 하러 간 것이리라.

그런 사정을 알면서도 유상경은 아들의 행동을 짐짓 모른 척했다. 어렸을 때는 혹시 아이 기라도 죽을 새라 돈과 권력을 이용해 원하는 건 다 들어줬고, 이제는 아들에 대한 실망 때문에 원만한 일이 아니곤 나서지 않게 됐다.

모두 처음부터 귀한 자식일수록 엄하게 가르쳐야 한다는 부친의 가르침을 따르지 않은 유상경 자신의 잘못이었다. 이제 와선 누굴 원망할 수도 없었다. 그저 언젠가 아들이 개과천선하여 가업을 잇게 되길 기다릴 뿐.

"꿀꺽!"

유상경은 다시 술을 목구멍으로 넘기며 입가에 씁쓸한 웃음을 담았다. 유상경과 어울려 다니는 패거리들이 소주에서 어떻게 불리고 있는지 알고 있기 때문이다.

'소주의 오견이라! 허허, 그렇다면 그 개새끼의 아비인 나 유상경 역시 개가 되는 것인가?'

입 주위의 잔주름을 파르르 떨어 보인 유상경이 다시 술병에 손을 뻗을 때다. 달빛을 받아 푸르스름한 기운을 뿌리고 있던 청죽림 사이로 흐릿한 인영 하나가 모습을 드러내더니, 유상경이 있는 창랑정에 빠른 걸음으로 다가왔다.

쇄쇄쇄!

청죽림을 흔드는 바람 소리에 잠시 시선을 빼앗겼던 유상경의 노안이 대번에 일그러졌다.

"이 야밤에 누군가?"

쿵!

복면을 뒤집어쓴 진자운이 창랑정 앞에 이르러 등에 메고 있던 유진 충을 아무렇게나 내던지곤 히죽 웃었다.

"녹림에서 왔수다."

'녹림?'

유상경은 눈매를 가늘게 하고 바닥에 코를 박은 유진충의 모습을 살 피다 어깨를 흠칫 떨었다.

천하의 부자들 중 녹림과 좋은 관계를 유지하고 있는 자들은 아무도 없다. 녹림이 빼앗는 위치라면, 부자들은 지키는 위치이기 때문이다.

하지만 그런 전통적인 관계는 그저 작은 좀도적이나 부자들한테나 해당하는 바다. 보통 녹림이라 당당하게 자처할 정도의 세력이라면, 구주 이십오성 중 십강(十强)에 속한 녹림삼왕(綠林三王) 휘하 정도였 다.

녹림삼왕은 각기 북녹림(北綠林)과 남녹림(南綠林)의 맹주인 녹림패 도왕(綠林覇刀王) 철기량, 화룡대수(火龍大手) 임대성에, 장강수로십팔 채(長江水路十八寨)의 총채주인 장강교룡(長江蛟龍) 가첨수를 말함이다.

그들은 무림 중에서도 함부로 볼 수 없는 자들인 동시에 휘하를 잘 못 관리해 별다른 이유도 없이 부잣집이나 털며 자신의 이름을 더럽힐 위인들 역시 아니었다.

'그렇지만 오늘 충아가 데려 나간 보표들 중엔 본 전장 최고의 고수 인 유익비가 있었다. 그가 있었음에도 충아가 저 꼴로 잡혀왔다는 건 예사 도적이 아니라는 건데……'

상인답게 마음이 다급한 중에도 재빨리 염두를 굴린 유상경이 한차 례 주변을 둘러보고 담담히 말했다.

"녹림에서 오셨다 했소? 이렇게 당당하게 이 유 모 앞에 선 걸 보아

하니, 주변의 보표들은 모두 귀하에게 제압당한 게 분명하구려."

진자운이 유상경의 안색을 살피고 차갑게 코웃음 쳤다.

"흥, 호부(虎父)에게서 견자(犬子)가 태어났군!'

'역시!'

다시 시선을 아들 쪽에 던진 유상경이 나직이 한숨을 토하며 말했다.

"만약 아들 녀석이 귀하의 존엄을 해쳤다면 용서해 주시기 바라오. 유 모가 귀하에게 섭섭치 않게……."

"뭐, 배상이야 당연히 해야 하는 것이고."

유상경의 말을 중간에서 자른 진자운이 발끝으로 유진충의 옆구리를 툭 차곤 말했다.

"이 개자식을 앞으로 어떻게 할 거요?"

"그, 그건……."

"본래 오늘 밤 당신까지 잡아다가 부자를 나란히 태호강변에 발가벗겨 수장시킬 생각이었지만, 생각이 바뀌었기에 하는 말이오."

"……."

유상경은 오랜 상인의 본능으로 진자운의 목소리에 담긴 오만함과 단호함을 읽었다. 앞서 장난스럽던 말과 달리 지금 그는 거짓말을 하고 있지 않은 것이다.

진자운이 다시 말했다.

"내가 어렸을 때 울 어매한테 무척 많이 얻어맞았소. 거의 하루도 얻어맞지 않은 적이 없을 정도였소. 하지만 울 어매가 날 사랑하지 않았던 건 아니라고 생각하는데, 당신 생각은 어떠시오?"

"그야 귀하의 말이 옳소만……."

"아니면, 당신은 당신 대에서 신화전장을 끝장내고 싶은 것이오? 계속 개자식의 부친으로 불리면서!"

진자운은 한마디 할 때마다 유진충의 옆구리를 계속 걷어찼다, 최소한 갈비뼈 몇 대는 나갈 정도의 힘을 담아.

아혈이 짚여 비명조차 못 지르는 유진충의 눈으로 닭똥 같은 눈물이 줄줄 흘러내렸다. 그의 인생 중 이처럼 지독한 고난은 당해본 바가 없었다.

이를 지켜보는 유상경 역시 마음이 아팠다. 아들이 얻어맞는 광경을 무력하게 지켜봐야 하는 것보단 헛된 사랑에 눈이 멀어 하나밖에 없는 자식을 잘못 가르친 자신의 잘못을 절실히 느꼈기 때문이다.

결국 유상경이 자리에서 일어서 진자운에게 크게 절을 올리며 소리쳤다.

"아들의 잘못은 모두 이 유 모의 잘못임을 이제야 깨달았소이다! 귀인께서는 가르침을 주시기 바라오!"

"뭐, 가르침까지야……."

잠시 말끝을 흐린 진자운이 아쉬운 마음에 유진충의 옆구리를 다시 한차례 걷어찼다. 역시 발끝에 걸리는 느낌이 죽였다. 그러나 그런 내심을 숨긴 채 그는 어깨를 으쓱해 보였다.

"그동안 자식이 잘못한 게 있으니, 먼저 신화전장에 등을 돌린 소주의 인심부터 돌려놔야 하지 않겠소?"

"소주의 인심을 돌린다?"

"그렇소. 이 녀석이 그동안 누렸던 신화전장의 후광을 거둬서 밑바닥부터 다시 시작하게 하고, 곳간을 열어서 커다란 잔치를 벌이는 거요. 한 삼 년이나 오 년쯤 그리하면 소주 사람들도 조금은 용서해 줄 마음이 들지 않겠소?"

"그렇구려. 그렇다면 내일부터 당장 내 미거한 자식놈을 신화전장의 서기로 임명해서……."

"그게 아니지!"

"예, 그럼?"

"새벽부터 일어나서 소주 곳곳의 쓰레기를 깨끗하게 청소하게 하고 부랑자들의 수발을 들게 하는 거요, 하루도 빠짐없이."

"그건 좀……."

진자운의 목소리가 단호해졌다.

"그렇지 않고서야 어찌 그동안 저지른 잘못을 씻을 수 있겠소! 당신은 정녕 아들자식과 신화전장의 미래를 포기할 셈이오!"

"……."

유상경이 입을 닫았다. 진자운의 말을 듣고 보니 그럴듯하단 생각이 든 것이다.

진자운이 조금 누그러진 목소리로 말했다.

"그럼 그렇게 할 걸로 믿고, 이제부터 배상에 대해 논의해 보도록 합시다. 내 비록 당당한 의적(義賊)이라 하나 일을 나선 이상 상부에 바칠 재물은 필요하니까."

"그, 그렇겠지요."

진자운이 상부를 들먹이자 유상경이 천천히 고개를 조아렸다. 처음에 의심했던 것과 달리 진자운의 정체가 역시 녹림삼왕과 관련있다는 판단을 내린 것이다.

묵직한 전낭의 무게가 느껴지는 허리춤.

진자운은 빙글거리며 선상 주루로 돌아왔다. 무당산을 떠난 후 생각한 바가 있어 마련해 놨던 복면을 요긴하게 쓴 터라 그의 마음은 날아갈 듯 상쾌했다.

'역시 가끔 몸을 풀어줘야……'

진자운의 상념은 길게 이어지지 못했다. 놀랍게도 현음과의 주투에서 승리했는지, 소설향이 어둠 중에 서성거리는 모습을 발견한 것이다.

순간 진자운은 창랑정을 빠져나오며 복면을 벗은 걸 조금 후회했다. 선상 주루 앞에서 오견을 마음대로 희롱하던 소설향과 손속을 겨뤄보고 싶은 마음이 있었기 때문이다.

'쩝, 현음 따위와는 비교도 되지 않을 정도로 음험한 마도의 고수니까 한번 대결해 보면 꽤 얻는 게 많았을 텐데.'

내심 입맛을 다시는 진자운에게 소설향이 다가왔다. 여전히 몸의 선이 그대로 드러나는 붉은 무복을 걸친 그녀의 자태는 달빛 아래 더욱 도발적인 매력을 풍겨냈다.

후욱!

바람을 타고 밀려온 코가 삐뚤어지는 듯한 주향에 진자운이 질색한 표정이 됐다.

"크으, 아예 술로 목욕을 한 거요?"

진자운이 뒤로 한 걸음 물러서자 소설향의 눈에 미약한 살기가 떠올랐다.

"내 먹잇감에 손을 댔지?"

"먹잇감?"

"선상 주루 주변에 잔뜩 널브러져 있는 녀석들 말이다!"

"헤에, 요즘 날씨가 좋다곤 해도 밖에서 자면 몸에 안 좋을 텐데, 강남 사람들은 꽤나 건강하군."

"이 녀석!"

진자운이 모른 척 딴소리를 늘어놓자 소설향의 신형이 흡사 귀영처럼 그에게 파고들었다. 거의 찰나간에 벌어진 변화.

번뜩!

달빛 아래 시퍼런 귀광이 푸른 살기를 뿜어낸 순간, 진자운의 신형이 반 족장 뒤로 움직였다. 그리고 번개같이 앞으로 내쳐진 일권파!

파파파!

진자운의 일권파가 공기 중에 거센 파장을 일으켰다. 물론 소설향 역시 가만있진 않았다.

찰나지간, 흡사 하늘에 뜬 만월처럼 허리를 크게 굴신하며 일권파의 권력을 피한 그녀의 교족이 벼락같이 진자운의 안면과 낭심을 노렸다. 설사 첫 수를 피한다 해도 그 뒤에 세 가지 암수가 숨어 있는 수법.

진자운의 일권파 전 육식이 벼락같이 연환했다. 소설향의 공세를 피하기보단 더욱 강한 공격으로 방어를 대신하기로 했다. 물론 일권파에 그만큼의 위력은 충분했다.

일권파가 일으킨 권경이 삽시간에 진자운의 전신을 휘감았다. 그러자 소설향의 암수는 실효를 거두지 못했다.

펼치기도 전에 이미 그녀의 공세는 진자운이 쏟아낸 권력에 맞아 튕겨지고, 휘어지고, 방향이 뒤틀려 버렸기 때문이다.

'하는 짓만 귀여운 게 아니라 실력도 겸비했단 말이지?'

소설향의 신형이 뒤로 물러섰다. 처음 달려들었을 때와 마찬가지로 눈앞이 어릿해질 정도로 빠른 신법이었다.

진자운이 빙글거리며 말했다.

“헤에, 정말 무시무시한 신법이오! 신법 대결로는 내가 상대가 되지 않겠는데?”

소설향의 입가에 차가운 코웃음이 떠올랐다.

“흥, 신법이 아니라면 날 이길 수 있다고 생각하는 것이냐?”

“글쎄?”

애매모호한 대답과 달리 진자운의 얼굴은 자신만만했다. 최소한 소설향에겐 그리 보였다.

“으득!”

가볍게 이를 사려문 소설향이 소리쳤다.

“다시 백 합만 싸워보자!”

진자운이 재빨리 뒤로 물러서며 소리쳤다.

“싫소!”

“뭐?”

“싫다고 했소!”

소설향의 눈매가 가늘어졌다.

“어째서 나와 싸우는 게 싫은 거지? 설마 나한테 겁을 먹은 건 아닐 테지?”

“겁먹은 거 맞소.”

“뭐?”

“난 소 누님의 지독한 술 냄새에 겁먹었소! 그러니까…….”

잠시 말을 멈추고 한쪽 눈을 찡긋해 보인 진자운이 히죽 웃었다.

“일단 해장이나 하고 계속 싸우던가 말던가 하는 게 어떻겠소.”

“해장…….”

“뭐, 오늘은 내가 한턱 쏘기로 하지!”

소설향을 향해 기운차게 소리친 진자운이 아직 불빛이 걸려 있는 태호 주변의 화선 중 한 군데를 손가락으로 가리켰다. 소설향으로선 선뜻 포기하기가 쉽지 않은 유혹을 담아서.

꽤 좋은 술과 음식에 기녀, 객실까지 딸린 선상 주루와 달리 태호를 밤새 밝히며 오가는 화선의 시설은 조잡하다. 배를 움직이는 사공 한 명에 이젠 한물간 퇴기 두어 명이 술에 취해 보는 눈이 없어진 손님을 맞을 뿐이다.

그런 화선에 훤칠한 진자운과 매력적인 소설향이 올라타자 반색하며 맞던 기녀들의 얼굴에 새초롬한 표정이 떠올랐다.

취기가 전혀 보이지 않는 진자운이나 자신들보다 훨씬 아름답고 도발적인 매력이 물씬 풍기는 소설향의 모습이 마음에 들지 않아서였다.

그러나 진자운이 히죽 웃으며 기녀의 손에 은자 한 냥을 쥐어주자 사정이 달라졌다. 하루 꼬박 일해도 벌 수 없는 거금을 손에 쥔 기녀들의 얼굴에 활짝 봄꽃이 피어났다.

"호호호, 역시 풍취를 즐길 줄 아시는 공자님이셔!"

"태호의 야경은 최고지요!"

호들갑을 떠는 기녀들에게 냉연한 시선을 던진 소설향이 귀찮다는 듯 소리쳤다.

"잔소리 그만 하고 빨리 배 띄우고, 술하고 간단한 안주나 꺼내오려무나."

"어머 화통한 소저시네!"

"그 주둥이는 닥치고."

소설향이 살기를 담아 쏘아보자 기녀들이 얼른 입을 다물었다. 산전

수전 다 겪은 터라 사람 볼 줄은 아는 것이다.

'흥, 그리 큰소리쳐 봐야 이 늦은 시간에 사내하고 이런 곳에 오르는 네년도 그리 잘난 건 없다!'

'얼굴 조금 반반하다고 재긴!'

기녀들은 내심 꿍알거리면서도 입가에 애교 띤 미소를 배어문 채 부산스럽게 움직이기 시작했다. 어쨌든 대어를 잡았으니, 최대한 빼먹어야 한다는 판단이었다.

소설향과 탁자를 사이에 두고 앉은 진자운이 달빛을 한차례 곁눈질하고 턱을 손으로 괴었다.

"소주에는 어떻게 오게 된 것이오?"

"내 발로 걸어서 왔다."

"크큭, 그건 맞는 말이군."

"그래, 그러니까 오늘은 그냥 해장술이나 마시자, 딴말은 하지 말고."

"뭐, 그러십시다."

한마디로 동의한 진자운이 마침 기녀들이 날라온 술병을 들어 소설향의 잔에 술을 따랐다.

믿었던 현음이 소설향에게 깨진 이상 이제 대무당파와 정파의 명예를 걸고 진자운이 나설 때였다. 자신은 별로 없었지만 승부를 피할 진자운이 아니었다.

진자운 일행은 날이 밝는 대로 소주를 떠났다.

본래 항주의 무림맹으로 가기 전, 소주에서 두어 달 질펀하게 놀 작정이었으나 진자운이 의적 행세를 하며 난리를 부린 이상 계속 머물기는 힘들었다. 하지만 그건 표면적인 이유였다.

사실 속사정을 들여다보면, 전혀 딴 이유가 있었다.

진자운과 현음은 하루 새 숙질이 연달아 주투에서 진 충격을 잊고 싶었고, 장진구는 여전히 소설향이 마교에서 자신을 죽이기 위해 보낸 살수라 여겼다.

이미 놀 기분을 잡친 데다 마음속에 거리낌이 있으니 바로 소주를 떠나는 데 찬동하지 않는 일행은 아무도 없었다. 무당산을 내려온 후 처음 있는 삼 인 모두의 의견 일치였다.

속 쓰린 표정을 한 채 관도 위를 걷고 있던 진자운의 눈에 이채가 떠올랐다.

간밤 그로 하여금 술의 지옥이란 걸 확실하게 보여줬던 주귀(酒鬼) 소설향이 관도 옆에 서 있는 큼직한 바위 위에 앉아 있는 모습을 발견한 것이다.

'역시 따라왔구나!'

진자운은 자신의 예상이 맞았음에 흔쾌한 기분이 드는 한편, 어깨를 가볍게 떨었다. 다시 해장의 해장술을 마시자고 할까 봐 더럭 겁이 났기 때문이다. 여자답지 않게 화통한 소설향과 다시 만나게 된 건 즐거웠으나 술독에 빠져 허우적거리다 아까운 청춘에 죽고 싶진 않았다.

그때 진자운과 달리 술독에 빠져 죽고 싶어하는 게 분명한 현음이 전의에 불타는 목소리로 소리쳤다.

"허험, 이런 곳에서 다시 만나는구려!"

"저기, 현음……."

진자운이 채 만류하기도 전에 현음이 소설향에게 달려갔다. 슬슬 술

기운이 몸 안에서 빠져나갈 때였다. 다시 그녀를 보게 되자 호승심이 끓어오른 게 분명했다.

'무공 수련을 저렇게 좀 열심히 하지!'

내심 고개를 가볍게 흔드는 진자운의 옷자락을 잡아당기는 손길이 있었다. 얼굴 가득 불안한 기색이 완연한 장진구였다. 그는 마치 연인에게 속삭이듯 나지막하게 말했다.

"진 소협, 어째서 당당한 정파의 협객으로서 저 마교의 살수를 제거하지 않으신 겁니까?"

'넌 마교의 마두가 아니냐?'

장진구를 한심하다는 듯 쳐다본 진자운이 이를 드러내며 말했다.

"난 본래 협객이 아니거든."

"그, 그럼……."

"뭐, 한마디로 말해 마교의 살수를 만났다고 해서 목숨을 걸고 싸울 생각은 없다는 뜻이야, 전혀!"

말을 마친 진자운이 장진구의 어깨를 한차례 두들겼다. 그리고 자신을 향해 차가운 미소를 던지고 있는 소설향 쪽으로 터벅거리며 걸어갔다. 어차피 다시 만나게 될 걸 예상하고 있었던 바 피할 까닭이 없었다.

"여어!"

진자운이 손을 흔들어 보이자 열심히 아는 체를 하던 현음을 본체만체하고 있던 소설향이 엉덩이를 걸치고 있던 바위에서 뛰어내렸다. 애초에 목표가 진자운이었음을 분명히 한 것이다.

"새벽에 쥐새끼같이 달아난 것치곤 안색이 밝네?"

진자운의 시선이 관도 옆을 향했다.

"꽃이 활짝 핀 게 보기 좋구나."

"날 무시하는 거냐!"

"응?"

진자운이 뒤통수를 긁적이곤 비로소 소설향과 눈을 맞췄다.

"그나저나 어째서 여기까지 쫓아온 거요? 설마 내게 첫눈에 반해서……."

"아냐!"

소설향이 소리를 빽 지르자 진자운이 눈살을 찌푸리며 귀를 소지로 후볐다.

"아, 귀청 떨어지겠네."

"그런 게 아니라구!"

"그럼, 설마……."

진자운이 손가락 하나를 펴 한 바퀴 돌리곤 뒤에 멀뚱하게 선 현음을 가리켰다. 그러자 자연스레 손가락이 가리키는 방향을 따라 현음 쪽을 돌아본 소설향의 눈에서 독기에 가까운 살기가 쏟아져 나왔다.

"죽인다!"

"무섭군, 무서워!"

진자운이 재빨리 뒤로 물러섰다. 간밤에 전광석화 같은 소설향의 공세에 맞서 한 걸음도 뒤로 물러서지 않았던 것에 비하면 꽤나 가벼워 보이는 행동이었다. 소설향의 뒤에 선 현음의 한숨에 땅이 꺼질 듯했다.

소설향이 나직이 코웃음 치며 말했다.

"흥, 전대 천하제일인을 배출한 무당파도 많이 소락했군. 어쩌다가 이런 후안무치한 제자를 낸 것이지?"

“나야 뭐, 속가제자니까.”

“속가? 그렇다면 도사가 아니란 말이냐?”

“하하, 나처럼 잘생긴 도사 봤소?”

진자운이 가슴을 두드리며 웃자 소설향의 눈에 은은히 담겨 있던 살기가 다소 누그러졌다. 그녀는 처음 진자운을 봤을 때와 같이 크게 흥미가 동하는 걸 느꼈다.

‘역시 정파의 잡배치곤 꽤나 귀엽단 말야! 하지만 일단은 임무가 우선이니…….’

짐짓 소설향이 퉁명스런 표정을 지어 보였다.

“확실히 도사 따윌 해먹기엔 문제가 있어 보이긴 한다.”

“그냥 잘생겼다고 말해 주면 될 것을…….”

“시끄럽고!”

매정하게 진자운의 말을 끊은 소설향이 한차례 눈을 깜빡이곤 말했다.

“너희 항주의 정파 무림맹에 가는 거지?”

“그건 왜 묻는 거요?”

“내가 묻는 말에나 대답해!”

진자운의 얼굴에 으뭉스런 표정이 떠올랐다.

“그런 식으로 나오면 더 대답하기가 싫어지는데…….”

“맞고 대답할 거냐?”

“때릴 자신은 있는 거요?”

“지금 당장 시험해 봐도 무방하다!”

소설향이 목소리를 높인 순간, 진자운이 얼른 양손을 휘저어 보였다. 그리고 내 걸려 있던 입가의 미소를 지운 채 말했다.

“걸핏하면 주먹으로 모든 일을 해결하려 하는데, 그러지 말고 우리 대화로 문제를 푸는 게 어떻겠소?”

“그러니까 내가 물으면 네가 대답하면 되잖아.”

“그건 대화가 아니지 않소.”

“그럼 넌 뭘 원하는 건데?”

결국 소설향이 한풀 꺾인 목소리로 한 걸음 물러서자 진자운이 어깨를 으쓱해 보였다.

“소 누님이 어째서 날 쫓아왔는지 말해 주면 나 역시 누님의 질문에 대답하는 거요.”

“나랑 거래를 하자는 거냐? 그리고 지난번에도 말했지만, 나는 네 녀석의 소 누님이 아니니 다신 그렇게 부르지 말아라!”

“야박하군, 같이 술도 마신 사이에.”

“중간에 도망간 녀석은 같이 술 마신 사이로 안 친다.”

진자운이 픽 웃어 보였다.

“그럼 소 소저, 세상사 모든 게 다 거래가 아니겠소?”

‘쳇, 웃는 모습 하고는……’

내심 진자운을 흉본 소설향이 퉁명스레 말했다.

“정말 도사가 되긴 싹이 노란 놈이군.”

“그러니까 도사가 아니라고 했잖소.”

목소리를 높인 진자운이 갑자기 은근한 표정을 지어 보이며 말했다.

“이건 어디까지나 가정인데, 설마 소 소저는 항주로 가는 길을 모르는 거 아니오? 그래서 우리가 항주를 가는 거면 꼽사리 껴서 따라가려는 거고.”

“누, 누가……”

"역시!"

진자운이 손뼉을 치곤 손가락질을 하자 소설향이 당장 주먹을 들어 올렸다. 앞서 진자운이 말한 바와 같이 상황이 불리해지자 주먹부터 들이댄 것이다.

그러나 이미 소설향의 약점을 잡은 터다. 진자운은 뒤로 몇 걸음이나 물러서며 히죽거렸다. 약점을 잡고 사람을 괴롭히는 것만큼 재밌는 건 없었다.

＊　　　　＊　　　　＊

한 명이 더 늘어 네 명이 된 진자운 일행은 몇 번의 시행착오 끝에 강소성을 벗어나 항주가 있는 절강성(浙江省) 쪽 관도를 따라 이동했다.

강소성과 절강성은 바로 이웃이라 장흥(長興)을 거쳐 들어가는 육로와 배를 타고 태호를 건너 호주(湖州)로 가는 수로가 있었다.

남선북마(南船北馬)!

보통 강북에서 여행 수단으로 말을 주로 이용하는 데 반해, 강남에서는 배가 주요한 교통수단이었다. 수없이 많은 강과 호수, 운하들 때문이다.

그래서 보통 강소성에서 절강성으로 들어서는 사람들은 십중팔구 태호를 배로 건너는 편을 택한다. 육로로 이동하는 것보다 그 편이 훨씬 편하고 거리와 시간을 단축하는 데 용이하다.

게다가 또 한 가지!

배를 타고 건너는 태호의 경관은 꽤나 멋지다. 달리 작은 바다라 불리는 게 아니다.

한데, 진자운 일행은 그 모든 걸 포기하고 터벅터벅 걸어가는 육로를 택했다. 아직 무림맹에서 군웅대회를 여는 데는 석 달 이상의 기간이 남아 있었다. 서둘러 찾아갈 이유가 전혀 없는 것이다.

"그래서 육로를 택했다는 거냐?"

장홍을 통과하자마자 만난 막간산(莫干山)에서 진자운 일행은 길을 잃고 사흘간이나 헤맸다. 일행 모두가 강남 여행이 처음이니 어쩌면 당연한 일.

화가 머리끝까지 난 소설향이 빽 소리치자 진자운이 오로지 하늘만을 올려다보다 털썩 뒤로 자빠졌다. 갑자기 만사가 귀찮아졌다는 표정이다.

"소사숙!"

놀란 표정이 된 현음이 달려오자 소설향의 눈꼬리가 살짝 치켜 올라갔다.

"내가 미쳤지! 저런 녀석을 믿고 길잡이로 삼았으니."

진자운이 바닥에 대자로 누워 소리쳤다.

"길잡이가 못 미더우면 그냥 가든가!"

"뭐라구!"

당장 진자운에게 덤벼들려는 소설향의 앞을 현음이 얼른 가로막아섰다.

"소 소저, 뒤로 물러서시오!"

"오호, 중년 말코! 이런 개차반 같은 녀석도 사숙이라고 싸고돌려는 거냐?"

현음이 오로지 다른 사람들 앞에서 도사 노릇을 할 때 외엔 보이지 않는 근엄한 표정을 한 채 말했다.

"소사숙은 그동안 길 안내를 하느라고 피곤하십니다. 비록 산중에서 사흘이나 헤맨 탓에 좋아하는 술을 못 마신 소 소저의 기분을 빈도가 이해 못하는 바는 아니나……."

"내가 지금 술을 못 마셔서 이런다고 생각하는 거냐?"

"아니오?"

"이이……!"

소설향은 진자운과 현음을 번갈아 노려봤다. 당장 갑자기 도사 행세를 하는 현음과 배 째라는 표정으로 바닥에 드러누운 진자운을 찢어 죽이고 싶었지만, 뒷감당이 안 됐다.

절강성의 성도(省都)인 항주를 찾아가다 잘못 길을 들어 강소성의 소주에 도착한 그녀로선 눈앞의 얄미운 숙질이나마 아쉬운 형편이었다.

'최소한 이 망할 산속만큼은 벗어나야 한다!'

이를 악문 채 내심 중얼거린 소설향이 치밀어 오르는 분을 억지로 참고서 진자운에게 물었다.

"지난 이틀간 어째서 갈수록 깊은 산속을 찾아 들어온 거지? 첫날만 해도 이렇게 주변의 시야가 보이지 않을 정도로 지독한 삼림은 없었잖아!"

"정말 그렇소이다, 소사숙. 이 현음도 그 점이 궁금하구려."

현음마저 소설향의 말에 동조하자 장진구 역시 궁금하다는 표정을 숨기지 않고 진자운을 바라봤다. 일시간 모든 사람의 이목이 바닥에 누운 진자운에게 향했다.

그러니 더 바닥에 누워 흥얼거리기 어려워진 것이리라. 귀찮다는 표정을 얼굴에 여실히 떠올린 채 등판을 밀어 풀쩍 뛰어 몸을 일으킨 진자운이 옷에 묻은 흙을 털며 중얼거렸다.

"이만큼 깊은 산속에 들어서면 반드시 나올 줄 알았는데……."

"뭐가 나와?"

소설향이 묻자 진자운이 그녀를 힐끔 바라보곤 지나가는 투로 말했다.

"산적."

"산적?"

"사흘 전 산기슭에서 꼭 소도둑놈처럼 생긴 염탐꾼 녀석이 얼쩡거리는 걸 발견했거든. 그래서 재밌을 것 같아 일부러 길을 놔두고 산속 깊숙이 들어섰는데, 여태까지 안 튀어나오는 걸 보면 내 예상이 틀린 건지……."

"그러니까 네 말은 지금까지 일부러 산속을 헤맸다는 거냐?"

진자운이 고개를 끄덕인 순간, 소설향의 주먹이 그의 안면을 노리고 날아갔다. 여태까지의 투닥거리는 수준이 아닌 진짜 경력이 담긴 일격이었다.

휙!

주먹이 이르기도 전에 매서운 바람이 진자운의 앞머리를 흩날리게 했다. 그만큼 강한 힘이 담긴 일격이었다.

물론 진자운이 그 점을 모를 리 없다. 고개를 슬쩍 비트는 것만으로 소설향의 권풍을 피한 그의 다리가 자오원앙각을 번개같이 펼쳐 냈다.

모두 소설향과의 간격을 벌리기 위한 준비 동작.

진자운의 의도대로 재빨리 뒤로 물러서 거리를 넓힌 소설향이 본격적으로 박투에 돌입하려 할 때다. 한없는 인생의 비애를 느끼게 하는 장진구의 외침이 두 사람의 움직임을 멈춰 세웠다.

"그만 싸워요! 왔어요!"

"뭐가?"

"뭐……."

거의 동시에 장진구 쪽을 돌아보던 진자운과 소설향의 눈에 이채가 떠올랐다.

도대체 어디에서 튀어나온 것일까?

내공이 금제되어 아무런 무력이 없는 장진구의 목에 칼을 겨눈 흉포한 인상의 사나이가 보였다. 진자운이 지난 이틀간 애절하게 찾아다녔던 산적이었다.

"크흐흐, 모두 가지고 있는 걸 몽땅 내놔라! 그렇지 않으면 네놈들 동료의 목숨은……."

"죽여!"

진자운이 먼저 입을 열자 소설향이 고개를 끄덕였고, 현음이 여전히 도사스런 표정을 한 채 동조했다.

"그자는 빈도의 동료가 아니니, 산군(山君)께서는 목숨을 거둬가도 무방하다네."

"뭐?"

칼을 든 산적의 얼굴에 당황한 표정이 떠오르자 이미 일이 이렇게 흘러갈 걸 예상하고 있던 장진구가 한 맺힌 표정으로 외쳤다.

"저 사악한 녀석들의 말이 맞다! 나, 장진구는 당당한 사내대장부로 한낱 녹림도에게 비굴하게 목숨을 구걸하진 않을 것이다!"

"너, 저, 정말 저 녀석들의 동료가 아니냐?"

산적이 떠듬거리며 묻자 장진구가 결연한 표정을 한 채 눈을 지그시 감고서 말했다.

"빨리 내 목숨을 거두고, 뒤도 돌아보지 않고 달아나는 게 나을 것이다."

"그건 또 왜?"

"그러는 게 좋아."

장진구의 말이 끝난 순간 진자운이 재밌다는 듯 입가에 빙글거리는 미소를 담은 채 물었다.

"그런데 산적 양반, 설마 혼자 온 건 아닐 테지?"

"다, 당연하지!"

주먹을 불끈 쥐어 보인 산적이 호각을 꺼내 열심히 불어제꼈다. 아무래도 자신 혼자서는 눈앞의 괴상한 인간들을 모두 상대하기 벅차단 판단을 내린 것이다. 어느새 진자운을 비롯한 세 사람의 얼굴에 화색이 감돌기 시작했음을 전혀 간파하지 못하고서.

퍼퍽! 퍽퍽퍽!

벌써 승부는 한참 전에 난 상태였다. 서른 명이 넘는 산적이 달려들었으나 반 각도 버티지 못했다. 모두 떡이 되도록 얻어맞았다.

칼을 휘두르면 칼에 얻어맞고, 몽둥이를 휘두르면 몽둥이로 얻어맞았다. 한 명 예외는 없었다. 막간산을 무대로 활동하던 산적들은 모두 바닥에 널브러져 굴러다니기 바빴다.

그들을 한꺼번에 바닥에 뉘인 건 소설향이었다. 진자운과 현음은 손을 쓸 여지조차 없었다. 이미 노기등등해 있던 소설향이 찌꺼기도 남겨주지 않았기 때문이다.

해서 두 숙질이 멀뚱하게 서서 구경하고 있는 사이, 산적 따위에게 목숨을 위협받는 수치를 당한 장진구는 자기 나름대로 열심히 분을 풀었다. 소설향에게 얻어맞고 바닥을 뒹구는 산적들을 찾아다니며 꾸준하고 차분하게 발길질을 해대기 시작한 것이다.

그 모습 속엔 과거 유령수라 불리던 때의 살기가 가득 넘치고 있었다. 그는 속으로 연신 소리쳤다.

'다! 죽여 버리겠다! 다! 죽여 버리겠다!'

산적들을 모조리 때려눕힌 소설향의 눈살이 가볍게 찌푸려졌다.

"제법 기개가 있는 자라 생각했더니……."

진자운이 그녀에게 다가들며 히죽거렸다.

"설마!"

"설마?"

"저자는 그렇게 기개있는 자가 아니란 뜻이오. 기껏해야 잔머리를 굴려 소 소저를 움직이게 만든 걸 거요."

"흐음."

여전히 마음속으로 '다! 죽여 버리겠다!'를 외치고 있는 장진구를 바라보는 소설향의 눈에 이채가 담겼다. 처음으로 기괴한 무당파의 숙질 간을 따라다니는—사실은 연행되는 중이지만—장진구의 존재에 흥미를 느낀 표정이다.

그사이 현음은 다른 바닥에 쓰러진 산적들을 찾아다니며 어줍잖은 도덕경을 읊고 있었다.

그는 온몸의 관절이 박살나고 내장이 뒤집혀 입에서 게거품이 쏟아지고 있는 사람들을 억지로 깨운 뒤 도사인 체를 해댔다. 거기에서 자신이 아직 도사라는 확신을 얻고 싶은 것 같았다.

그 모습을 보고 진자운은 내심 고개를 흔들었다. 그는 주변을 둘러보다 어슬렁거리며 소로 옆의 **빽빽**하게 들어찬 나무 쪽으로 걸어갔다.

"나와!"

진자운이 큼지막한 나무를 향해 소리친 것과 동시다.

후다닥!

마치 야수에게 쫓기는 꼴이 된 짐승처럼 나무 뒤편에 몸을 은신하고 있던 산적 하나가 밖으로 튀어나왔다.

물론 진자운에게 암습을 가하려는 게 아니라 도망치는 게 목적이었다. 자신이 숨어 있던 곳을 눈치챌 정도라면 보통 고수가 아니란 판단이었다.

그러나 산적이 내린 판단보다 진자운은 더욱 대단한 고수였다. 그가 뒤도 돌아보지 않고 죽기 살기로 도망치려는 순간, 이미 흐릿한 그림자가 도주로를 가로막았고 번쩍 하는 벼락이 눈앞을 어른거렸다.

"어이쿠!"

산적은 바닥을 나뒹굴며 죽는다고 비명을 질렀다. 진짜 순간적으로 얻어맞은 자리가 숨을 쉴 수 없을 정도로 아팠다. 그러나 진자운이 그를 향해 허리를 약간 숙였을 때다.

피피피피핑!

바닥을 나뒹굴던 산적의 등판을 뚫고 수백 개가 넘는 세침들이 튀어나왔다. 그가 구명절초로 평생 간직해 왔던—실은 산적질 해서 번 돈으로 어렵게 구한—폭류절명침(爆流絶命針)을 폭발시킨 것이다.

파곽!

순간적으로 진자운의 발끝이 바닥을 박찼다. 그리고 그렇게 일으킨 전사경을 온몸으로 회전시킨 순간, 거센 와선의 기류가 폭발적으로 터져 나왔다.

단천뢰심강이 담긴 파산경!

일시 진자운의 전신에서 흐릿한 푸른빛 기운이 어렸고, 수백 개가 넘던 절명침들이 천지사방으로 튕겨 나갔다. 모두 진자운이 일으킨 파산경을 뚫지 못한 것이다.

"억!"

지독한 고통으로 얼굴을 잔뜩 일그러뜨린 상황에서도 득의만면한 표정을 짓고 있던 산적의 안색이 시커멓게 죽었다.

절명침을 지척 앞에서 튕겨낼 정도의 무공이라면 절정고수들도 쉬이 사용하지 못한다는 호신강기를 제외하곤 답이 없다. 그와 같은 고수에게 암수를 썼으니, 이젠 사신(死神)의 칼날 앞에 목을 깨끗이 씻고 내밀 밖엔 도리가 없다는 생각이 들었다.

쉬이.

산적은 자신도 모르게 바지에 실례까지 하고 말았다. 그만큼 그가 지금 느끼는 공포는 극심했다. 생사를 여일(如一)하게 볼 정도로 초탈의 경지에 오르지 못한 사람이라면 당연한 결과.

잠시 구린 냄새를 풍기는 산적을 물끄러미 바라보던 진자운의 입가에 흐릿한 웃음이 떠올랐다.

"냄새 한번 진짜 구리군. 부하들 앞에서 이런 꼴을 보였으니, 앞으로 산적 두목 해 먹고 살긴 좀 힘들겠어."

"그, 그걸 어떻게……."

"본래 높은 자리에 있는 놈들은 부하들에겐 잔뜩 힘들고 위험한 일을 시키고 뒷자리에 빠져 앉아 목소리나 높이는 치들이잖아. 그러니까 가장 안전한 장소에 몰래 짱 박혀 있었던 네놈이 두목이 아니면 누구겠어?"

"……."

"뭐, 하지만 방금 전의 한 수는 꽤나 멋있었고 내게 도움이 됐으니, 일단 목숨만은 살려주기로 할까?"

"대, 대협, 정말이십니까?"

화색이 돌아온 얼굴로 고개를 치켜들던 산적 두목의 면상을 진자운이 발로 걷어찼다.

퍽!

"일단 날 암습한 대가는 치르고."

진자운은 바닥에 대자로 뻗은 산적 두목의 옷을 찢고 품에 몰래 숨기고 있던 폭류절명침통을 떼어냈다. 처음으로 단천뢰심강을 실전에서 성공시키게 만든 물건이 궁금했기 때문이다.

'흠, 품 안에 감추고 있다가 중요한 순간에 용수철을 튕기면 발사되는 구조인가?'

대충 폭류절명침통을 살피고, 품 안에 갈무리한 진자운이 정신을 잃은 척 눈을 꼭 감고 있는 산적 두목을 발끝으로 툭툭 걷어차며 말했다.

"이봐, 당장 일어나! 배고프다!"

"예!"

재빨리 자리에서 뛰어 일어선 산적 두목이 진자운에게 뺏긴 폭류절명침통을 생각하며 내심 피눈물을 흘렸다. 평생의 절기로 삼고 있던 폭류절명침을 잃게 됐으니, 앞으로 그의 산적 인생엔 짙은 먹구름만이 남게 된 셈이다.

'하지만 일단은 살아남아야 한다!'

똥밭을 굴러도 사는 게 좋다는 평소의 신념을 몇 차례나 되뇌며 산

적 두목이 아무짝에도 쓸모없는 부하들에게 달려갔다. 일단 부하들을
깨워야 산채로 돌아가 음식이나 기타 여러 가지 오락거리를 마련할 수
있는 것이다.

　사흘간 막간산 산채는 잔치 분위기였다.
　그동안 여독이 쌓였던 진자운 일행을 위해 산적 두목인 여일패 이하
삼십오 명의 산적들은 성심성의를 다했다.
　여일패가 몰래 숨겨놓고 먹던 진귀한 음식과 맛 좋은 술이 내놔졌고,
연신 산적들 간의 비무가 벌어졌다. 비겁하게 뒤에 숨어 있다 진자운
에게 붙잡혀 오줌까지 지린 여일패를 대신할 두목을 은연중에 뽑기 시
작한 것이다.
　그렇게 사흘의 낮과 밤이 지나고, 막간산 산적들의 열렬한 환호 속
에 진자운 일행은 산을 내려왔다. 그때 이미 여일패는 전 두목이 되어
있었음은 물론이다.
　절강성 토박이인 산적들이 세심하게 항주까지의 길을 설명해 준 터
라 그 후의 여행은 일사천리로 이뤄졌다. 일단 관도에 들어서자 더 이
상 길을 헤맬 까닭이 없을 정도로 항주를 찾는 사람은 많았다.

　항주가 코앞에 보이는 여항(余杭).
　오랜만에 객점에 든 진자운 일행은 평소처럼 소설향과 현음이 주투
를 벌인 뒤 각자 자신의 방으로 찢어졌다. 여기까진 평소와 다름없는
모습이었다.
　막간산에서 엉겁결에 단천뢰심강으로 호신강기를 만드는 데 성공한
이후부터 항시 데리고 다니던 장진구를 현음에게 맡기기 시작한 진자

운은 홀로 객실 침상에 가부좌를 틀고 앉아 조용히 명상에 빠져 있었
다.

그동안 머리 속으로 기억만 하고 있었을 뿐, 내력이 달려 사용할 엄
두조차 내지 못하고 있던 단천뢰심강을 성공한 배경을 진지하게 탐구
하기 위함이었다.

'흠, 결국 얼마 전부터 익히기 시작한 태극무경의 귀원일여의 연기
법의 덕분이란 말인가?'

무공에 있어서만큼은 진지함을 넘어 광기에 가까운 집착을 보이는
진자운이다. 요 며칠 머리가 녹아버릴 정도로 집중한 끝에 결국 실마
리를 찾은 그의 입가에 흐릿한 미소가 떠올랐다.

그동안 전념해 온 태극심공에 귀원일여의 연기법을 더했을 때부터
참으로 궁합이 잘 맞는다는 생각은 한 바가 있다. 둘 다 허공 진인이
남긴 내공심법이니 당연하다면 당연한 결과일 터였다.

하지만 둘을 합친 지 얼마 안 됐는데 벌써 이렇게 놀라운 효능을 보
게 되자 온몸을 휘감는 전율감이란 가히 쾌감에 버금갔다. 어쩌면 몇
년 이내에 머리 속으로만 구상했던 수없이 많은 단천뢰심강을 이용한
무공들을 실제로 구현할 날이 올지도 몰랐다. 아니, 반드시 가능하게
만들어 보일 작정이었다.

'그날이 되면 내 반보무적십팔식 중 아직 완성하지 못한 후 육식, 지
검무(指劍舞) 태극(太極)은 진정한 완성을 보게 될 것이다!'

그때 한참 혼자 좋아하고 있던 진자운의 눈 깊은 곳에서 날카로운
기운이 떠올랐다.

이미 밤이 꽤나 깊은 때였다. 객점 안은 정막만이 감돌고 있었다. 그
런데 조용한 객점을 목표로 다가드는 몇 개의 발자국 소리가 느껴졌다.

“묵상을 위해 온몸의 감각을 몽땅 개방하고서야 느낄 수 있는 기척이라…….”

무심코 내뱉은 말의 여운이 채 끝나기도 전에 진자운이 움직이기 시작했다. 소동과 난리라면 빠질 생각이 전혀 없었다.

◆ 第十二章 ◆

성녀(聖女)

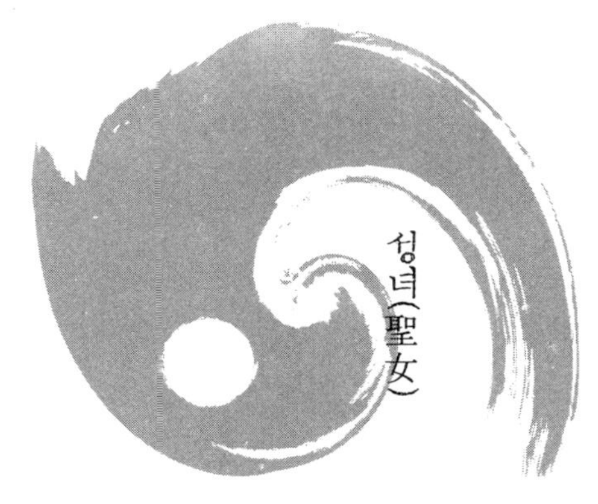

소설향은 또다시 현음과의 주투에서 승리한 후 재빨리 객점을 빠져 나왔다. 어느새 밤기운이 온 천지를 가득 메우고 있었으나 그녀의 발 걸음은 가볍기만 했다.

'드디어 성녀께서 남기신 표식을 발견했다!'

사실 소설향의 이런 기쁨은 꽤나 일찍 누렸어야 하는 것이었다. 마 교를 떠나 곧바로 무림맹이 있는 항주로 왔다면, 벌써 그녀는 충성을 맹세한 성녀와 조우해 충실한 호위 노릇을 하고 있을 터였기 때문이다.

그러니 모든 건 강남에 들어온 후 연달아 길을 잘못 든 탓에 엉뚱한 소주를 헤매고 있던 그녀의 탓이었다. 길치―길을 못 찾는 난치병―란 건 이처럼 치명적이었던 것이다.

소설향은 어둠 속을 가로지르며 빠르게 신형을 날렸다. 마교 고위층 만이 남길 수 있는 표식이 전하는 바는 평소와 다름없었으나 오랫동안 존귀한 성녀를 홀로 남겨뒀다는 점이 마음에 걸렸다. 현 무림 중에 성녀의 존재를 알면, 당장 광분하며 달려들 세력이나 인물은 열 손가락을 몽땅 사용해도 모자랄 지경이었다.

그렇게 소설향이 여항의 외곽까지 이르렀을 때다.

한차례도 뒤를 돌아보지 않고 묵묵히 신형을 날리던 소설향이 갑자기 발걸음을 멈췄다. 그녀의 주변엔 아무것도 없는 허허벌판뿐이었다. 그런데도 그녀의 태도는 마치 목적지에 이미 도착한 것 같았다.

스윽!

한차례 발끝으로 바닥을 건드리곤 신형을 돌려 세운 소설향이 냉랭한 목소리로 소리쳤다.

"쥐새끼들아! 당장 나와!"

소설향의 외침은 공허하게 어둠 중을 맴돌았다. 그녀를 따르는 사람은 아무도 없었던 것이다.

그러나 소설향의 시선이 어둠의 한구석을 빤히 응시했을 때다. 마치 어둠 속에서 튀어나온 것 같은 흑의복면인들이 꾸역꾸역 모습을 드러내기 시작했다.

'한 명, 두 명, 세 명… 망할, 많이도 따라왔네!'

소설향은 흑의복면인들의 숫자를 세다가 물경 열이 넘어가자 내심 욕설을 터뜨렸다.

그녀가 자신을 따르는 미행인들의 기척을 느낀 건 그야말로 천우신조에 가까웠다.

오늘 밤 주변에 개 짖는 소리조차 들려오지 않는 고요함이 깔리지 않았다면 결코 눈치채지 못했을 만큼 흑의복면인들의 미행은 은밀했기 때문이다.

그런데 그런 고절한 미행 실력을 지닌 흑의복면인들의 숫자가 열다섯이었다. 아무리 무공에 자신있는 그녀라 해도 마음 한구석에 켕기는 점이 없을 리 만무했다.

그때 모습을 드러낸 흑의복면인 중 가장 앞에 서 있던 자가 다소 억양이 불명확한 목소리로 말했다.

"몸매 출중한 마교의 제자여! 성녀는 어디에 숨어 있느뇨!"

"풉!"

잔뜩 긴장했던 것과 달리 소설향은 사레들린 웃음을 터뜨렸다. 흑의복면인의 말투가 꽤나 이상했기 때문이다.

그녀의 그런 모습을 지켜본 흑의복면인의 눈빛이 가볍게 일렁거렸다.

"노부는 성심성의를 다해 네 훌륭한 몸매를 찬양했거늘 어찌 네 태도는 그리 방약무인한 것이더뇨? 설마 노부의 찬양이 마음에 들지 않은 것이뇨?"

소설향은 다시금 터져 나오려는 웃음을 참느라 혀를 깨물어야만 했다. 스스로를 노부라 부르는 흑의복면인의 말은 듣는 이로 하여금 저절로 요절복통하게 만드는 강력한 위력을 함유하고 있었다.

그러자 마음이 상했음이다. 한동안 소설향의 웃음을 참느라 붉게 물든 얼굴을 살피던 흑의복면인이 손을 들어 보였다. 주변의 수하들로 하여금 소설향을 포위하도록 한 것이다.

소설향의 웃음이 그제야 멈췄다.

그녀는 살기가 감도는 눈빛으로 주변을 살피고 대답을 기다리는 흑의복면인에게 소리쳤다.

"너희, 중원인들이 아니지!"

“그렇다. 몸매만 훌륭한 줄 알았더니, 머리의 총기 또한 빼어난 보기 드물고 과년한 처자이구나! 네가 투항해 성녀만 넘겨준다면 노부의 열여덟 번째 부인으로 삼는 것도 신중하게 고려해 보겠다뇨.”

“뭐, 열여덟 번째 부인?”

“그렇다.”

“지랄!”

이를 으득 갈아붙인 소설향이 바람같이 흑의복면인을 향해 파고들었다. 적의 우두머리를 먼저 제압해 포위망을 뚫을 생각이었다.

쉬익!

소설향의 전신에서 칼날 같은 바람이 일었다. 마교 백대마공(百大魔功) 중 하나인 소음강살(素陰强殺)을 처음부터 펼쳐 낸 것이다.

‘개새끼, 맛 좀 봐라……’

소설향은 쌍수로 흑의복면인의 머리를 휘감아 돌리다 신형을 재빨리 뒤로 물렀다. 막 목젖에 그녀의 칼날 같은 수장이 파고들려는 찰나, 흑의복면인의 녹색이 감도는 장력이 복부를 때려왔기 때문이다.

타탁!

달려들 때와 달리 신중한 표정을 한 채 뒤로 물러선 소설향의 아미가 가볍게 떨렸다.

흑의복면인이 장력은 독공(毒功) 계열이었다. 거기에 살을 붙여 생각하자 오늘 몰려든 흑의복면인들의 진실된 정체 역시 간파할 수 있었다.

“너희들은 묘강의 만독문에서 왔구나!”

“역시 훌륭한 몸매 못지않게 빼어난 총기를 가진 과년한 처자로다! 노부의 정체를 이리 쉽사리 알아차리다니!”

'새꺄! 복면은 뭐 하러 썼냐! 네 독공을 보면 누구든 알 수 있을 텐데!'

소설향이 내심 욕설을 퍼붓는 사이, 흑의복면인이 얼굴에 덮어쓰고 있던 복면을 벗었다. 이미 소설향에게 정체가 발각된 이상 답답한 복면을 더 이상 쓰고 있을 필요가 없다 여긴 것이리라.

중원인과는 다른 거무스름한 피부.

매부리코.

검은 머리 사이로 희끗희끗한 흰머리가 보이는 걸로 보아 나이는 간신히 사십대를 넘은 것 같으니, 노부라 부르기엔 젊었다. 아무래도 오랫동안 내공을 닦아 노화를 다소 늦춘 게 분명해 보였다.

'그런 늙은이가 부인을 열일곱 명이나 거느리고 있다니! 양심도 없는 새끼!'

소설향은 눈살을 가볍게 찌푸려 보이곤 소리쳤다.

"당신, 만독문의 독조 갈홍경과는 관계가 어떻게 되지?"

매부리코 중년인의 입가에 득의만면한 웃음이 떠올랐다.

"그분은 노부 진육담의 사부님이 되시네. 역시 몸매 출중하고 머리 또한 총기가 있는 과년한 처자답게 사부님의 드높고 고절한 대명을 아는구뇨."

"흥, 드높은 대명은 몰라도 악명은 조금 알고 있지."

차갑게 냉소한 소설향이 말했다.

"그래서 만독문이 이젠 감히 본 천마신교의 권위어 도전하겠다는 뜻인가?"

"마교는 여전히 마도의 맹주이다. 하지만 사부님께서는 이번에 본 만독문의 봉문을 푸는 걸 계기로 화려한 잔치를 열고 싶어하신다뇨.

마교의 성녀는 거기 참여할 귀빈으로 내정되어 있는 것이고.”

“감히!”

소설향은 눈앞에서 음흉하게 웃고 있는 진육담을 향해 이를 갈았다. 그의 위험천만해 보이는 독공이 마음에 걸리긴 하나 목숨보다 소중한 성녀를 무시하는 태도는 결코 용서할 수 없었다.

휘릭!

소설향의 신형이 우보를 바닥에 찍었다. 그리고 한차례 회전했다. 아니, 그녀의 회전은 연달아 대여섯 번이나 계속됐다. 그러자 낭창거리며 풀려 나오기 시작한 붉은색 도편(刀鞭)의 회오리.

촤라라락!

위잉!

일시 옷을 갈아입기라도 한 것일까?

소설향의 몸에 착 달라붙는 붉은 무복이 티 한 점 묻지 않은 백색으로 변했다. 그와 함께 그녀의 손에 들려진 족히 일 장이 넘어 보이는 혈도(血刀)!

“그건…….”

진육담이 줄곧 입가에서 떠나지 않던 미소를 거두자 소설향이 대신 활짝 웃어 보이며 말했다.

“오늘 천마신교 십대마군 중 한 분인 홍염마녀(紅琰魔女) 유옥려님의 혈우마도(血雨魔刀)를 만난 이상, 살아서 돌아갈 생각은 버려라!”

“홍염마녀!”

진육담이 놀라 입을 벌린 순간이다. 소설향의 혈우마도가 야천을 핏빛 그림자로 가득 메우기 시작했다.

'흐음!'

진육담을 위시한 만독문의 흑의복면인들이 소설향의 뒤를 쫓았다면, 객점을 빠져나온 진자운은 그들의 뒤를 말없이 따랐다. 특별히 무슨 목적이 있어서가 아니라 뭔가 재밌는 일이 벌어질 것 같아서였다.

과연 그의 예상은 크게 틀리지 않았다.

소설향과 진육담이 몇 마디 옥신각신한 끝에 손속을 겨루기 시작하자 그 모습은 가히 장관이라 할 만했다.

소설향이 꺼내 든 혈우마도의 위력은 대단했다. 일시 주변을 붉은 도막으로 물들였다. 하지만 이에 맞선 진육담의 독장(毒掌) 역시 그리 녹록하진 않았다.

웬만한 장창보다도 훨씬 타격점이 먼 혈우마도의 핏빛 도기를 연달아 파훼하며 독장을 뿌리는 그의 모습은 절정고수라 부르기에 손색이 없었다.

해서 진자운은 흥미진진한 표정으로 두 사람의 일진일퇴하는 공방전을 구경했다. 자고로 불 구경과 싸움 구경이 가장 재밌다더니 틀린 말이 아니었다.

무당파의 지나칠 정도로 광명정대한 무공만 접하다 마도 절정고수들 간의 대결을 보니, 사뭇 깨닫는 점이 많았다. 살아 있는 교육이란 바로 이런 걸 말하는 듯싶었다.

그렇게 한참을 손에 땀을 쥐던 진자운은 슬슬 지루해지기 시작했다. 무공 수위나 내공은 진육담이 높았으나 소설향은 혈우마도라는 마병(魔兵)의 힘을 빌어 싸움을 동수로 몰고 가고 있었다. 둘 중 누군가 내력이 달려 뒤로 물러서기 전까진 승부가 날 수 없는 싸움이었다.

'마도고수들이라기에 좀 더 화끈할 줄 알았더니, 생각보단 별로군.'

진자운은 객점으로 돌아가 잠이나 자는 게 낫겠다는 생각으로 신형을 돌렸다. 어차피 혈우마도의 위력으로 봐서 소설향이 진육담에게 이기긴 힘들겠지만, 적어도 도망치는 건 그리 어렵지 않다고 봤기 때문이다.

한데 막 어둠 속으로 신형을 날리려던 진자운의 눈 깊은 곳에서 기광이 번뜩였다. 마침 그와 마찬가지로 몸을 숨기고 있던 장소에서 꿈지럭거리며 빠져나오는 작은 인영을 발견한 것이다.

'호오?'

진자운의 입가에 가는 미소가 떠올랐다. 처음 생각했던 것보다 훨씬 더 재밌는 일이 생겼다는 판단이었다. 그리고 일단 마음을 먹었으면 뒤를 돌아보지 않는 게 그의 성격이었다.

휘익!

진자운이 작은 인영 쪽으로 신형을 날렸다.

작고 섬세한 몸매.

주근깨가 있긴 하나 오밀조밀하니 귀여운 용모.

진자운이 재빨리 앞을 가로막아 선 상대는 대략 십오륙 세 정도 되어 보이는 황의소녀였다.

꽤나 귀엽긴 하나 성숙미를 물씬 풍기는 소설향과 비교하자면 한참 떨어지는 외모에다 아직 덜 익은 듯한 몸매는 별 볼일 없다는 생각이 들 정도였다.

'흠.'

잠시 소녀를 빤히 바라보던 진자운이 고개를 옆으로 삐딱하게 기울여 보았다.

"꼬맹아, 어딜 그렇게 몰래 기어가는 거지?"

황의소녀가 입술을 가볍게 내밀었다.

"만독문의 떨거지냐?"

"아니."

"그럼 비켜주는 게 어때? 나는 지금 도망가는 중이란 말야."

"아, 그랬지, 참!"

진자운이 옆으로 슬며시 길을 비켜주자 황의소녀의 눈에 일순 맑은 기운이 감돌았다. 평범한 외모를 단번에 상쇄시키고도 남는 아름다운 눈빛이었다.

"이상한 사람!"

황의소녀가 얼른 진자운의 옆을 스치고 지나갔다. 당당한 태도만큼이나 한 치의 망설임도 보이지 않는 움직임.

그러나 그녀는 얼마 가지 못하고 다시 걸음을 멈춰야만 했다. 진자운에게 앞을 가로막힌 사이 진육담과 함께 온 복면인들 중 몇이 신형을 솟구쳐 날아왔기 때문이다.

황의소녀가 발로 바닥을 툭툭 차며 눈살을 가볍게 찌푸려 보였다.

"어째서 정파 무림맹이 있는 항주 부근에 만독문의 떨거지들이 이렇게 많이 출몰할 수 있는 거야?"

복면인 중 하나가 눈빛을 살벌하게 번뜩이며 말했다.

"주근깨 가득한 얼굴의 소녀여! 너는 어째서 달빛 은은하여 세상이 어둡지만은 않은 야밤에 이곳을 헤메이느뇨?"

'진육담이란 자만 이런 말투인가 했더니!'

진자운은 입을 가볍게 벌렸다. 그는 만독문의 무인들에게 한어를 가르친 사람이 누군지 심히 궁금했다.

그때 황의소녀가 입가에 애교 어린 미소를 띤 채 말했다.

"소녀는 달빛이 너무 밝아 마음이 설레었답니다. 본래 달빛은 처녀의 가슴을 두방망이질 치게 하잖아요? 그래서 달님 구경을 하러 나왔는데, 뭐가 잘못된 건가요?"

"잘못됐다! 매우 잘못됐다!"

"뭐가 그리 잘못된 것인지 소녀가 물어도 되겠는지요?"

일시 복면인은 말을 못하고 머뭇거렸다. 그는 진육담만큼 한어에 익숙하지 못한 터라 황의소녀의 당돌한 물음에 일순 대답할 말이 떠오르지 않았다.

대신 한어를 한마디도 할 줄 모르는 다른 복면인이 황의소녀 쪽으로 달려들었다.

일단 그녀를 제압해 놓은 뒤 진육담이 소설향을 처리하고 오면 추궁하게 해야겠다는 판단이었다.

파팟!

순간적으로 황의소녀의 완맥을 제압해 가는 복면인의 손속은 매섭고 재빨랐다. 웬만한 일류고수라 해도 방비하기가 그리 쉽지 않은 수법이었다.

그런데 복면인의 손에 막 황의소녀의 작은 몸이 딸려 들어가려는 찰나, 상황이 반전됐다. 황의소녀는 여전히 무방비 상태로 서 있는데, 달려들던 복면인이 주춤거리며 뒤로 물러서기 시작한 것이다.

"크, 크윽!"

신음을 토하며 뒤로 물러서는 복면인의 한쪽 눈에서 피가 용솟음쳤다. 어느새 눈에 보이지도 않을 듯 가는 금침 하나가 그의 눈에 박혀 있었다.

그때 황의소녀가 다소 감격한 표정으로 진자운에게 소리쳤다.

"공자, 감사해요! 결국 소녀를 위해 손을 써주셨군요!"

'내가 뭘?'

진자운은 어깨를 가볍게 으쓱해 보였다. 황의소녀에게 당했다는 생각이 들었다.

그의 예상대로 복면인들의 매서운 시선이 일제히 파고들었다. 그들은 전혀 무공을 익힌 기색이 보이지 않는 황의소녀가 손을 썼으리란 생각은 하지 않는 듯했다. 그렇기에 진자운을 금침의 주인으로 확정 지은 것이다.

긁적!

진자운이 뒤통수를 손으로 긁었다. 이럴 경우 대화와 타협이란 매우 좋은 인간관계의 도구는 그다지 실용적이지 못하다는 걸 알고 있었기 때문이다.

'뭐, 눈동자가 꽤 예쁜 아이니까 일단 장단에 좀 닺춰줘 볼까?'

일순 진자운의 얼굴에 거만한 표정이 떠올랐다.

"나는 천하제일 무당파의 진자운이다! 만독문의 덜떨어진 마두들이 오늘 가엾은 소녀를 희롱하니 어찌 그냥 지나칠 수 있겠는가!"

"무당파!"

복면인들의 입에서 가벼운 탄성이 터져 나왔다. 천하제일인 허공 진인을 배출한 무당파의 명성은 멀리 묘강의 만독문에도 널리 퍼져 있었던 것이다.

한어를 아는 예의 복면인이 나섰다.

"무당파의 고수가 마교의 성녀와 관련 있는 것이더뇨?"

"성녀는 모르겠고, 달빛에 취해 몰래 밖으로 기어나온 겁없는 소녀한 명은 알고 있지.”

“우리는 만독문이다!”

“알고 있다.”

복면인의 눈에서 흉광이 일었다.

“그렇다면 더 이상의 말은 서로 간의 인품을 손상케 하는 것이다뇨.”

“맞는 말이야.”

진자운이 슬며시 황의소녀 앞을 가로막아 섰다. 마치 정의의 협객이라도 된 것처럼.

[꼬맹아! 오늘의 빚은 나중에 이자 쳐서 갚아야 한다!]

황의소녀가 양손을 가슴에 모아 꼬옥 쥐고 감격한 얼굴을 한 채 조그맣게 입술을 달싹거렸다.

[무당파의 협객님, 일단 만독문의 떨거지들 청소나 하시지요!]

[글쎄…….]

갑자기 전음을 끊은 진자운이 느닷없이 신형을 돌려 황의소녀에게 돌진했다. 얼마 전 금침에 눈을 잃은 복면인과는 비교조차 할 수 없이 빠르게.

“웁!”

황의소녀의 맑은 눈이 일순 두 배쯤 크게 뜨였다. 진자운의 느닷없는 입맞춤에 숨이 막혀왔기 때문이다.

“일단 선금부터 받고!”

“…….”

만족스런 웃음과 함께 진자운이 황의소녀에게서 떨어졌다. 그리고 일제히 딱딱하게 굳어버린 복면인들을 향해 신형을 돌려 세운 그가 소리쳤다.

"자, 그럼 싸워볼까?"

진육담은 소설향을 연신 만독문의 삼대독공 중 하나인 절명독장(絶命毒掌)으로 공격하며 입가에 득의로운 웃음을 흘렸다.

절명독장은 그가 사십 년 동안 공을 들인 독장으로, 다른 무공과 다른 독특한 점이 있었다.

절명독장에 맞서는 상대는 장력과 직접적인 접촉이 없더라도 조금씩 몸 안에 독기가 쌓여간다. 시간이 갈수록 자신도 모르게 중독되는 것이다.

'이제 조금만 지나면 저 훌륭한 몸매를 지닌 처자를 제압할 수 있다! 그러면 성녀가 있는 곳을 알아낸 후 필히 노부의 열여덟 번째 부인으로 삼으리라! 몸매가 저리 훌륭하니, 조금만 노부가 조교를 하면······.'

진육담의 입 안에 흥건한 침이 고였다. 생각만 해도 군침이 돌았다. 그러다 그는 자칫 소설향의 혈우마도에 어깨를 베일 뻔했다.

취리릭!

마치 독아(毒牙)와 같이 낭창거리며 파고든 혈우마도를 가까스로 피하며 진육담이 크게 소리쳤다.

"훌륭한 몸매를 지닌 처자여! 만독문만큼 독사와 친근한 문파는 없는다뇨! 그런 거짓 뱀의 모양을 따라 한다 한들 노부의 옷깃조차 건들 수 없는다뇨!"

"이미 옷깃은 무수히 베였다!"

"그, 그건······."

"왜, 쪽팔리냐!"

　소설향의 말처럼 진육담의 검은 야행복 이곳저곳은 이미 혈우마도에 베어 너덜너덜해진 상태였다. 만약 소설향의 내공이 조금만 더 높았다면, 옷깃만으로 끝나진 않았으리라.

　진육담이 입을 다물고 열심히 독장을 쏟아내기 시작했다. 쪽팔림을 만회해야 했다. 그러자 소설향의 혈우마도가 연달아 춤을 췄다. 더욱 분발해 진육담의 살 깊은 곳 역시 너덜거리는 옷깃처럼 만들어야 했다.

　그러나 절명독장을 상대하면 할수록 소설향은 점점 더 현기증과 구역질이 심해지고 있었다.

　게다가 점점 내력이 단절되는 현상까지 동시에 느끼고 있었다. 그녀는 내심 이를 갈았다.

　'으득, 사부님이 여기 있었다면 벌써 저 개잡종 같은 녀석을 혈우마도로 채 썰 듯하셨을 텐데!'

　소설향의 사부인 홍염마녀 유옥려는 마교의 십대마군 중에서도 상위에 속한 초절정고수였다.

　당연히 유옥려의 수제자인 그녀가 약할 리 없다. 유옥려가 믿고 성녀의 호위로 파견했을 만큼 그녀는 고수가 발에 채일 만큼 많다고 알려진 마교 내에서도 강자였다.

　하지만 운이 없달까, 재수가 없달까?

　소설향이 오늘 밤 만난 진육담 역시 만독문의 십대고수 중 한 명인 강자였다.

　그가 무색한 마음에 연신 맹공을 펼쳐 내자 소설향이 연신 뒤로 물러서기 시작했다. 이미 독기가 체내에 잔뜩 침투해서 내력을 나눠 방비하다 보니, 대등하던 대결 양상이 점점 일방적으로 변하고 있었다.

　'이러다간 지고 만다!'

'이겼다!'

서로 간에 우열이 확실하게 갈리게 되자 소설향과 진육담의 얼굴에 떠오른 표정이 뚜렷하게 갈렸다.

한쪽은 절망으로, 다른 한쪽은 득의만면함으로.

그렇게 막 두 사람 간의 승부가 끝을 향해 달려갈 무렵이었다. 연달아 독장을 다섯 차례나 쏟아내 소설향을 궁지로 몰아넣은 진육담의 수장이 다시 기괴한 변화를 일으켰다.

'우선 어깨를 못 쓰게 하고!'

진육담의 좌장이 혈우마도의 방어를 뚫고 소설향의 어깨를 노렸다. 여태까지완 달리 쾌속하기 이를 데 없는 공격.

일시 방어할 엄두를 내지 못한 소설향이 한쪽 눈을 찌푸리며 이를 악물었다. 어깨를 내준 뒤 진육담과 양패구상할 심산이었다.

그러나 그녀의 악에 받친 계획은 뜻대로 되지 않았다. 진육담이 갑자기 장력을 거두더니 오히려 뒤로 물러섰기 때문이다. 그것도 무진장 빠른 속도로.

'무슨……?'

소설향이 놀라 입을 벌린 순간, 한가닥 섬광이 그녀와 진육담 사이로 떨어져 내렸다.

팍!

부르르르!

떨어져 내린 기세도 기세지만, 검에서 느껴지는 사람을 두렵게 하는 살기. 소설향은 진육담이 황급히 뒤로 물러선 까닭을 알 것 같았다. 두 사람 사이에 떨어져 내린 비검(飛劍)에 실린 힘이 피부로 와 닿았기 때문이다.

“이 검은······.”

그녀가 입을 연 것과 동시였다. 진육담을 향해 다시 검이 날아들었다. 이번에는 검뿐이 아니라 사람도 함께였다. 얼굴을 혈립으로 가린 혈의인이 검신합일(劍身合一)을 한 채 파고든 것이다.

쉐엑!

진육담은 혈립인의 정체를 확인할 새도 없이 연달아 독장을 뿜어내며 뒤로 물러섰다.

쏟아지는 소나기는 피해가란 말이 있다.

그 같은 절정고수도 일단은 뒤로 물러서야 했을 정도로 혈립인의 검에 담긴 기세는 광포했다.

기세란 한번 잡기는 힘들어도 그만큼의 효과가 있다.

진육담은 전광석화처럼 파고드는 혈립인의 검에 몇 차례나 상처를 입고 재차 신형을 뒤로 물려야 했다. 도저히 검에 담긴 변화를 읽을 수 없고 속도 역시 따를 수 없었다.

그렇게 그가 연신 혈립인에게 밀리는 사이, 만독문의 일류고수들인 복면인들 사이에서도 큰 혼란이 일어났다.

소설향이 기회를 놓치지 않고 그들에게 혈우마도를 뿌리며 공격해 들어간 것과 동시였다.

어둠을 뚫고, 붉은 무복을 걸친 흑립인들이 모습을 드러냈다. 물론 그들의 손에는 검이 들려 있었고, 소설향을 도와 복면인들을 공격하기 시작했다.

삽시간에 반전된 전세!

혈립인에게 밀려 연신 뒤로 물러서면서도 수세에 몰리기 시작한 수하들 쪽을 힐끔 바라본 진육담의 얼굴이 일그러졌다. 이미 밀려 버린 전세를 뒤엎긴 힘들겠다는 생각이 들었다.

'필시 마교의 성녀는 홀로 강호에 나왔다고 들었거늘, 어디서 이런 녀석들이 나타났단 말이냐!'

진육담이 갑자기 번개같이 파고드는 혈립인의 검봉을 무시하고 두 손을 합장했다. 부상을 도외시한 동작.

'뭔가 있다!'

진육담을 압도하고 있던 혈립인이 재빨리 검봉을 거둬 방어에 나섰다. 오랜 싸움으로 다져진 본능에 의거한 행동이었다.

그의 본능은 언제나와 마찬가지로 실효를 거뒀다.

파아앙!

진육담이 합장을 풀었을 때다. 그의 양손에서 뭉클거리는 검은 기운이 혈립인을 향해 노도와 같이 쏟아져 나왔다.

"독강(毒罡)!"

혈립인은 재빨리 삼 척이 넘는 검기를 일으키며 전신 모공을 닫았다. 이미 진육담을 공격할 때부터 독기의 침습을 염려해 숨은 멈추고 있었던 터라 대비하기가 용이했다.

파파파파팟!

일시 누에가 뽑아낸 실처럼 검봉에서 일어난 검기가 건장한 체형의 혈립인 주변을 에워쌌다. 일종의 검막(劍幕)을 형성한 것이다.

그러나 순간 혈립인의 얇은 입술이 꿈틀거렸다.

독강과의 충돌에 잔뜩 대비하고 있던 그와 달리 진육담이 재빨리 신형을 뒤로 뽑아 올리고 있었다. 게다가 여유있게 휘파람까지 불었다. 혈립인을 무시한 채로.

삐이익!

'이런!'

혈립인은 진육담이 뿜어낸 게 독강 따위가 아니란 걸 직감하고 이를 갈았다. 그의 완벽한 연기에 깜빡 속아 넘어간 자신의 멍청함이 분했기 때문이다.

그사이, 기가 막히게 산개해 소설향과 흑립인들에게서 빠져나온 복면인들이 진육담과 합류했다. 그들은 모두 진자운과 황의소녀가 있는 쪽으로 달려갔다. 그쪽으로 향한 동료들만이 아직 돌아오지 않았기 때문이다.

퍽!

진자운의 일권파가 마지막 육식의 변화를 보였을 때다. 유일하게 한어를 구사할 줄 알던 복면인의 신형이 빙그르르 돌았다. 몸 안에서 회오리치는 권경(拳勁)을 막을 수 없었기 때문이다.

지직!

지지직!

복면인이 키가 대번에 줄어들었다. 일시 소용돌이치는 일권파의 권경을 막으려다 그는 무릎까지 땅속으로 파고들어 가고 있었다.

진자운의 입가에 흐릿한 미소가 떠올랐다.

"마도인답게 꽤나 뼈대가 굵은데 그래?"

"크, 크으……."

"그럼, 사양 말고 이것도 받아봐!"

"……."

진자운이 슥 앞으로 나서며 발로 복면인의 머리를 걷어찼다. 그냥 평범한 자오원앙각이나 억지로 일권파에 대항하고 있던 복면인에겐 방비하기 쉽지 않았다.

퍼펙!

억지로 쌍수를 들어 진자운의 일각을 막은 복면인의 신형이 불쑥 땅 속에서 튀어 올랐다. 자오원앙각에 담긴 힘이 일권파에 담긴 권경을 상쇄해 버린 것이다.

"어?"

놀라 소리를 지른 복면인에게 한쪽 눈을 찡긋해 보인 진자운이 말했다.

"내 일권파를 막아낸 상이야!"

"너는……."

복면인은 붕어처럼 열었던 입을 뻐끔거렸다. 어느새 그가 마교의 성녀라 굳게 믿고 있는 황의소녀를 들쳐 업은 진자운이 바람같이 신형을 날리고 있었기 때문이다.

진자운이 신형을 날리며 중얼거렸다.

"흠, 이거야말로 일단 삼십육계 주의 상책[三十六計走爲上計:서른여섯 가지 계책 중에서 피하는 것이 제일 좋은 계책이란 뜻으로, 일의 형편이 불리할 때는 도망가는 것이 상책이라는 말이다!"

"어째서 이겨놓고 도망가는 건데?"

등에 업힌 황의소녀가 묻자 진자운이 뒤로 손가락질을 했다.

"떼거리로 몰려온다!"

"떼거리?"

황의소녀가 뒤로 고개를 돌리곤 눈에 예의 맑은 이채를 담았다. 과연 진육담을 위시한 열 명의 복면인들이 바람같이 달려오고 있었던 것이다.

"확실히 많긴 많구나."

황의소녀가 납득했다는 듯 고개를 끄덕이자 진자운이 연신 발을 움직여 신형을 날리며 어깨를 으쓱해 보였다.

"많지. 나는 이기지 않는 싸움은 하지 않는 주의거든."

"겁이 많은 건 아니고?"

"이기지 못할 싸움에 목을 메는 바보가 아니라고 해서 겁이 많은 건 아니지."

"가끔은 이기지 못할 싸움도 해야 하는 거잖아?"

"일테면?"

"사랑하는 여자를 지킨다거나……."

"어디의 누구?"

진자운이 갑자기 걸음을 멈추고 고개를 좌우로 돌리자 황의소녀가 작은 주먹으로 머리를 때렸다.

퍽!

"아!"

황의소녀가 작게 중얼거렸다.

"방금 전에 내 입술을 훔쳐 갔잖아, 이 도둑놈아!"

"아, 그거?"

"나한테 한눈에 반해서잖아!"

"누가?"

"작은 도둑놈처럼 눈을 굴리는 너 말야, 너!"

황의소녀가 시끄럽게 소리 지르자 진자운이 피식 웃었다. 확실히 처음 생각했던 것처럼 재밌는 소녀란 생각이 들었다. 아직 어린 나이임에도 성격이 보통이 아닌데다 말이 재밌었다.

진자운이 몸부림을 치느라 밑으로 흘러내린 황의소녀를 얼른 추켜 올리고 다시 신형을 날렸다. 그의 입가에 실실 웃음이 걸리고 있었다.

"그건 말야……."

"뭐?"

"네 입을 막은 거."

"……."

황의소녀가 얼른 입을 오므렸다. 갑자기 부끄러운 생각이 들었기 때문이다.

황의소녀의 그런 변화를 알 리 없는 진자운이 기다렸던 반응이 없자 계속 말을 이었다.

"그건 너같이 쬐그만 꼬맹이한테 반해서가 아니야. 그냥 그렇게 하면 네가 가장 화를 낼 거라고 생각한 거지."

"내가 화를 낼 것 같아서 그랬다고?"

"그래, 너같이 되다 만 여자애한테 무슨 반하고 자시고 할 게 있겠냐."

말을 끝낸 진자운이 히죽거리며 웃은 것과 동시, 그의 머리 위로 작은 불꽃이 솟아올랐다.

'응?'

진자운이 고개를 들자 하늘을 수놓는 작은 불꽃이 보였다. 황의소녀의 손을 떠난 폭죽이 폭발을 일으킨 것이다.

"너!"

진자운이 고개를 돌려 노려보자 황의소녀가 생글거리며 웃어 보였다.

“왜?”

진자운이 피식 웃었다.

“자꾸 그러면 또 입을 막아버린다!”

“흡!”

황의소녀가 얼른 손으로 자신의 입술을 가렸다. 그녀가 본 진자운은 자신이 한 말은 반드시 지키고야 마는 인간이었기 때문이다.

그때 폭죽이 만든 불꽃을 쫓아 두 개의 인영이 달려들었다. 얼핏 보기에도 만독문의 복면인들보다 수준이 높아 보이는 자들이었다.

'마교의 고수들?'

진자운이 갑자기 신형을 멈췄다. 갑자기 좋은 생각이 떠오른 것이다.

“어?”

여전히 손으로 입을 가린 채 황의소녀가 눈을 몇 차례 깜빡였다. 폭죽으로 종적이 드러난 이상 진자운이 더욱 힘써 도망칠 줄 알았는데 갑자기 걸음을 멈추자 의문이 생겼다. 도대체 어떻게 할 작정인지 궁금했다.

그녀의 의문을 풀어주려 함인가. 진자운이 등에 업고 있던 황의소녀를 갑자기 앞으로 끌어당겼다.

그러자 졸지에 진자운의 품에 안긴 꼴이 된 황의소녀의 얼굴이 새빨갛게 달아올랐다.

“이런 법이 어딨어! 아직 우리는 혼약을 올리지도 않았잖아!”

“혼약?”

진자운이 피식거리며 웃었다. 세상에서 가장 우스운 얘기를 들었다는 표정이다. 그러자 더욱 얼굴이 새빨개진 황의소녀가 마구 진자운의 가슴을 주먹으로 때리며 소리쳤다.

"날 놔줘! 날 놔줘!"

"싫다."

"이 난봉꾼! 도둑놈!"

"그래, 그래. 난 원래 그런 놈이야. 그러니까 조용히 있는 게 좋을 거야. 난봉꾼에 도둑놈이 너 같은 꼬맹이한테 무슨 짓을 벌이면 곤란하잖아?"

"이이……."

황의소녀가 결국 입을 다물었다. 진짜 진자운이 난봉꾼에 도둑놈 같은 짓을 할까 봐 더럭 겁이 난 것이다.

그때 히죽거리는 진자운의 앞뒤로 예의 혈립인과 소설향이 모습을 드러냈다.

황의소녀가 터뜨린 폭죽은 마교 내에서도 고위층만이 지닐 수 있는 것이었다.

그 신호를 보고 전력을 다해 달려온 두 사람 중 소설향이 살기 어린 표정을 진자운에게 던졌다.

"이 녀석, 당장 성녀님에게서 떨어져라! 그렇지 않으면 네 녀석의 사문은 물론이거니와 가족으로부터 시작해 사돈의 팔촌까지 찾아내 징벌하고 말 테다!"

"……."

진자운의 시선이 소설향을 향했다. 아직 체내에 침입한 진육담의 독기를 완전히 제거하지 못한 듯 그녀의 얼굴에는 다소 검은 기운이 감돌고 있었다. 그래서인지 평소보다 활력이 덜하고 입담도 조신해 보였다.

‘그냥 앉아서 운기조식이나 할 것이지, 성질머리 하고는……’

내심 혀를 찬 진자운이 퉁명스레 말했다.

“성녀라니, 누굴 말하는 거요?”

“그야 당연히…….”

소설향의 말을 혈립인이 재빨리 끊고 나섰다.

“여기 일은 우리 패왕혈검단(覇王血劍團)이 맡을 것인즉, 소 소저는 뒤로 물러서시는 게 좋겠소!”

“뭐라고욧!”

“성녀님의 호위는 본래 교주님 직속인 패왕혈검단의 일이니 십대마군 측은 빠지라는 뜻이오.”

혈립인의 뜻은 단호했다. 그러나 소설향은 사부 유옥려를 축으로 한 십대마군 전체의 명령을 받은 터였다. 성녀를 눈앞에 두고 혈립인의 말처럼 쉽사리 뒤로 물러설 생각은 없었다.

“흥!”

차갑게 코웃음 친 소설향이 혈립인을 차갑게 쏘아봤다.

“패왕혈검단이 교주님 직속으로 교주님 일가의 호위를 맡는다는 건 저 역시 알고 있어요. 하지만 성녀님은 현재 전대 교주님의 피를 이으신 유일한 분입니다. 어찌 패왕혈검단에게만 고귀한 존체를 맡길 수 있단 말입니까!”

“그 말은 본 단의 권위에 도전하겠다는 뜻이오?”

“끝까지 패왕혈검단에서 성녀님을 독차지하겠다면!”

“…….”

혈립인은 대답 대신 검을 뽑았다. 보통의 검보다 폭이 좁고 뾰족할 뿐더러 한 치쯤 긴 협봉검(狹鋒劍)이었다.

그러자 소설향 역시 얼른 혈우마도를 빼 들었다. 자신이 애를 먹었던 진육담을 도망치게 만들었던 혈립인의 무공을 익히 본 터라 그녀의 태도는 신중했다.

삽시간에 두 남녀 사이에선 지독한 살기가 감돌기 시작했다. 어찌 보면 진육담을 비롯한 만독문의 복면인들과 싸웠던 때보다 지금 보이는 살기가 더욱 강렬했다. 오랫동안 헤어졌던 원수를 만난 것 같았다.

두 남녀의 대치를 흥미진진하게 지켜보던 진자운의 귓불에 황의소녀가 슬그머니 입술을 가져다 댔다.

[도망가려면 지금이야!]

진자운이 황의소녀를 힐끔 바라봤다.

[내가 왜 도망가야 하는데? 아니, 그보다 폭죽을 쏴서 날 곤란하게 만들 때는 언제고, 이제 와서 위하는 척, 걱정하는 척하는 심보는 뭐냐?]

[그건 네가 나쁜 거야! 날 모욕했잖아!]

진자운은 황의소녀를 재밌다는 듯 바라봤다. 그러자 황의소녀가 몰래 혈립인을 손가락으로 가리키며 말했다.

[저기 혈립 쓴 아저씨는 패왕혈검단 단주이자 별호가 일검필살귀견수(一劍必殺鬼見手)로 서이환이란 분인데, 진짜 성질 더럽고, 붉고 큼지막한 도를 든 언니는……]

[만만찮게 성질이 더럽고, 선천적인 길치인 소설향이란 누님이지?]

[어?]

황의소녀가 큰 눈을 깜빡이며 놀란 표정을 짓자 진자운이 이를 드러내며 웃었다.

[너와는 달리 저 성질 나쁜 소 소저는 훌륭한 여성인지라 나 같은 난

봉꾼이 관심을 가지는 건 당연하지 않겠어?]

[뭐라구!]

[아니면, 네가 소 소저보다 더 낫다고 주장하고 싶은 거냐? 그 빈약한 몸을 가지고?]

[그건… 그건…….]

잠시 말문이 막히는지 말끝을 흐린 황의소녀가 갑자기 진자운의 허벅지를 발로 걷어찼다.

퍽!

그러나 진자운은 얼굴 한 번 찌푸리지 않았다. 칠 년 동안의 면벽으로 단련된 그의 육체는 작고 평범한 소녀의 발길질을 간단히 튕겨 버렸다. 오히려 발길질을 한 황의소녀의 작은 얼굴이 가볍게 일그러졌다.

"아야!"

작은 신음이었다. 그러나 그 작은 신음이 일으킨 파급 효과는 대단했다.

"성녀님!"

"성녀님!"

서로를 잡아먹을 듯 으르렁거리던 서이환과 소설향의 시선이 진자운과 황의소녀를 향했다. 물론 그들이 이미 빼 들고 있던 협봉검과 혈우마도 역시 방향을 바꿨다.

파팟!

파슛!

진자운은 갑자기 몰려든 검기와 도기가 지닌 심상치 않은 기운에 입을 한 일 자로 만들었다. 기분이 나빴기 때문이다.

'한번 해보자는 건가?'

눈매를 살짝 가늘게 뜬 진자운이 황의소녀의 목에 손가락을 갖다 대곤 소리쳤다.

"당신들이 애지중지하는 성녀가 내 손에 있다는 걸 잊지 말아줬으면 좋겠소만?"

"……."

대뜸 진자운을 노리고 있던 검기와 도기가 흔적도 없이 사라졌다. 대신 서이환과 소설향이 뿜어내는 살기가 더욱 가중됐다.

소설향이 진자운에게 소리쳤다.

"너, 이렇게 비겁한 녀석이었냐?"

"몰랐소?"

"그래, 몰랐다!"

"그럼 이제부터 알아두는 편이 좋을 거요, 소 소저!"

"소 소저?"

서이환이 소설향에게 눈살을 가볍게 찌푸려 보였다. 진자운과 소설향의 대화에서 친분이 있음을 눈치챈 것이다.

소설향이 얼른 변명했다.

"오해하지 마세요! 저 녀석과 나는 그냥 길에서 우연히 만나서 이곳까지 동행했을 뿐이니까요!"

진자운이 얼른 히죽거리며 말했다.

"그렇소. 내가 길을 헤매고 다니는 소 소저를 구원해 준 은인이오."

"누가 네 녀석 따위한테 구원을 받았단 거냐!"

"그럼, 나한테 들러붙어 길 안내를 해달라고 했던 사람은 어디의 누구요?"

“그, 그건…….”

소설향이 결국 입을 다물자 서이환이 차갑게 냉소를 터뜨리고 진자운 쪽으로 한 걸음 나섰다.

“지금이라도 성녀님을 놔준다면 네 녀석의 팔 하나를 자르는 걸로 끝내겠다. 하지만 그렇지 않을 시…….”

“내 사문을 몰살하고 가족과 사돈의 팔촌까지 찾아내 죽이겠다고 말하고 싶은 거요?”

“불가능하다곤 말하지 마라! 나 서이환이 하겠다고 마음먹으면 절대 못할 게 없으니까!”

“…….”

진자운 대신 서이환의 독주를 못마땅하게 바라보고 있던 소설향이 입술을 삐죽거렸다.

“저 녀석의 사문은 무당파예요. 그렇게 함부로 호언장담을 해서 되겠어요?”

“무당파?”

“그래요. 제가 몇 차례 손속을 겨뤄봤는데, 분명 저 녀석은 무당파의 제자가 분명해요.”

진자운을 바라보는 서이환의 눈빛이 조금 강해졌다. 아무리 그가 마교 내에서도 삼십위권 안에 드는 절정고수이자 패왕혈검단의 단주라곤 하나 무당파란 이름 앞에서 태연하긴 힘들었다. 무당파야말로 천하제일인인 허공 진인을 배출한 당금의 정파제일문이기 때문이다.

문득 들고 있던 협봉검의 검봉을 바닥 쪽으로 내려뜨린 서이환이 단호하게 말했다.

“무당파가 아니라 황실의 구중천(九重天)에 속한 자라 해도 성녀님에게 위해를 가한다면 죽음을 면치 못할 것이다!"

"……."

이때 서이환의 목소리엔 단호함뿐 아니라 자부심도 함께 섞여 있었다. 그러나 진자운이 주목한 건 그의 말이나 태도가 아니라 갑자기 바닥을 향한 협봉검의 검봉이었다.

'검끝이 땅을 향했는데, 오히려 더욱 강한 힘이 느껴진다?'

진자운은 경각심을 품었다. 그리고 바로 그때였다.

바닥을 향하고 있던 서이환의 협봉검이 마치 뇌전처럼 위로 치솟아 올랐다. 성녀라 불리는 황의소녀의 목젖 위를 움켜쥐듯 가리고 있던 진자운의 손등을 노리며.

스파앗!

진자운이 재빨리 황의소녀를 옆으로 밀어제쳤다.

우웅!

지척까지 이른 협봉검을 향해 그의 주먹이 내쳐졌다.

◆ 第十三章 ◆

나비가 꽃을 찾듯이

찌르르!

진자운의 일권파가 협봉검의 좁은 검면을 때렸다. 거의 순간적으로 벌어진 변화.

낭창!

협봉검의 중간 부분이 크게 휘어졌다. 마치 대나두로 만들어진 낚싯대처럼.

그러나 진자운은 순간 섬뜩한 느낌에 신형을 옆으로 급격히 비틀었다. 일권파에 담긴 무시무시한 권경의 폭발에도 불구하고 기세를 잃지 않은 협봉검이 인후를 노리며 파고들었기 때문이다.

터엉!

일순 진자운의 발이 바닥을 때렸다. 그러자 주변으로 먼지가 자욱하게 일었다. 발끝에 힘을 주며 회전을 일으킨 진자운이 파산경을 펼친 것이다.

지이잉!

협봉검의 맹위도 거기까지였다. 진자운의 파산경에 휘말리자 인후를 노리기는커녕 힘없이 밖으로 나뒹굴었다. 서이환의 비검이 아직 이기어검의 경지에 오르지 못했다는 증거였다.

"휘이!"

진자운이 협봉검이 스치고 지나간 소맷자락을 살피며 나직이 휘파람을 불었다. 무당산을 내려온 이래 이렇게 간담을 서늘하게 만들었던 공격은 경험한 바 없었다.

그때 서이환이 다시 검을 빼 들었다.

이번에는 진육담과 싸울 때 사용했던 평범한 청강장검이었다. 그는 상대에 따라 크기와 형태가 각기 다른 세 가지 검을 사용하는데, 오늘은 놀랍게도 진자운에게만 두 번째 검을 선보인 것이다.

스으!

발검과 함께 한성 같은 검기가 진자운을 노렸다. 빠르기도 빠르기지만, 검봉을 따라 산개하는 검기의 움직임이 현란하기 이를 데 없다.

변검(變劍)!

진자운의 어깨가 움찔거렸다. 뒤로 물러서려다 신형을 멈춰 세운 것이다.

'나는 무당파의 육대검법 앞에서도 물러서지 않았다!'

진자운은 진무각주인 운진자와의 비무를 떠올리며 변화하는 검기를 일권파 전 육식으로 맞섰다.

그가 칠 년 동안 갈고닦은 일권파 전 육식은 반보붕권의 기초 하에 수백 가지가 넘는 무당 무공의 변화를 집약한 것이었다. 요체만 파악한다면 변화에서 밀릴 리 만무하다.

스파앙!

검기와 권기가 부딪치며 격렬한 파공성이 일었다. 서이환의 검기는 진자운을 침범하지 못했고, 진자운의 일권파 역시 서이환을 뒤로 물러서게 만들지 못했다. 일시 서로 상대방의 약점을 발견하는 데 실패했기 때문이다.

'적수공권으로 검을 든 나와 맞서 전혀 뒤로 물러서지 않다니!'

서이환이 결국 일방적으로 공격하던 검기를 거두고 뒤로 물러섰다. 진자운의 완벽에 가까운 방어에 그는 내심 탄복했다. 마교 내에서도 살기를 드러낸 그와 끝까지 맞설 만한 인물은 매우 드물었다.

진자운 역시 서이환이 펼친 마검식의 변화는 매우 생소했다. 편벽괴이하면서도 종종 사람의 허점을 파고드는 게 정교하고 웅혼한 무당 검법과는 많은 차이를 느낄 수 있었다. 아직 마도 절정고수와의 실전 경험이 부족한 그로선 대응에 어려움을 겪는 게 당연했다.

그렇게 진자운과 서이환이 각자 잠시 상념에 빠져 서로를 노려보고 있을 때다.

마치 서이환과 처음부터 손발을 맞췄던 것처럼 위기의 순간, 진자운이 밀친 황의소녀를 빼내온 소설향이 얼른 그녀 앞에 부복했다.

"성녀님, 얼마나 고생이 많으셨……."

부복한 채 고개를 살짝 들어 보이던 소설향의 시원스런 아미가 가볍게 찡그려졌다. 달빛에 비추인 황의소녀의 얼굴을 그제야 확인한 것이다.

"흐흑, 그동안 얼마나 고생이 심하셨으면 그 아름답던 얼굴이 이처럼 심하게 망가지신 겁니까!"

"망가지긴 누가 망가졌다는 거야!"

"그렇지만, 성녀님 얼굴이……."

소설향이 여전히 울먹거리며 말하다 말끝을 흐렸다. 갑자기 떠오른 생각이 있었기 때문이다.

"설마 변장을……."

"쉿!"

황의소녀가 손가락 한 개를 입술에 가져다 댔다. 장난스런 표정을 한 채. 그 모습을 본 소설향이 입을 다물자 그녀가 빙글거리며 미소 지었다.

"설향 언니도 제법 재밌는 녀석을 데려왔네요?"

"재밌는 녀석이라니……."

황의소녀의 손가락이 서이환과 대치에 들어간 진자운을 가리키자 소설향의 입술이 살짝 튀어나왔다.

"저 무엄한 녀석은 성녀님을 납치했을뿐더러, 자신의 방패막이로 사용한 못된 녀석입니다! 어찌 재밌는 녀석이 될 수 있겠습니까?"

"그럼 설향 언니는 그런 못된 녀석하고 어째서 이곳까지 동행한 건데요?"

"그, 그건……."

"설향 언니도 저 못된 녀석이 마음에 들었기 때문이 아닌가요?"

소설향이 잠시 낯을 붉혔다가 얼굴을 딱딱하게 굳혔다.

"처음엔 정파 나부랭이치곤 제법 괜찮은 녀석이란 생각도 했습니다. 하지만 오늘 밤 성녀님께 한 행동을 생각하면……."

"그는 저를 방패막이로 사용하지 않았어요. 절 납치한 것도 아니고요. 만약 그에게 정말 그런 의도가 있었다면, 서 단주가 비검을 날렸을 때 절 그렇게 밀치진 않았을 거예요.”

“그건 얼떨결에……”

“저는 설향 언니한테만 미리 전음을 날린 게 아니에요.”

“서 단주 역시 성녀님의 명령을 받고 비검을 날린 거란 말입니까?”

황의소녀는 천천히 고개를 끄덕여 보이곤 눈을 반짝였다.

“자, 이래도 설향 언니는 그에게 관심이 없다고 할 건가요?”

“다, 당연하죠!”

“정말요?”

“물론입니다! 무학 연마에만 시간을 바쳐도 사부님의 진전을 잇는 건 힘든 일인데, 어찌 사내 따위에게 신경 쓸 겨를이 있겠습니까!”

“흐흥.”

소설향을 빤히 쳐다본 황의소녀가 입가에 만족스런 미소를 매달았다.

“그럼, 저 이상한 녀석은 제가 갖기로 하죠.”

“예?”

“전 저 이상한 녀석이 좋아졌거든요.”

“성녀님, 하지만……”

“아아, 이미 끝난 일이에요. 설향 언니는 절대 앞으로 저하고 다퉈서는 안 돼요.”

한마디로 소설향의 입을 봉합한 황의소녀가 빙글거리며 진자운을 바라보다 내심 중얼거렸다.

‘흥, 난봉꾼아! 도둑놈아! 나, 담화연이 여자는 몸매만이 전부가 아니란 걸 가르쳐 주겠어! 물론 앞으로 일이 년만 지나면 나도 충분히 설향 언니보다 멋진 몸매를 가지게 될 거야. 하지만 너 같은 도둑놈을 세상에 그냥 풀어두면 필시 그사이를 못 참고 사고를 칠 테지. 딴 년들한테 내 마음에 든 걸 빼앗기진 않을 테다!'

"후우!"

진자운이 가볍게 한숨을 토한 순간, 서이환의 어깨가 꿈틀거렸다. 그 스스로는 꽤 오랫동안 유지됐다고 생각하나 실제론 일 수유밖엔 지나지 않은 진자운과의 대치가 깨졌다.

그럼에도 서이환의 검기는 전혀 흐트러짐이 없었다. 여전히 살벌하면서도 바늘 끝만한 틈도 보이지 않았다. 이미 그가 검기성강의 단계에 올라 있는 까닭이다.

진자운이 서이환을 향해 히죽 웃었다.

"근데 부근에 아직 만독문의 고수들이 떠나지 않았을 텐데, 끔찍이 아끼는 성녀의 곁을 이렇게 오래 떠나 있어도 되는 거요?"

"성녀님은 이곳에……."

서이환이 말끝을 흐렸다. 어느새 소설향이 성녀 담화연을 데리고 반대편을 향해 신형을 날리는 모습을 발견했기 때문이다.

"으득!"

서이환의 어금니가 갈렸다. 방심하다 소설향에게 한 방 맞았다는 생각이었다.

그때 진자운이 기다렸다는 듯 염장을 질러댔다.

"꽤 많은 부하들을 데리고 온 것 같던데, 상당히 오랫동안 소식이 없는 것 같소?"

"그건……."

"아마도 지금쯤 만독문의 고수들과 한창 싸우고 있는 중이 아닐까 싶은데……."

슥!

진자운의 말이 채 끝나기도 전이다. 재빨리 검가를 거두고 바닥에 떨어진 협봉검을 집어 든 서이환이 소설향을 좇아 신형을 날리며 진자운에게 소리쳤다.

"다시 만날 날이 있을 것이다!"

"얼마든지."

진자운은 히죽거리며 서이환을 배웅했다. 갑자기 담화연을 만나 즐거운 시간을 보낸 것까진 좋은데, 아무래도 맹랑한 꼬마 계집애한테 속았다는 생각이 들었다. 서이환의 갑작스런 공격과 담화연의 내응이 지나칠 정도로 자연스러웠다는 점에 생각이 미쳤기 때문이다.

툭툭!

뒤통수를 한차례 두들긴 진자운이 객점으로 향하며 중얼거렸다.

"성녀? 언젠가 엉덩이를 까놓고 실컷 두드려 팰 날이 올 테지."

건들거리며 걸어가는 진자운의 머리 위로 달이 소박한 웃음을 띤 채 반짝이고 있었다.

*　　　*　·　　　*

장진구는 오랜만에 개운한 기분으로 잠에서 깼다. 항상 자고 일어날 때면 온몸이 찌뿌둥하고 기력이 없는 게, 밤새 누군가에게 얻어터진 것 같았는데 오늘은 그렇지 않았다. 내공이 금제된 이후 처음 있는 일이다.

"으갸갹!"

장진구는 늘어지게 기지개를 켜며 객실에서 나왔다. 밤새 자연적으로 수혈이 풀린 그를 침상에 가부좌를 튼 채 앉아 있던 현음은 전혀 막지 않았다. 아예 도망갈 의지가 없다고 보고 있는 게 분명했다.

'제기랄, 어쩌다가 내 신세가 이렇게 됐단 말인가!'

장진구는 내심 투덜거리면서도 며칠 전과 달리 도망가야겠다는 생각은 전혀 하지 않았다. 내공이 금제된 상태로 진자운과 현음에게서 도망가 봤자 성공할 확률이 없을뿐더러, 소설향에게 붙잡힐 게 두려웠다.

무림맹에 끌려가도 목숨은 부지할 수 있을 터였다. 굳이 마교의 고수인 소설향에게—그는 아직도 소설향이 마교의 살수라 굳게 믿고 있었다—목숨을 위협받을 까닭이 없었다. 이게 다 무당파를 떠난 후 진자운이나 현음등과 다니며 터득하게 된 삶의 철학이었다.

'암, 그렇고말고! 일단 목숨을 부지해야 과거의 영명도 되찾는 게지!'

장진구는 눈에 낀 눈곱을 소매로 문지르며 주루가 있는 아래층을 향해 내려갔다.

일단 먼저 아침밥을 먹은 후, 진자운과 현음의 아침상을 봐서 가져갈 심산이었다.

이렇게 비굴하게 아부를 해서라도 악귀 같은 두 숙질에게 아침부터 얻어맞고 싶진 않았다.

그런데 막 주루의 한쪽 자리를 차지하고 앉아 분주히 움직이고 있는 점소이를 부르려던 장진구의 안색이 딱딱하게 굳었다. 아직 이른 시간임에도 청소를 위해 활짝 연 객점 안으로 들어선 일남 이녀, 그중에서도 검은 무복 차림의 장년인을 발견했기 때문이다.

검은색 무복에 검은색 영웅건.

양 옆구리에 매달린 세 자루의 각기 형태가 다른 검.

그리고 왼쪽 눈밑을 가로지른 한줄기 검상.

장년인의 모습은 장진구에게 마교 내에서도 위명이 자자한 일검필살 귀견수 서이환이란 무시무시한 이름을 떠올리게 했다. 그의 옆에 있는 두 여인 중 한 명이 소설향이란 걸 굳이 염두해 두지 않더라도 말이다.

'어, 어떻게 저런 거물이……!'

장진구는 점소이를 부르러 들었던 손으로 재빨리 얼굴을 가렸다. 그뿐 아니라 그 크고 넓적한 사각형에 붉으죽죽한 안색이라 한눈에 알아보기 편한 얼굴마저 옆으로 돌렸다. 어떻게 해서든 객점에 들어선 일남 이녀에게 자신의 정체를 들키고 싶지 않다는 마음의 발로였다.

하지만 이때 객점 내 주루에 앉아 있는 건 장진구 혼자뿐이었다. 애써 노력한다 해서 들키지 않을 리 만무하다.

"어서 옵셔!"

점소이가 탁자를 훔치던 걸레를 손에 든 채 달려오자 일남 이녀 중 한 명인 소설향이 붉은 입술을 나풀거리며 말했다.

"나 알지?"

점소이가 뱁새눈을 깜빡거리곤 입가에 실실거리는 웃음을 담았다.

"알다 뿐입니까요! 어젯밤 저희 화평객점이 생긴 이래 가장 많은 매상고를 올려준 분이신데요!"

"그뿐이냐?"

"이놈이 점소이 생활을 한 후 뫼신 최고의 미녀이시죠!"

소설향이 미미하게 고개를 끄덕이곤 말했다.

"여전히 말은 번드르르하니 잘하는구나. 마침 일행이 저기 나와 있으니, 탁자를 붙여서 한자리를 만들어라."

"알겠습니다요!"

점소이가 얼른 허리를 숙여 보이곤 장진구가 앉아 있는 탁자 쪽으로 달려갔다. 계속 고개를 옆으로 돌리고 있던 장진구의 입에서 작은 욕설이 터져 나왔다.

"씨부럴."

그때 끙끙거리며 근처에 있는 탁자를 날라온 점소이가 장진구에게 손을 비비며 말했다.

"손님, 탁자를 붙여야 하는데……."

"붙여!"

괜시리 점소이에게 화를 낸 장진구가 벌떡 자리에서 일어서더니, 재빨리 소설향이 있는 쪽으로 달려갔다.

"헤헤, 소 소저, 밤새 안녕하셨습니까?"

소설향이 장진구를 향해 차가운 눈빛을 던졌다.

"왜? 계속 그 넙대대한 얼굴을 손바닥으로 가리고 있지?"

"그게, 갑자기 얼굴이 가려워져서……."

슥!

장진구의 얼굴을 날리기 위해 들어올려진 소설향의 주먹이 공중에서 멈췄다. 옆에 서 있던 서이환의 손에 걸린 것이다.

"이건 무슨 뜻이죠?"

소설향의 살기 어린 눈빛을 접한 서이환이 무심한 표정으로 말했다.

"아가씨께서 앞으론 함부로 손을 써서는 안 된다고 하셨소."

“이런 일에 아가씨를 들먹이다니!”

“아가씨의 명은 절대적이오!”

“이익!”

소설향이 결국 장진구를 향했던 주먹을 내렸다. 그때 두 사람과 한 걸음쯤 떨어져 서 있던 담화연이 귀여운 얼굴에 한숨을 담은 채 작게 중얼거렸다.

“난 배가 고픈데…….”

“아!”

소설향이 한차례 서이환을 노려보고 얼른 장진구에게 소리쳤다.

“빨리 음식을 시켜라!”

“예이!”

한 대 맞을 것을 그냥 넘어간 터다. 장진구가 재빨리 자신이 앉았던 탁자로 달려가더니, 점소이를 불러 이것저것 음식을 주문하기 시작했다. 이미 그의 뇌리에 진자운과 현음의 아침밥은 까맣게 사라져 흔적도 찾아볼 수 없었다.

밤새 숙취로 고생한 현음과 달리 진자운은 때가 되자 배가 고팠다. 본래 폐관수련을 한 칠 년 동안 맛없는 벽곡단만 먹은 터라 그에겐 그다지 식탐은 없었다. 무당산을 내려오기 전까진.

무당산을 내려와 벽곡단 외의 맛 좋은 음식들을 먹다 보니, 이젠 배가 알아서 밥 때가 되면 신호를 보내기 시작했다. 때가 됐으니 먹을 걸 집어넣으라는 협박을 즐기기 시작한 것이다. 지금처럼.

꼬르륵!

진자운은 천장을 바라보며 누워 발을 건들거리다 침상에서 내려왔다. 그는 기척을 통해 꽤나 오래전에 장진구가 현음의 방에서 나갔다는 걸 알고 있었다.

그러니 지금쯤은, 아니, 벌써 오래전에 아침 상이 눈앞에 대령됐어야 옳았다.

분명 그는 여태까지 장진구를 그렇게 교육시켰다. 그런데 일이 틀어지고 보니, 심사가 꽤나 불편했다.

'어제 내가 피곤해서 현음의 방에 들르지 않고 그냥 곱게 자게 내버려 뒀더니, 간이 배 밖으로 나왔단 말이지?'

진자운은 주먹을 가볍게 풀었다.

그의 예상대로라면 장진구는 지금쯤 열심히 도망을 치고 있을 터였다. 어차피 내력이 제압된 상태인 장진구를 붙잡는 건 손쉬운 일이니, 이번 기회에 재교육만큼은 단단히 시킬 생각이었다.

그런데 장진구와 마찬가지로 객실을 벗어나 주루로 내려가던 진자운의 눈살이 가볍게 찌푸려졌다. 그의 예상을 깨고 장진구가 주루 한 켠에 자리를 잡고 앉아 있는 모습을 발견했기 때문이다.

'흠, 도망가지 않은 건가? 도망가다 붙잡힌 건가?'

진자운은 단숨에 절반이나 남은 계단에서 뛰어내렸다. 우아하고 낭창거리는 걸음으로 계단을 내려오며 '여어!' 하는 취미 따윈 그에겐 없었다.

냉큼 달려온 점소이를 손을 휘저어 뒤로 물린 진자운의 시선이 담화연을 향했다.

"꼬맹이! 여긴 또 뭐 하려고 온 거야?"

"누가 꼬맹이야!"

담화연이 안색을 붉히며 소리치자 진자운이 대뜸 손가락으로 그녀를 가리켰다.

"너."

"난 꼬맹이가 아니란 말야!"

"그럼 누군데?"

"나는 담…….."

자신의 이름을 말하려는 담화연에게 서이환과 소설향이 동시에 소리쳤다.

"아가씨!"

"아가씨!"

담화연이 못마땅한 표정으로 입을 다물었다. 입술을 불쑥 내민 그녀의 표정이 귀여웠다.

"치이…….."

그러자 진자운에게 서이환과 소설향의 살기 어린 시선이 화살처럼 날아와 박혔다. 정도의 차이는 있으나 두 사람 다 지금 당장에라도 진자운에게 달려들어 온몸을 난도질하고 싶다는 표정이었다.

그러나 진자운이 그런데 주눅 들 위인이 아니다. 그는 아무렇지도 않은 표정을 한 채 탁자로 걸어가 장진구에게 눈알을 부라렸다.

"내 아침 식사는?"

"아! 그, 그게 깜박…….."

"잊었다는 게냐?"

"…….."

장진구는 얼굴 가득 가련한 표정을 떠올린 채 고개를 푹 숙였다. 진자운에게 얼른 때리란 신호를 보낸 것이다.

'얼른 날 패라! 그래서 저 지옥의 악귀라 불리는 일도필살 귀견수와 한판 붙어라! 그래서 둘 중 하나가 죽으면 좋고, 더욱 좋은 건 둘 다 동 귀어진(同歸於盡)해서 그냥…….'

열심히 자신이 바라는 바를 중얼거리던 장진구가 문득 고개를 들었다. 그의 예상과 달리 진자운이 주먹질을 하는 대신 비어 있는 옆 자리에 털썩 주저앉았기 때문이다.

"어, 어째서?"

큰 눈을 꿈벅거리며 묻는 장진구에게 진자운이 대수롭지 않다는 듯 말했다.

"여기 있는 칼 세 개 찬 형씨는 꽤 무섭거든. 이 형씨와 헤어진 뒤에 네 죄는 천천히 응징해도 늦진 않아."

'컥!'

장진구는 갑자기 사레가 들린 것처럼 얼굴을 시뻘겋게 물들였다. 혹시라도 진자운에게 자신의 음흉한 속셈을 들킨 게 아닌가 걱정됐기 때문이다.

그래서 몰래 진자운의 옆얼굴을 곁눈질하던 장진구의 눈에 이채가 떠올랐다. 진자운과 서이환 사이에 불꽃이 튀는 모습을 목도한 것이다.

'구면이었던가?'

그가 내심 고개를 갸웃거릴 때 진자운이 서이환에게 히죽 웃어 보였다.

"이렇게 빨리 재회하게 될진 몰랐소만?"

"무당의 제자가 그렇게 권각술에 능할 줄은 몰랐다."

"무당의 제자는 본래 처음에 권과 장을 배우고 다시 퇴법을 배운다오. 어찌 권각술을 모르겠소?"

"그래도 무당이 천하에 자랑하는 것은 육대검법이지."

"구경하고 싶은 거요?"

"보여줄 수 있는가?"

"물론."

진자운의 대답이 떨어진 순간, 서이환이 얇은 입술을 꿈틀거리며 치켜 올렸다. 무인 특유의 전의가 치솟아오른 것이다.

그러나 그때 두 사람 간의 긴장감 넘치는 대화를 물끄러미 바라보고 있던 담화연이 목소리를 높였다.

"식사 중에 밖으로 나가는 건 용서할 수 없어요! 설향 언니, 그렇지 않은가요?"

"예?"

"식사 중에 다른 행동을 하는 건 안 되잖아요!"

소설향은 아마도 장진구 못지않게 진자운과 서이환의 대결을 기대했을 것이다. 잠시 아쉬운 표정을 지어 보인 그녀가 마지못해 고개를 끄덕였다.

"예, 아가씨의 말씀이 옳습니다."

소설향에게 미미하게 고개를 끄덕여 보인 담화연이 서이환을 바라봤다. 도장을 찍는 눈빛이다.

결국 서이환이 잔뜩 끌어올렸던 투기를 슬그머니 감췄다.

"식사 중에 밖으로 나가는 일은 없을 것입니다."

"좋아요."

담화연의 입가에 상큼한 미소가 떠올랐다. 결국 일은 이렇게 일단락된 것이다.

'호오, 역시 마교의 성녀란 건가?'

진자운은 잠시 담화연을 흥미로운 표정으로 바라봤다. 어젯밤 경황 중에 살피지 못한 부분을 찾기 위함이다.

물론 그러는 동안, 그의 손은 쉬지 않았다. 이미 잔뜩 주문되어 나온 음식들 중 가장 맛있어 보이는 걸 골라 부지런히 입으로 가져가고 있었다.

"우물, 우물……."

"지저분하긴!"

소설향이 질색한 표정으로 소리쳤으나 진자운은 그녀 쪽은 쳐다보지도 않았다. 아직 담화연에 대한 파악이 끝나지 않았기 때문이다.

담화연이 그런 진자운을 방긋거리며 바라봤다. 자고로 사랑하는 사람이 뭘 먹는 모습만 봐도 배가 부르다더니, 진짜 진자운이 음식을 맛있게 먹는 게 흐뭇한 듯 보였다.

그때 대충 배를 채운 진자운이 소매로 입을 닦으며 담화연에게 말했다.

"꼬맹아, 그래서 진짜 이곳엔 어쩐 일이냐?"

"꼬맹이 아니라니까!"

"그럼, 나도 아가씨라 불러주랴?"

"그건 아니지만……."

"그럼?"

"내 이름은 소화연이야. 그러니까 앞으론 화연 누이라거나, 연 매라고 부르면 돼. 나도 자기를 진 가가라 부를 테니까."

"자기이?"

진자운이 어깨를 가볍게 떨어 보였다. 소름이 끼친다는 표정이다. 그러다 그는 다소 심드렁한 표정을 지어 보였다.

“그럼, 쬐그만 소 소저는 어째서 날 찾아온 건데?”

“그 쬐그만이란 말은 빼주면 안 될까?”

“네가 바른대로만 말해 준다면.”

“치이!”

담화연은 나직이 혀를 차고 조그맣게 중얼거렸다.

“앞으로 화연이의 앞날도 참 고생길이 훤하구나! 이런 사람을 낭군 감으로 정했으니…….”

“니 맘대로 나한테 시집오진 말고.”

“예예.”

손을 들어 보이며 귀엽게 고개를 몇 차례나 주억거려 보인 담화연이 예의 맑은 눈빛을 드러내며 말했다.

“어제 정파 무림맹이 바로 코앞인 이곳, 여항에서 만독문의 고수들 이 난동을 부렸어.”

“그건 너 때문이잖아.”

“그거야 정파 무림맹의 사람들이 알 리가 없지.”

“그래서?”

“그래서 본래 삼 개월쯤 뒤에 열릴 예정이던 군웅대회를 다음달로 당겼다나 봐.”

“왜?”

진자운의 반응은 여태까지와 달리 다소 날이 서 있었다. 무림맹의 군웅대회가 예정과 달리 다음달에 열린다는 건 그가 강호를 주유하며 놀 수 있는 날이 줄어들었다는 뜻이다. 기분이 좋을 리 만무했다.

물론 담화연이 그런 진자운의 내심을 알 리 없다. 그의 반응이 예상 을 뛰어넘자 다소 호기심 어린 표정을 보이던 그녀가 고개를 갸웃거리며 설명을 계속했다.

"뭐, 유추하자면 자기 앞마당에서 요즘 충돌을 빚고 있는 만독문의 독인들이 설친다는 정보를 듣고 정파 무림맹의 수뇌부들의 기분이 나빠진 게 아닐까?"

"그게 뭐 그리 기분 나쁜 일이라고! 사람이 살다 보면 남의 집 안마당에서 사고도 좀 칠 수도 있는 거지!"

"그거 말이 안 된다는 건 알고 있지?"

"그래."

진자운은 얼른 자신의 잘못을 인정하고 입을 한 일 자로 닫았다. 이제 마음대로 놀 수 있는 날이 얼마 남지 않았다는 생각이 들자 갑자기 초조감이 엄습해 온 것이다.

'흐응.'

마치 아이처럼 골난 표정이 여실한 진자운을 빙글거리며 바라본 담화연이 말했다.

"그래서 나는 진 가가 정파 무림맹까지 우리의 안내자가 되어주길 바래."

"싫다."

"그렇게 한마디로 잘라 말하지 말고. 나는 이번에 정파 무림맹에서 여는 군웅대회를 구경하려고 험난한 길을 돌아왔단 말야!"

"왜?"

"그야……."

잠시 말끝을 흐린 담화연이 낯을 가볍게 붉히며 목소리를 낮춰 말했다.

"그 군웅대회란 건 본래 천하의 모든 영웅호걸들이 모여드는 거잖아."

“그래서?”

“그런 곳에 가면 분명히 날 책임져 줄 낭군을 만날 수 있을 거라 생각했거든. 뭐, 그곳에 가기도 전에 진 가가를 만나긴 했지만…….”

“…….”

진자운은 잠시 기가 막힌다는 표정으로 담화연을 바라봤다. 그녀의 말이 씨알도 안 먹힐 소리인 건 분명했다. 그런데 속아 넘어갈 진자운이 아니다. 다만 그가 혀를 찬 건 낯빛 하나 안 변하고 그런 소리를 하는 담화연의 깜찍함이었다.

‘어린것이 세상 무서운 줄 모르고…….’

진자운은 뒤통수를 한차례 긁적이곤 퉁명스레 말했다.

“뭐, 그렇다고 치자.”

“진짜야!”

“그렇다고 치자고!”

진자운이 슬쩍 언성을 높이자 어느새 식사를 끝넌 서이환과 소설향이 동시에 살기를 쏘아 보냈다.

보통 사람이라면 순간적으로 오한이 들고 바지에 실례까지 할 정도의 기운이었다. 그래서인지 진자운 옆에 앉아 안절부절못하고 있던 장진구의 안색이 시커멓게 변했다. 갑자기 오줌이 마려워진 것이다.

‘빌어먹을 것들! 시부럴 것들!’

장진구가 비틀거리며 일어서자 진자운이 기회를 놓치지 않고 그의 엉덩이를 손바닥으로 때렸다.

철썩!

“조심해서 갔다 오라구!”

‘씨, 씨발! 지렸다!’

장진구가 비틀거리며 주루 밖으로 달려갔다. 더 삐져 나오기 전에 측간에 도착해야만 했다.

그 모습을 보며 히죽 웃어 보인 진자운이 담화연에게 퉁명스레 말했다.

"따라올 테면 따라와 봐라."

"허락해 주는 거야?"

"어차피 내가 허락하지 않더라도 따라올 거잖아."

"당연하지."

"그럴 것 같았다."

진자운이 한차례 어깨를 으쓱해 보이고 다시 뒤통수를 긁적였다. 그때 오랫동안 내공을 운기하고도 숙취로 안색이 좋지 못한 현음이 방을 빠져나오다 진자운을 발견하고 소리쳤다.

"소, 소사숙, 속 풀어주는 탕 국물 좀 없소이까? 속 아파 늙은 사질 죽겠소이다!"

"왜? 언제는 술통에 빠져 죽고 싶다며?"

"이젠 술만 봐도 구역질이 나오려고 하외다!"

문득 소설향이 현음 쪽을 바라보며 생긋 웃어 보였다.

"그건 유감이네요. 항주에 도착한 후에도 도사님과 승부를 겨뤄보고 싶었는데……."

"싫소이다! 싫소이다!"

현음이 몇 번이나 고개를 저어 보이더니, 갑자기 신형을 돌려 자신의 방으로 도망갔다. 자신과 달리 전날의 주투에도 불구하고 쌩쌩한 소설향을 보자 더럭 겁이 났던 것이다.

"하하, 두주불사(斗酒不辭)하던 사이비 도사가 개과천선(改過遷善)했구나!"

진자운의 웃음소리가 주루 안에 울려 퍼졌다.

*   *   *

항주(杭州).

전당강(錢塘江)의 하구에 위치하며, 서쪽 교외에 서호(西湖)를 끼고 있어 소주와 함께 아름다운 고장으로 알려졌다. 옛날 호림(虎林)이라 불리던 오(吳), 월(越), 전(錢), 무(武), 숙(肅)의 오대국의 수도였다.

수(隋)나라 때 비로소 항주라 불리게 됐는데, 강남하(江南河:대운하의 일부)의 종점으로 도시가 열려 남송(南宋) 시대에는 수도가 되었으나, 임시 수도라는 뜻에서 행재(行在)라고 하다가 임안(臨安)이라고 개칭하였다.

여항을 떠난 진자운 일행은 닷새 만에 항주성이 보이는 전당강 앞에 도착했다.

항주성을 휘돌아 굽이쳐 흐르는 전당강은 맑고 운치가 있었다. 항주에 물자가 풍부하고 산수가 빼어나며 뛰어난 인물이 속출한다는 소문 중 앞의 두 개는 틀린 말이 아니었다.

전단강의 유유한 모습을 바라보며 눈을 반짝인 담화연이 자못 군자연한 표정을 해 보이며 목소리를 높였다.

"에헴, 아침에도 좋고, 저녁에도 좋고, 비 오는 날에도 좋다!"

"뭐가 그렇게 좋은데?"

태어나서 듣거나 읊어본 거라곤 도덕경을 비롯한 도가경전밖에 없는 진자운이 묻자 담화연이 눈가에 살짝 주름을 만들었다. 꽤나 귀여운 표정.

"진 가가, 항주를 찾은 수많은 시인묵객들 중 어느 누군가가 말한 거랍니다."

"흠, 그렇게 항주가 좋다는 뜻인가?"

"아마도요."

담화연은 입가에 웃음을 띤 채 대답하곤 다시 시선을 전당강에 던졌다. 웅장하긴 하나 부드러움하곤 담을 쌓은 곤륜산맥만을 보다가 이처럼 맑고 깨끗한 강물을 보자 마음이 즐거웠다.

그때 여항에서 이곳까지 타고 온 마차 바퀴를 손보고 있던 마부가 두 사람을 향해 목소리를 높였다.

"손님들, 마차 바퀴를 다 고쳤습니다요! 지금 당장 출발해도 될 것 같은데……."

마부는 갑자기 입을 다물었다. 근처를 맴돌고 있던 서이환이 차가운 눈빛을 던져 왔기 때문이다.

'시벌, 그 눈빛 사람 잡것네!'

얼른 서이환을 향해 허리를 굽신거린 마부가 말했다.

"저기, 지금 출발하지 않으면 점심 시간에 맞춰 항주 성내에 들어가긴 힘들 것 같은뎁쇼?"

"그런가?"

"예, 요즘 항주 외곽에 위치한 무림맹의 군웅대횐가 뭔가 때문에 사람들이 넘쳐서요."

서이환의 눈 깊은 곳에서 이채가 떠올랐다.

"잘 아는군?"

"여항에서 이곳까지 몇 번 손님을 모셨습니다요.'

미미하게 고개를 끄덕여 보인 서이환이 진자운과 즐겁게 웃고 떠들고 있는 담화연 쪽으로 걸어갔다.

담화연이 꽤나 전당강을 좋아하는 것 같아 잠시 이곳에 머물 생각이었으나 마부의 얘기가 그럴듯했다. 존귀한 성녀인 담화연이 점심때를 놓치게 할 순 없었다.

"왜요?"

담화연이 눈을 동그랗게 뜨고 묻자 서이환이 슬며시 허리를 숙여 보였다.

"마차 바퀴가 다 고쳐졌다고 합니다. 조금만 더 가면 항주성에 도착하니, 그곳에서 식사를 하시는 게 어떻겠습니까?"

"난 별로 배가 안 고픈데……."

아직 전당강을 떠나기 싫은 담화연이 안색을 찌푸려 보이자 진자운이 얼른 말했다.

"난 배고파!"

담화연이 얼른 진자운을 곁눈질하고 서이환에게 고개를 끄덕여 보였다.

"그럼 빨리 가죠."

"예."

서이환은 다시 허리를 숙여 보이곤 내심 나직이 한숨을 토해냈다. 진자운의 말이라면 깜빡 죽는 담화연의 모습에 작은 이질감을 느꼈기 때문이다.

'신교에 있을 때 성녀는 이런 분이 아니셨거늘…….'

서이환은 내심 고개를 가로저었다. 성녀의 호위를 위해 수하들마저

도 따로 떼어놓은 터다. 이제 와서 의문을 가진다는 건 그답지 못했다.

그때 담화연과 함께 서이환의 뒤를 따르던 진자운의 눈에 이채가 떠올랐다. 항주성 내로 향하는 관도 저편에서 빠르게 다가오는 괴생물을 발견했기 때문이다.

'말 같이 생겼는데 작은 걸 보니 당나귀나 노새 같긴 한데, 그 녀석들이 저렇게 빨리 달릴 수 있는 건가?'

괴생물을 발견한 건 진자운뿐이 아니다. 서이환과 담화연 역시 잠시 걸음을 멈추고 점차 가까워지고 있는 괴생물의 정체에 주의 깊은 관심을 표명했다.

그러나 그들의 관심은 금세 하얀색 당나귀가 분명해 보이는 괴생물에게서 멀어졌다. 그 위에 다리를 모은 채 올라타 있는 여인 쪽이 더욱 관심을 증폭시켰기 때문이다.

바람에 펄럭이는 은발.

얼굴의 반면을 가린 투명한 면사.

하늘거리는 백색 궁장까지.

백색 당나귀에 탄 여인의 모습은 신비롭다는 표현을 몽땅 가져다 붙여도 모자람이 있을 정도였다. 면사 안쪽의 얼굴이야 알아볼 수 없다지만, 뭇 사내들의 시선을 고정시키기에 부족함이 없었다.

"정말 저런 여인이 있었군!"

진자운이 자신도 모르게 탄성을 발하자 담화연이 그의 옆구리 쪽으로 다가서며 소리쳤다.

"그게 무슨 뜻이야!"

진자운이 얼른 담화연에게서 물러서며 말했다.

"내가 한 말 그대로의 뜻이다."

"난봉꾼!"

"꼬맹이!"

"이익!"

진자운이 양손을 들어올린 채 달려드는 담화연을 슬쩍 피하곤 서이환에게 다가섰다. 어느새 지척까지 다가선 면사여인을 바라보는 서이환의 시선이 심상치 않음을 직감한 것이다.

"아는 여인이오?"

서이환의 검상이 있는 왼쪽 관자놀이 부근이 꿈틀거렸다. 진자운이 제대로 짚었음에 분명하다.

"천하에 약관이 되기 전 모발이 은발이 되는 건 팔대세가 중 하나인 모용세가(慕容世家)의 사람밖엔 없다."

"모용세가? 그렇다면 저 여인이……."

진자운은 채 말을 끝맺지 못했다. 어느새 바로 코앞까지 다가선 하얀 당나귀 위에 앉아 있던 면사여인이 마차 앞에 풀쩍 뛰어내렸기 때문이다.

화륵!

바람에 얼핏 면사가 나풀거렸다. 재빨리 허리를 옆으로 뉘어 여인의 얼굴을 살핀 진자운의 입이 가볍게 벌어졌다. 결과가 그의 예상 이상이었다.

'예쁘네!'

진자운은 얼른 자세를 바로 했다. 면사여인의 추수 같은 눈빛과 눈이 마주쳐서다.

면사여인이 아미를 살풋 찌푸려 보였다.

"무례하군요."

‘흠, 목소리도 예쁘네.’

뒤에서 눈꼬리를 살짝 치켜뜨고 있는 담화연을 싹 무시한 채 내심 고개를 끄덕인 진자운이 히죽 웃었다.

“실례.”

“실례라는 걸 알기는 아는 건가요?”

“사실은 모르오.”

면사여인의 눈에 이채가 떠올랐다. 모용세가를 떠난 뒤 만난 사람 중 그녀 앞에서 이처럼 능청을 떠는 남자는 처음이다. 불쾌함보다는 호기심이 앞섰다.

“그럼 방금 전의 말은 그냥 입에 발린 말이었단 뜻이군요?”

“잘 아시는구려.”

“…….”

진자운은 자신을 다소 어이없다는 듯 바라보는 면사여인을 향해 마냥 웃어 보였다. 보기 드문 미녀를 만났으니 웃음을 아낄 필요는 없었다.

‘난봉꾼!’

보다 못한 담화연이 진자운의 엉덩이를 발로 걸어찼다. 이곳에 자신이 있다는 걸 알리기 위함이다. 하지만 진자운은 위기를 몸이 먼저 아는 사람이다.

슥!

반보를 옆으로 딛으며 허리를 비트는 것만으로 담화연의 발을 피한 그가 경고하듯 말했다.

“다시 한 번 뒤에서 날 공격하면 엉덩이를 까고 볼기를 칠 테다!”

“해봐! 해봐!”

담화연이 진자운에게 달려들었다. 그러나 진자운이 다시 몇 차례 신형을 옆으로 비틀자 그녀의 손은 그저 허공을 휘저을 뿐이다. 바로 코앞인 진자운의 옷깃조차 건들지 못했다.

'단순하지만 효과적인 보법! 너무 변화가 적어 파해법을 찾기 힘들구나!'

진자운의 보법을 주의 깊게 살피던 면사여인이 흠칫 어깨를 떨었다. 서이환이 쏘아 보낸 살기를 감지한 것이다.

스윽!

자연스레 뒤로 물러선 면사여인이 서이환을 바라봤다.

"절 벨 기세군요?"

서이환이 부인하지 않았다.

"쓸데없는 짓을 한다면."

"쓸데없는 짓이라? 뭐가 쓸데없는 짓이란 거죠?"

"구주 이십오성의 십강 중 한 명인 모용세가주 창파검제(蒼波劍帝) 모용진천에게 어떤 초식이든 한 번만 보면 파해할 수 있는 천재 여아가 있다는 소문을 들었다."

면사여인의 면사가 바람도 없는데 가볍게 흔들렸다.

"소문이란 와전되기 마련이죠."

"과연 그럴까?"

서이환의 손이 세 개의 검중 협봉검의 검파를 만지작거렸다. 당장 떠나라는 축객령이었다.

면사여인이 서이환을 물끄러미 바라보곤 미미하게 고개를 끄덕여 보였다.

"역시 강호는 넓군요. 보기 드문 검기라곤 생각했지만, 절 공포에 떨게 만들 정도라니."

"그래, 강호는 넓다."

"……."

서이환의 냉담한 말에 다시 고개를 끄덕여 보인 면사여인이 슬쩍 신형을 날려 타고 온 백색 당나귀에 올라탔다. 그림 같은 신법이었다.

그 모습을 본 진자운이 문득 손을 내밀어 달려들던 담화연의 머리를 밀어젖히며 소리쳤다.

"어디가면 또 만날 수 있는 거요?"

면사여인의 면사가 나풀거렸다.

"삼 일 후 항주제일루에 사룡삼봉(四龍三鳳)의 회합이 있어요. 그때 절 찾아오시면 될 거예요."

"항주제일루? 항주에서 가장 큰 주루를 찾으면 되는 거요?"

"그럴 거예요."

면사여인의 백색 당나귀가 다시 믿을 수 없을 정도로 빠르게 달리기 시작했다, 뿌연 먼지를 날리며.

"사룡삼봉?"

진자운이 눈살을 가볍게 찌푸리자 담화연이 뒤로 한 걸음 물러서 이마를 밀던 손을 피하곤 말했다.

"정파의 후기지수 중 사룡삼봉이라면 유명하잖아!"

진자운이 담화연을 바라봤다.

"얼만큼?"

"진 가가의 땅바닥에 닿아 있는 명성과 비교해 볼 때 하늘과 땅 차이 정도는 될 테지."

"그럼 저 모용세가의 미녀가 삼봉 중 한 명이란 뜻이냐?"

“삼봉 중 가장 무재(武才)가 탁월하다고 알려진 철봉황(鐵鳳凰) 모용
청려겠지.”

“모용청려? 얼굴도 예쁘고, 목소리도 예쁘고, 이름마저 예쁘구만.”

“헤헹, 그렇지만 진 가가와는 인연이 없네요!”

“어째서?”

“그녀에게는 이미 정혼자가 있거든. 북경의 고관댁 귀공자라던가?”

“푸하!”

나직이 웃어 보인 진자운이 팔짱을 끼며 말했다.

“본래 사랑이란 그 정도 고난이 있어야 해볼 만한 게 아닐까?”

“뭐야! 정말 그녀한테 들이댈 생각이야?”

“들이대다니! 표현이 좀 그렇지 않냐?”

“그럼 뭐야?”

“꽃의 향기에 취한 나비가 날아든다던가, 나비가 꽃을 찾는 건 무죄
라거나…….”

“웃기시네!”

담화연이 진자운을 외면한 채 서이환에게 달려갔다. 그때 여항에서
의 다짐을 잊고 또다시 소설향과 주투를 벌인 현음이 마차에서 거의
기다시피 나오며 진자운에게 소리쳤다.

“소, 소사숙, 무, 물 좀 주시오! 물 좀!”

“그냥 죽어라!”

“야박하게 그러지 마시고…….”

“죽으라니까!”

현음을 본체만체한 채 진자운이 철봉황 모용청려가 떠나간 항주성
방면의 관도를 바라봤다.

보기 드문 미녀인 그녀를 만난 것도 큰 수확이었으나 천하 후기지수 중 으뜸이라는 사룡삼봉에 대한 이야긴 듣던 중 반가웠다. 시큰둥했던 무림맹의 군웅대회에 새로운 활력소가 생겼기 때문이다.

'천하에서 가장 뛰어난 후기지수? 그런 건 나, 진자운이 없었을 때의 이야기겠지!'

히죽 웃어 보인 진자운이 마차 쪽으로 신형을 돌렸다.

그사이 마차 밖으로 기어나온 현음의 재촉에 장진구가 물을 뜨러 전 당강 쪽으로 달려가는 모습이 보였다. 필시 물을 뜨며 침이라도 두세 차례 뱉고 돌아오리라.

'뭐, 자기가 한 약속도 지키지 못하는 사이비 도사에겐 당연한 대접이겠지.'

진자운이 마차로 걸어갔다. 점심 시간을 넘겨 항주성에 도착할까 노심초사하던 마부의 안색이 대뜸 밝아졌다.

◆ 第十四章 ◆
사룡삼봉(四龍三鳳)

서호.

항주 시내 서쪽에 위치한 삼면이 산으로 둘러싸인 타원형의 호수를 말한다. 외호(外湖:서호의 본호), 북리호(北里湖), 서리호(西里湖), 악호(岳湖), 남호(南湖)의 다섯 개의 작은 호수로 나누어져 있다. 그 가운데 외호(外湖)는 시내에서 가깝고 볼거리도 많아 사람이 북적이는데, 그중 가장 눈에 띄는 건 항주제일루(杭州第一樓)이다.

서호변에 위치한 이 삼층의 기루는 송나라 때 시인인 소동파(蘇東波)가 월나라 미인 서시(西施)에 비유해서 서호를 서자호(西子湖)라 부른 것을 기려 서자호루라 불리기도 한다. 그만큼 항주에서는 유명한 곳이란 뜻이다.

그래서 항주를 찾고, 다시 서호를 찾은 시인묵객들은 항주제일루에 올라 시가를 읊는 걸 서호 십대절경을 구경하는 것만큼 중시 여겼다.

항주제일루의 삼층 난간에 올라 시원하고 아름다운 서호를 구경하는
한 시상은 자연스레 떠오르게 마련인 것이다.

한데, 그런 항주제일루가 점심 시간이 조금 지나면서부터 평소보다
몇 배나 부산스러워졌다. 몇 명의 남녀가 도착한 이후 시인묵객이 아
니라 칼이나 검을 소지한 무림인들이 줄줄이 몰려들기 시작했기 때문
이다.

항주제일루의 삼층.

서호의 외호가 바로 내려다보이는 가장 좋은 자리를 차지한 건 용과
같고 범과 같은 네 명의 사내와 꽃이 무색하리만큼 아름다운 두 명의
여인이다.

그들은 한참 즐거운 표정으로 담소를 나누던 중 밑에 층에서 들려오
는 왁자지껄한 소리에 가볍게 눈살을 찌푸렸다. 들려오는 소리 중 상
당수가 그들과 관계가 있거나 연관된 것들이었기 때문이다.

용호와 같은 사내들은 사룡, 즉, 구대문파 중 화산파(華山派)의 칠절
매화검(七絶梅花劍) 가진환과 청성파(靑城派)의 사일검패(斜日劍覇) 유
청경, 팔대세가 중 악가보(岳家堡)의 삼창신기(三槍神技) 악준과 하북팽
가(河北彭家)의 자전섬광도(紫電閃光刀) 팽무진이었다.

그러니 그들과 함께 자리를 한 두 여인 역시 신분이 범상할 리 없다.
머리에 푸른 봉황잠을 꽂고 화의 무복을 걸친 단아한 얼굴의 소녀는 아
미파(峨嵋派)의 비봉(飛鳳) 은여설이고, 푸른 능라의를 걸치고 허리에 칠
채보검을 찬 이십 세가량의 미녀는 남궁세가(南宮世家)의 미봉황(美鳳
凰) 남궁성경이었다. 천하 후기지수 중 으뜸이라 불리는 사룡삼봉 중 여
섯이 오늘 항주제일루에 모인 것이다.

아래층에서 들려오는 소리에 귀를 기울이고 있던 은여설이 입가에 가벼운 한숨을 담았다.

"하아, 어쩌다가 우리의 회합이 밖으로 새어나간 거지요? 저렇게 밖이 시끄러워서야 조용한 걸 좋아하는 모용 언니가 오늘 이곳에 오기나 할지 의심스럽네요. 그 언니하곤 정말 오랜만에 만나는 건데. 남궁 언니, 그렇지 않은가요?"

은여설이 옆구리를 찔러오자 창밖에 시선을 던지고 있던 남궁성경이 입가에 차가운 미소를 띠었다.

"청려는 겉으론 시끄러운 걸 싫어하는 듯 보이지만, 항상 사건이나 화제의 중심에 서 있던걸? 어쩌면 오늘 우리의 회합을 밖에 흘린 것도 청려가 꾸민 짓인지도 모르지."

"설마요……."

"후훗, 여설 동생은 아직 청려의 무서움을 몰라서 그런 순진한 표정을 짓는 거야. 청려를 자주 만나다 보면……."

"콜록!"

남궁성경의 바로 앞에 앉아 있던 칠절매화검 가진환이 나직한 헛기침을 터뜨리자 은여설의 시선이 그를 향했다. 한창 사룡과 이봉 간에 담소가 오고 갈 때도 거의 입을 열지 않던 그가 남궁성경과의 대화에 끼어든 게 이상했기 때문이다.

물론 가진환이 헛기침을 터뜨린 건 이유가 있었다.

슬그머니 계단 쪽을 향한 그의 손가락이 가리키는 곳에 한 명의 면사여인이 모습을 드러냈다. 한창 뒷담화의 대상이 될 뻔했던 철봉황 모용청려였다.

"늦었네요."

모용청려의 면사가 나풀거리자 남궁성경이 입가에 작은 코웃음을 만들어냈다.

"귀하신 철봉황께서 늦는 건 당연한 거 아닌가?"

모용청려가 남궁성경에게 슬며시 고개를 숙여 보였다.

"미봉황께서 그리 말해 주니 마음속에 기꺼움이 넘치네요."

"왜 늦은 거야?"

"봉추가 갑자기 사랑에 빠져서……."

"봉추?"

은여설이 커다란 눈을 깜빡거리며 궁금한 표정을 짓자 남궁성경이 얼른 설명해 줬다.

"봉추는 청려가 먼 길을 나설 때 타고 다니는 하얀색 당나귀의 이름 이란다. 청려는 항상 천하에 둘도 없는 영물이라고 자랑하지만, 내 보 기엔 그냥 하얗고 못생긴 당나귀일 뿐이지."

"하얀 당나귀라니 꼭 보고 싶네요! 그런데 당나귀가 갑자기 사랑에 빠졌다니, 그건… 그건……."

잠시 적당한 말이 떠오르지 않는지 더듬거리며 말을 잇지 못하는 은 여설을 남궁성경이 도와줬다.

"괴상한 일이지."

"그래요! 정말 그런 것 같아요!"

은여설이 손뼉을 치자 모용청려가 천천히 다가오며 고개를 가로저 었다.

"그렇지 않아. 봉추가 사랑에 빠진 건 단지 자연의 이치일 뿐이야."

"자연의 이치?"

"그래, 지극히 자연스런 일이지. 남자가 여자를 따라다니는 것과 마찬가지로."

모용청려가 탁자에 도착한 순간, 가진환을 비롯한 사룡 전체가 자리에서 일어섰다. 그녀가 앉을 자리를 마련해 주기 위함이었다.

그 점이 또 못마땅했으리라.

한차례 고개를 끄덕여 보인 후 우아하게 마련된 자리에 앉은 모용청려를 남궁성경이 손으로 때렸다. 요조숙녀처럼 굴지 말라는 뜻이다.

그러자 모용청려가 남궁성경의 옆구리에 손가락을 찔러 넣으며 면사를 나풀거렸다.

"네 창룡박투(蒼龍搏鬪)의 수법은 내 일음지(一陰指)에 걸렸다. 살고 싶으면 빨리 투항하는 편이 좋아."

남궁성경의 안색이 가볍게 변했다.

"잘도 본 가의 창룡십팔수(蒼龍十八手)를 연구했구나!"

"만약 남궁 숙부님께서 펼치셨다면, 내 일음지가 수난을 당했겠지."

"내 공부가 부족하다는 뜻이냐!"

"알아들었니?"

모용청려가 손가락을 거두자 남궁성경 역시 손을 거둬들였다. 다소 안색이 붉어지긴 했으나 화가 난 표정은 아니었다.

그런 두 여인을 빤히 바라보며 은여설이 가볍게 한숨을 토해냈다.

"하아, 언니들은 집안도 가깝고 어려서부터 친해서 이렇게 허물이 없으니 정말 좋네요."

남궁성경이 얼른 목소리를 높였다.

"청려와 나는 결코 사이가 좋은 게 아니야!"

모용청려도 거들었다.

"그건 그래. 성경이는 어려서부터 나한테 이상할 정도로 승부욕을 불태워서 자주 싸웠거든."

"그건 네가 항상 요조숙녀인 체해서 그런 거잖아!"

"어머님께서 눈물로 호소하셔서 어쩔 수 없었단다."

"백모님께서 언제 눈물을 흘리셨다는 거야!"

"네가 보기보다 우리 어머님은 꽤나 감상적인 분이시란다."

"흥, 내가 안 봤다고 마구 얘기를 지어내는군."

결국 남궁성경이 먼저 입을 다물었다. 눈앞에 앉은 사룡들의 표정이 갈수록 흥미진진해지고 있음을 느꼈기 때문이다.

'또 청려에게 말려들다니!'

남궁성경이 시선을 다시 창가로 돌리자 사룡들과 눈인사를 끝마친 모용청려에게 은여설이 달라붙었다.

"모용 언니, 그래서 언니의 당나귀 봉추는 사랑을 이뤘나요?"

"이룰 수 없는 사랑이었단다."

"어째서 그렇죠?"

"상대가 꽤나 긴 다리를 가진 백마였거든. 봉추가 계속 뒤를 따라다녔지만, 쳐다도 보지 않더구나."

"풉!"

웃음을 터뜨린 건 사일검패 유청경이었다. 그는 가진환과 마찬가지로 여자들이 드문 청성파에서 오랫동안 수련을 쌓아왔다. 각자 화려한 향기를 뿜어내는 꽃과 같은 삼봉의 대화에 관심이 가지 않을 리 없어 잔뜩 귀를 기울이고 있었다. 그런데 모용청려가 너무도 사실적으로 당나귀 봉추의 백마에 대한 구애를 묘사하자 웃음을 참지 못하게 된 것이다.

그러자 여인들의 수다에 잠시 넋이 빠져 있던 다른 사룡들 역시 각자 웃음을 터뜨리기 시작했다. 유청경의 웃음이 도화선이 되어 모용청려가 도착한 이후 계속된 어색하던 분위기를 일신하는 물꼬를 튼 셈이다.

그렇게 분위기가 다시 화기애애해졌을 때다. 팽가의 소가주인 자전섬광도 팽무진이 같은 팔대세가에 속한 남궁성경과 모용청려를 둘러보며 말했다.

"두 분이 사이좋은 모습이 정말 보기 좋습니다. 저희 팽가와 강남의 남궁세가, 모용세가는 모두 같은 팔대세가에 속해 있는데도 너무 멀리 떨어져 무림맹에서 군웅대회를 여는 이때에야 만나게 됐습니다."

남궁성경이 팽무진에게 슬쩍 시선을 던졌다. 영기발랄한 얼굴이나 눈매가 다소 날카롭다. 다른 사룡과 비교해 볼 때 떨어지는 것은 아니나 더 나을 것도 없어 보인다. 하지만 직접적으로 팔대세가 운운하며 나서는 모양새에는 의도가 깔려 있었다. 순수해 보이진 않는 것이다.

'하긴 팔대세가의 소가주라는 지위가 무공만으로 오를 수 있는 자리는 아니니까.'

어려서부터 호된 수련을 쌓았지만 아직 소가주의 자리에 오르지 못한 큰오빠 남궁상을 떠올리며 남궁성경이 입가에 미소를 담았다.

"본래 군웅대회란 건 이런 묘미가 있는 것이겠지요."

"정말 그렇습니다."

"하지만 오늘 이처럼 천하에 위명이 쟁쟁한 소협들을 보니, 정말 군웅대회가 열리게 해준 만독문에 감사를 드리고 싶은 심정이네요."

"하하, 그런……."

팽무진의 웃음은 다소 컸다. 남궁성경이 자신의 말을 받아준 게 꽤나 기뻤던 것이다.

그때 같은 팔대세가의 일원인 악가보의 소보주 삼창신기 악준이 둘 사이에 끼어들었다.

"한데, 이번 군웅대회에서 무림맹이 기존의 사단(四團) 외에 임시로 하나의 단을 더 만든다던데, 그게 사실입니까?"

"예? 그런……."

"기존의 사단만 해도 구파일방과 팔대세가의 정예가 모여 있어 막강한데, 따로 하나의 단을 더 만들다니요? 그토록 만독문이 막강하단 겁니까?"

가진환과 유청경이 동시에 놀라 소리치자 팽무진의 입가에 가는 미소가 떠올랐다. 악준이 갑자기 남궁성경과의 대화에 끼어든 건 불쾌했으나 사룡 중에 자신의 이름을 세울 기회가 왔다고 생각한 것이다.

"크흠."

나직이 헛기침을 터뜨려 주변을 환기시킨 그가 조금 목소리를 낮춰 말했다.

"만독문과 독조 갈홍경은 그리 녹록한 상대가 아닙니다. 사실 무척 두려운 상대지요. 무공도 무공이지만, 그들은 독을 사용한단 말입니다!"

"그렇지만 정파에도 독을 사용하는 가문이나 문파는 있습니다. 굳이 멀리 가지 않더라도 우리 팔대세가에 속한 당가(唐家)의 독술과 암기술이 만독문에 떨어진단 생각은 들지 않습니다만?"

악준이 반론을 제기하자 팽무진이 천천히 고개를 가로저었다. 마치 순진한 아이를 대하는 듯하다.

남궁성경이 눈을 빛내며 말했다.

"팽 소협의 의견은 당가의 독술과 암기술이 강호일절이라 불릴 정도로 뛰어나지만, 삼패 중 한 명인 독조 갈홍경에 대항할 초절정고수는 없다는 뜻인가요?"

팽무진의 입가에 만족스런 미소가 떠올랐다.

"그렇소이다. 역시 남궁 소저께선 정말 영명하시군요."

"과찬이세요. 하지만 갈홍경이 희세의 고수라곤 하나 정파에도 구파 일방의 오정이 있고, 십강 중 팔대세가의 오강이 있어요. 갈홍경 혼자 그분들을 상대할 순 없을 거라 생각되는데, 이 점은 어떻게 생각하시나요?"

"그렇지요. 남궁 소저의 말이 지당합니다. 갈홍경 혼자 정파의 십대 고수를 상대할 순 없는 노릇이지요. 오마와 녹림삼왕이 없다면 분명 그러합니다."

"아!"

탄성을 토한 건 큰 눈을 깜빡이며 두 사람의 얘기에 귀 기울이고 있던 은여설이었다.

그녀는 사문인 아미파에서도 귀여움을 독차지하는 존재로 종종 마교의 오마와 녹림삼왕에 대한 이야길 다소 과장되게 들어왔다. 늦은 겨울밤 밤을 까먹으며 듣는 무서운 이야기의 단골 소재가 그들이었던 것이다.

은여설이 작은 어깨를 바르르 떨자 이웃사촌 격인 유청경이 얼른 목소리를 높였다.

"은 소저, 마교는 멀리 청해성에 있고 삼왕은 산이나 강에서 홀로 독존하는 자들입니다. 그들이 강호에 준동하지 않은 지도 십수 년이 넘어가고 있으니, 두려워하지 마십시오."

"그치만, 마교의 오마는 사람을 잡아서 산 채로 간을 빼 먹고, 녹림삼왕은 피를 빨아 마신다고 하던걸요?"

"하하, 그건……."

유청경은 웃으며 뭐라 말하려다 입을 다물었다. 모용청려가 슬그머니 고개를 가로저었기 때문이다.

모용청려가 은여설의 어깨를 손으로 매만지며 면사를 나풀거렸다.

"여설 동생, 그 흉신악살들도 여설 동생처럼 귀엽고 예쁜 아가씨는 절대 건들지 않을 거야."

"정말인가요?"

"아무렴. 어찌 이렇게 귀엽고 예쁜 아가씨의 간을 빼 먹고 피를 빨겠어. 혹시 흑심을 품을 진 모르겠지만."

"아앙! 모용 언니, 너무해요!"

은여설이 순진하긴 해도 바보는 아니다. 전혀 표정을 읽을 수 없는 모용청려와 달리 주변의 남궁성경이나 유청경 등은 웃음을 간신히 참고 있었다. 자신이 놀림을 당했다는 걸 깨달은 그녀가 모용청려에게 달려들었다.

"하하하!"

"호호호!"

악준의 발언 이후 다소 심각해졌던 분위기가 크게 풀렸다. 삼패 중 일인인 독조 갈홍경이나 마교의 오마, 녹림의 삼왕이 무섭다곤 하나 이곳에 모인 자들은 강호의 미래라 불리는 사룡삼봉이었던 것이다.

장내가 정리되자 팽무진이 아까 꺼냈던 말을 계속 설명했다.

"그렇기 때문에 정파의 어르신들은 만독문의 발호에도 불구하고 쉽사리 움직일 수 없습니다. 그러니 이번 일은 무림맹 단독으로 처리할 수밖에 없고……."

"따로 군웅대회를 열어 부족한 전력을 확충하겠다는 뜻이군요?"

남궁성경이 마무리하자 팽무진이 천천히 고개를 끄덕였다. 처음 봤을 때부터 마음에 들었던 남궁성경인데, 시간이 갈수록 더욱 마음에 들었다. 이젠 슬슬 장가갈 나이가 됐다는 생각이 들 정도로.

그때 유청경과 제법 많은 얘기를 나누며 웃고 있던 은여설이 문득 모용청려를 바라봤다. 대화 중간중간에 정문일침(頂門一鍼)을 놓곤 하던 그녀가 얼마 전부터 조용하단 생각이 들었기 때문이다.

'모용 언니가 자꾸 계단 쪽을 바라보네?'

속마음을 감출 줄 모르는 은여설이 모용청려에게 은근한 표정으로 물었다.

"모용 언니, 누구 기다리는 사람이라도 있나요?"

모용청려가 미미하게 고개를 끄덕였다.

"으응."

남궁성경의 눈에 이채가 떠올랐다.

"누굴 기다리는데? 설마 네 정혼자인 석 공자가 온다고 한 거야?"

"저, 정혼자?"

"석 공자?"

은근히 모용청려의 신비로운 분위기에 매료되어 있던 악준과 가진환의 얼굴이 가볍게 일그러졌다.

이미 남궁성경은 팽무진이 작업 중이었고, 은여설은 유청경과 눈이 맞은 듯했다. 그래도 모용청려가 있어 호시탐탐 기회를 노리고 있었는데 그녀에게 정혼자가 있다니, 하늘이 무너지는 기분이었다.

남궁성경이 입가에 작은 웃음을 담고 말했다.

"어머, 모르셨군요? 청려에겐 어려서부터 태중정혼한 정혼자가 있답니다. 북경 석가장의 소장주인 석 소공자라고.”

“북경 석가장?”

“그 천하 삼대거상 중 하나라는…….”

악준과 가진환의 얼굴에 낙담의 기색이 떠올랐다. 무림에 속한 그들도 ‘석가장의 부(富)가 하늘에 닿았고, 권세 역시 사해를 뒤덮는다’ 는 소문은 익히 들어 알고 있었다.

‘제기랄!’

‘헛물만 켠 것인가!’

두 사람이 입을 굳건히 다물자 모용청려가 재밌다는 표정이 된 남궁성경에게 고개를 가볍게 흔들어 보였다.

“성경아, 확실히 석 공자는 모든 걸 다 갖춘 일등 신랑감이야. 하지만 여태까지 얼굴조차 보지 못했는데, 사룡삼봉의 회합에 부를 리가 없잖아.”

“그럼 누굴 기다리는 건데?”

“재밌는 사람.”

“재밌는 사람?”

“응. 항주로 오던 중에 만났거든.”

“흐응…….”

남궁성경이 눈을 빛냈으나 모용청려는 더 이상 말하려 하지 않았다. 계단 쪽에 시선을 던지기에 바빴기 때문이다.

*   *   *

진자운은 새벽같이 사흘 전 숙소로 정한 운명객점을 빠져나와 항주성을 몇 바퀴나 돌았다. 운동 삼아 돈 건 아니고, 집요하게 뒤를 따라 붙는 담화연을 떨궈내기 위함이었다.

'피곤하군, 피곤해.'

항주 시내를 벗어나며 진자운은 가볍게 고개를 가로저었다. 그는 어느새 미혼처 노릇을 하려 드는 담화연에게 이틀 전에 현음과 함께 둘러본 무림맹에 볼일이 있다는 핑계를 댔다.

하지만 아직 만독문의 발호를 경계하기 위한 군웅대회가 벌어지려면 열흘이나 남아 있었다. 무당파의 사형과 사질들이 도가경전이나 외우고 있을 곳에 진자운이 스스로 발을 들여놓을 리가 만무했다. 그에겐 다른 의도가 있었다.

빠르게 걸음을 걸어 서호의 외호가 보이는 곳에 이른 진자운의 입가에 흐릿한 미소가 떠올랐다.

"항주제일루라더니, 진짜 큼지막하게도 지어놨군."

진자운을 미소 짓게 한 건 항주 동쪽에 위치한 무림맹에 버금갈 정도로 많은 무림인들이 모인 항주제일루였다. 보기에도 큼지막한 것이 멀리서도 알아보기 쉽게 세워져 있었다. 마치 사람들에게 손을 흔들며 유혹하는 듯 보였다.

그런데 항주제일루 앞에 도착한 진자운의 눈길을 끄는 장면이 있었다. 만석이 된 것인지, 꽤나 거친 말을 내뱉으며 항주제일루에서 빠져나오는 무림인들 저편으로 보이는 마사(馬舍)에서 일어나고 있는 소동이었다.

'말이란 본래 온순한 동물인데……'

진자운은 무림인들을 스쳐 마사 쪽으로 걸어갔다. 모용청려와 같은 미녀가 기다리고 있을 항주제일루에 오르는 것보다 그에겐 일단 눈에

떤 소동이 더욱 중요했다.

히힝!

히이이이힝…….

마사에 도착한 진자운의 입이 가볍게 벌어졌다. 소동의 원인을 눈치 챘기 때문이다.

"하얀 당나귀… 너였냐?"

진자운의 말이 떨어진 것과 동시였다. 몸매가 늘씬하게 빠진 백마를 뒤에서 덮치고 있던 하얀 당나귀 봉추가 귀를 쫑긋 세웠다. 마치 진자운의 말을 알아듣기라도 한 것처럼.

퍽!

그 순간을 백마는 놓치지 않았다. 강력한 뒷발차기로 봉추를 뒤로 날려 버린 백마가 히힝거리며 갈기를 흩날렸다. 감히 어디서 당나귀 따위가 자기를 넘보냐는 듯 도도하기 이를 데 없는 모습이었다.

봉추가 비틀거리며 자리에서 일어섰다. 녀석의 긴 귀는 축 늘어져 여자에게 차인 남자의 비애를 느끼게 했다. 진자운이 그 모습을 보고 마사 쪽으로 바짝 다가서서 소리쳤다.

"야, 임마! 사내 녀석이 한번 차였다고 포기하려는 거냐!"

히힝?

봉추의 늘어졌던 귀가 다시 쫑긋 섰다. 이번에도 역시 진자운의 말을 알아듣는 것 같았다. 진자운이 응원하듯 주먹을 불끈 쥐어 들어 보였다.

"달려들어!"

히힝!

봉추의 코에서 하얀 콧김이 푹 하고 뿜어져 나왔다. 용기백배한 표정이었다.

그 때문인가. 마사 안쪽에 바짝 붙어서 있던 백다가 나직이 울었다. 공포를 느끼고 구원을 요청하는 게 분명했다. 낭군이나 주인에게.

그 순간 지축을 울리는 소리와 함께 항주제일루 정문 쪽에서 거의 칠 척에 가까운 덩치의 거한이 달려왔다.

거한의 손에는 산적이나 사용할 법한 구환대도가 들려 있었다. 그와 지나칠 정도로 잘 어울리는 칼이다.

순간 봉추를 열심히 응원하던 진자운은 흠칫 놀라 마사에서 떨어졌다. 마사에 도착한 것과 동시, 거한이 구환대도를 휘둘렀기 때문이다.

쉬앙!

공기를 가르는 구환대도의 바람 소리와 함께 진자운의 앞머리가 강하게 흩날렸다. 조금만 진자운의 대응이 늦었더라도 목이 달아났으리라.

'쾌도(快刀)?'

진자운의 눈이 생생하게 살아났다. 그만큼 거한의 일도가 그에게 준 충격은 컸다.

그러나 거한은 살짝 주먹을 말아 쥔 진자운을 더 이상 공격하지 않고 구환대도를 거둬들였다. 큼지막한 몸집에 비해 호남형의 얼굴을 가진 그의 두툼한 입술이 움직였다.

"내 일도(一刀)를 피한 걸 보니, 평범한 말 도둑은 아닌 것 같군."

"말 도둑?"

거한이 한차례 고개를 끄덕여 보이곤 방금 전까지 완강하게 봉추에게 저항하고 있던 백마를 향해 휘파람을 불었다.

휘익!

백마가 십 년간 헤어졌던 낭군이라도 본 듯 거한 쪽으로 달려왔다. 진자운이 힐끗 마사 안을 보니, 어느새 봉추는 마치 아무런 일도 없었다는 듯 한 켠으로 물러서 너스레를 떨고 있었다. 거한과 그의 손에 들린 구환대도를 보고 백마 겁탈 계획을 포기한 듯 보였다.

'흉물스런 놈!'

진자운은 내심 혀를 차고 백마의 턱을 손가락으로 간지러 주는 거한에게 소리쳤다.

"거기 떡대 좋은 녀석!"

"응?"

거한은 백마에게서 시선을 떼고 진자운을 바라봤다. 태어나 이때까지 항상 남보다 크고 힘이 셌던 그에게 이렇게 대놓고 소리친 사람은 거의 없었다. 사실 부친을 제외하곤 진자운이 처음이나 마찬가지였다.

'그것도 내 일도를 봐놓고서도?'

거한은 여태까지와 달리 주의 깊게 진자운을 살피곤 각진 턱을 슬쩍 치켜 올렸다.

"내 이름은 철무한이다. 떡대가 좋은 건 사실이지만, 초면에 반말을 들을 생각은 없다. 그러니 자네는……."

"그건 내 모르겠고."

철무한의 말을 중간에서 자른 진자운이 반보가량 그에게 다가서며 주먹을 들어올렸다.

"싸움을 걸었으면 끝을 봐야 하는 거 아닌가?"

철무한의 큼지막한 고리눈이 조금 커졌다.

"나와 싸우고 싶다는 건가?"

"이미 싸움은 시작됐다고 보는데!"

진자운은 다시 철무한에게 반보 다가섰다. 처음에 봤던 그의 쾌도를
의식한 간격 조절이었다.

그 점을 철무한 또한 눈치챘다. 그의 고리눈 깊은 곳에서 작은 불꽃
이 일었다.

'군웅대회라더니, 정말 와보길 잘했군. 북녹림 전체를 뒤져도 내게
이렇게 대거리하는 녀석은 본 적이 없거늘.'

씩!

입가에 웃음을 만들어낸 철무한이 구환대도를 진자운에게 휘두르는
대신 척 하고 어깨에 걸쳤다. 그리고 진자운에게 성큼 다가서며 말했
다.

"정식으로 소개하지. 나는 북녹림에 속한 패왕도(覇王刀) 철무한이
네. 방금 전의 일은 내 실수니, 사과하도록 하지."

'북녹림의 패왕도? 별호 한번 거창하군.'

곱지 않은 시선으로 철무한을 노려본 진자운이 나직이 코웃음 치며
일권파의 자세를 풀었다. 상대에게서 살기가 느껴지지 않자 들끓어 올
랐던 투기가 슬그머니 자취를 감췄다.

"나는 무당파의 진자운이다."

"무당파?"

"왜? 내가 무당파인 게 마음에 들지 않는 거냐?"

철무한이 씁쓸하게 웃으며 고개를 가로저었다.

"아니, 그런 게 아니라, 나는 자네가 필시 사룡 중 한 명일 거라 생각
했었는데 아니라서 놀란 걸세."

"사룡?"

"그래, 내 자랑 같아 좀 그렇지만, 방금 전에 자네한테 날린 일도는

패나 무서운 절기였거든. 내심 그걸 피할 수 있는 같은 또래는 사룡밖
엔 없으리라 봤는데, 내 생각이 짧았던 것 같군."

"하긴, 방금 전의 일도는 꽤 그럴듯하긴 했지."

진자운이 천천히 고개를 끄덕였다. 눈앞의 거한이 제법 괜찮다는 생
각이 들었다. 싸움을 하지 않게 된 건 유감스럽지만, 특별히 일부러 시
비를 걸고 싶지도 않았다.

그는 잠시 철무한을 바라보다 말없이 항주제일루의 정문 쪽으로 걸
어갔다. 갑작스런 진자운의 행동에 당황한 철무한이 그 뒤를 좇으며
급히 말했다.

"지금 항주제일루는 만석이 돼서 들어갈 수 없다네. 삼층에 사룡삼
봉이 모였다는 소문을 듣고, 그들을 보기 위해 군웅대회 때문에 항주로
몰려든 무림인들이 잔뜩 모여들었거든."

"나도 그들을 보려고 왔다."

"그러니까 내가 방금 전에……."

"난 철봉황의 초대를 받았으니 괜찮아."

한마디로 철무한의 입을 다물게 만든 진자운이 항주제일루 앞에 장
사진을 친 무림인들 사이로 걸어 들어갔다.

'그렇다면 나, 녹림제일 후기지수인 철무한이 빠질 수 없지!'

잠시 멍청해져 있던 철무한이 얼른 진자운의 뒤를 좇았다. 그 역시
사룡삼봉은 반드시 보고 싶었기 때문이다.

'왔다!'

모용청려가 계단을 오르는 진자운을 발견하고 얼른 시선을 옆으로
돌렸다. 속마음이 빤히 보이는 모습.

남궁성경의 얼굴에 가소롭다는 표정이 떠올랐다.

'청려야, 청려야! 그토록 콧대가 높던 너도 별수없구나! 고작 길을 가다 우연히 만난 사내에게 홀려 평소의 자신을 잃다니.'

그때 계단을 모두 오른 진자운이 이층까지의 모습과는 사뭇 다르게 텅 빈 삼층을 둘러보곤 나직이 투덜거렸다.

"자리가 이렇게 많이 남았는데, 사람들을 돌려보내다니! 장사를 할 생각이 없구만!"

그의 뒤를 좇아 계단을 올라온 철무한이 대뜸 말을 받았다.

"그러게 말일세. 진짜 삼층은 텅텅 비었군. 죽일 놈의 점소이 녀석이 거짓말을 했어!"

"그래서 설마 죽인 건 아닐 테지?"

"나는 살인마가 아니라네, 조금 손을 봐주긴 했지만."

"과연."

삼층에 오르기 위해 다섯 명이나 바닥에 눕힌 자신의 전력은 생각하지 않고 진자운이 미미하게 고개를 끄덕였다. 마치 이곳에 오르며 벌어진 모든 불미스런 일의 원흉은 철무한이란 태도였다.

그에 철무한이 항변하려 할 때다. 갑자기 들이닥친 불청객들을 불만스레 바라보고 있던 사룡 중 팽무진이 슬쩍 자리에서 일어섰다.

"오늘 항주제일루의 삼층은 본인을 비롯한 사룡삼봉이 몽땅 빌렸소이다. 이미 값을 치렀으니, 다른 사람들한테 자리를 내어줄 순 없는 일이 아니겠소?"

진자운의 얼굴에 재밌다는 기색이 떠올랐다.

"그건 잘됐구려."

"잘돼?"

진자운이 팽무진을 무시하고 자신이 도착했음에도 시선조차 던지지 않고 있는 모용청려에게 다가갔다. 팽무진의 잘 정리된 검미가 꿈틀하고 치켜 올라갔다. 평생 경험한 바 없는 일방적인 무시에 분노가 치밀어 오른 것이다.

하지만 그는 화를 내야 할 시기를 놓쳤다. 갑자기 남궁성경이 모용청려를 힐끗 바라보곤 자리에서 일어섰기 때문이다.

'남궁 소저?'

팽무진의 야속한 시선을 싹 외면한 남궁성경의 시선이 몇 걸음 앞까지 다가선 진자운을 빠르게 훑어갔다.

'중간쯤 되는 키에 다소 마른 체격, 앞머리에 가려 있어서 눈빛은 잘 보이지 않지만, 턱선이 살아 있는 걸 보면 밉상은 아니겠는걸?'

내심 진자운을 감평한 남궁성경이 화편처럼 붉은 입술에 호선을 그렸다.

"소협이 청려가 항주에 오는 길에 만났다던 재밌는 사람인가요?"

"재밌는 사람?"

"아닌가요?"

진자운이 남궁성경을 바라봤다. 삼 일 전에 얼핏 봤던 모용청려에 못지않은 미모였다. 절색이라 함이 옳았다.

다만, 그녀의 얼굴에 떠올라 있는 표정이 마음에 들지 않았다. 초면부터 자신을 세세히 뜯어보는 모습이 마치 집법원의 심사청에서 처음 봤던 집법원주 운현자 같았기 때문이다.

'마음에 안 드는 여자군.'

내심 남궁성경에 대한 정의를 내린 진자운이 히죽 웃었다.

"나는 사람에 따라 대하는 게 다르니, 모용 소저에겐 재밌게 보였을 지도 모르겠소이다."

"그럼 저한테는 어떤가요?"

"……."

모용청려가 드디어 자리에서 일어섰다. 그녀는 진자운과 남궁성경을 한차례씩 바라보더니, 안색을 발그레하니 붉히고 있던 은여설에게 속삭이듯 말했다.

"성경이는 항상 남자들의 떠받듦을 받아왔기에 세상의 모든 사내들이 다 자기만 보면 반한다고 생각한단다."

남궁성경이 이를 갈며 말했다.

"다 들린다!"

"그랬니?"

모용청려는 남궁성경 쪽을 한차례 바라보곤 나비가 날 듯 사뿐사뿐한 걸음으로 진자운에게 다가갔다. 진자운이 그녀와 눈을 마주치곤 슬며시 입가에 미소를 담았다.

"재밌는 사람, 대령이오."

"늦었군요."

"바쁜 일이 있어서……."

"차차 듣기로 하죠."

모용청려가 진자운을 스쳐 어느새 자리를 잡고 앉은 철무한 쪽으로 걸어갔다. 자리를 옮기겠다는 의도를 분명히 한 것이다.

사룡과 은여설의 입이 가볍게 벌어진 사이, 남궁성경이 참다못해 소리쳤다.

"청려! 무례하게 뭐 하는 짓이야!"

모용청려가 잠시 신형을 돌리더니, 사룡과 은여설을 향해 정중하게 고개를 숙여 보였다.

"갑자기 제가 청한 손님이 왔기에 잠시 자리를 비우겠습니다. 양해해 주세요."

"모용 언니……."

"저, 저기, 그게……."

은여설과 사룡은 서로를 바라보며 난감한 표정이 됐다. 갑작스런 진자운의 등장과 모용청려의 행동에 기분이 나쁘긴 했으나 첫 번째로 남궁성경이 화를 냈고, 둘째로 상대가 정중하게 양해를 구했다. 화가 나긴 하는데, 낼 수는 없는 상황이었다.

마치 모두의 의견을 대변하듯 남궁성경이 화가 난 목소리로 소리쳤다.

"청려야, 오늘의 일은 실수하는 거다!"

"그럴지도."

순간적으로 남궁성경과 모용청려 사이에 가벼운 눈웃음이 스쳐 지나갔다. 어려서부터 줄곧 친하게 지내온 두 사람인지라 이심전심(以心傳心)으로 마음이 통했던 것이다.

'오늘 일은 빚으로 달아두겠어!'

'얼마든지.'

남궁성경과 은밀한 눈빛 교환을 끝낸 모용청려가 다시 사룡 쪽에 고개를 숙여 보이곤 신형을 돌렸다. 철무한이 얼마 전까지 불만이 가득하던 표정을 싹 바꾼 채 대뜸 자리에서 일어서 그녀를 맞았다.

"모용 소저, 이쪽으로 좌정하시지요!"

"예."

모용청려가 자리에 앉았다. 그러자 한 편의 촌극을 바라보는 표정으

로 사룡과 이봉 간의 신경전을 지켜보던 진자운이 입가에 실실 웃음을
띤 채 모용청려 쪽으로 걸어갔다. 철무한이 돌처럼 딱딱해진 얼굴을
한 채 그를 맞았다.

"이건… 이건……."

힐끔 그를 올려다 본 진자운이 슬쩍 눈살을 찌푸려 보였다.

"앉아라! 그 큰 몸집에 엉거주춤한 모습을 보니, 불안하다."

"아, 알겠다. 아니, 소."

철무한이 앉자 진자운이 그 옆에 냉큼 자리를 잡았다.

모용청려가 주변의 따가운 시선에도 불구하고 진자운 쪽으로 상체
를 숙여 보이며 속삭였다.

"그럼 늦은 이유에 대해 들어볼까요?"

진자운이 모용청려의 시선을 피하지 않고 받으며 역시 속삭였다.

"우선 뭐 좀 시킵시다. 아침을 부실하게 먹어서 그런지 뱃속이 요동
을 치니."

"설마 숙녀에게 부탁하려는 건 아닐 테죠?"

"내 앞에 있는 사람이 숙녀인지는 잘 모르겠지만, 일단 그렇다고 칩
시다."

어깨를 으쓱해 보인 진자운이 철무한에게 말했다.

"아까 때려눕힌 점소이, 정말 죽은 건 아닐 테지?"

"그, 그야……."

철무한의 얼굴에 자신없다는 표정이 떠올랐다.

*　　　*　　　*

현음은 진자운이 자리를 비우자마자 게걸스레 밥을 먹고 있던 장진구의 혈도를 제압했다.

평소처럼 펄떡거리는 모습이 보기 좋다는 이유를 들어 그냥 풀어놓고 때릴 때완 사정이 달랐다. 표정조차 근엄하고 엄숙한 것이 마치 사람이 달라진 듯 보였다.

"지, 진인님, 왜 그러십니까?"

눈칫밥 먹기를 몇 개월, 현음이 풍기는 분위기가 평소와 사뭇 다르다는 걸 눈치챈 장진구가 처음부터 극존칭을 사용했다. 위기의식의 발로였다.

그러나 현음은 어제의 그 술주정뱅이에 사이비 도사가 아니었다. 어느새 태극보관을 쓰고 깨끗한 도복으로 갈아입고 있었다. 무당파에서도 큰 천도제를 벌일 때를 제외하곤 차리지 않는 복장이었다.

퍽!

복장이나 신색과는 관계없이 여전히 매운 주먹으로 장진구의 머리를 때린 현음이 말했다.

"왜긴 왜냐! 이제 무당파의 큰 죄인을 무림맹에 인도할 때가 왔으니, 달아나지 못하도록 단단히 묶으려는 게지."

"그건… 그건……."

"왜? 그동안 빈도가 네놈, 대마두에게 정이라도 들어 무림맹에 넘기지 않을 줄 알았더냐?"

장진구가 얼른 입을 다물었다. 자신이 생각하기로도 그건 말이 안 되는 일이었기 때문이다.

현음이 그 모습을 냉연히 바라보며 입가에 가벼운 한숨을 담았다.

"그래, 그동안 네 녀석, 대마두와 조금쯤 정이 쌓이지 않았다면 원무신 앞에서 거짓말을 하는 것일 테지. 어쩌면 소사숙이 이곳까지 오는 동안 네 녀석을 개같이 굴린 건 다른 뜻이 있어서일지도 모르고.”

“……..”

“하지만 소사숙과 달리 빈도는 본 파의 자소궁이 불타던 날을 잊지 못하고 있단 말이다. 어찌 네 녀석을 놓아줄 수 있겠느냐. 무림맹에 넘어간다 해도 목숨은 부지할 수 있을 테니, 너무 서럽게는 생각하지 말거라.”

현음은 말을 끝내고 무당파를 떠나기 전 집법원어서 받아온 족쇄를 꺼내 들었다. 과거 진자운이 면벽수련동에 갇히기 전에 찼던 것과 대동소이한 것이었다.

철컹! 철컹!

장진구의 손발을 족쇄로 묶은 현음이 혈도를 풀어주고, 애써 딱딱한 표정을 지어 보이며 호령했다.

“가자!”

장진구가 말없이 몸을 일으키려다, 갑자기 스치는 생각이 있는지 얼굴에 불쌍한 표정을 지어 보였다.

“저기, 진 소협의 얼굴이라도 한 번 보고 가면 안 되겠습니까?”

현음이 고개를 가로저었다.

“소사숙에게 기댈 생각은 꿈도 꾸지 말아라! 혹시라도 그런 일이 생길까 봐 지난 사흘간 소사숙이 자리를 비우기만을 기다렸느니.”

“그렇지만……..”

“네 발로 가겠느냐? 아니면 개같이 끌려가려느냐?”

“저기 그렇지만……..”

퍽!

현음은 두 번 말하지 않았다. 바로 장진구의 얼굴을 주먹으로 날리곤 그의 목덜미를 다른 손으로 쥐었다.

질질질…….

장진구가 개같이 끌려가기 시작했다. 현음은 한 번 말한 건 반드시 지키는 사람이었다.

그때 객점 앞에서 두 사람의 행동을 지켜보고 있던 소설향이 불쑥 뛰어왔다. 그동안의 상황을 미뤄, 마교의 인물이 분명한 장진구가 현음에게 치욕적으로 당하는 꼴을 더 이상 지켜볼 수 없었던 것이다.

"무당파는 정파 중에서도 으뜸이라고 들었는데, 어찌 사람을 그렇게 대하는 것이죠?"

현음이 소설향에게 냉정한 표정으로 대답했다.

"본래 세상사는 각자의 품은 뜻이 모두 다르지 않겠소이까? 가는 길이 다르다면 서로 상관하지 않는 것도 예의겠지요."

'이 중년 도사가 나와 성녀님의 정체를 눈치챘구나!'

불현듯 현음에 대한 경각심을 느낀 소설향의 눈꼬리가 살짝 치켜 올라갔다.

자신에 대한 건 몰라도 성녀 담화연에 대한 사항이 노출됐다면 현음을 살려둘 수 없다는 생각이 들었다. 자연스레 그녀의 주변으로 매서운 살기가 일어났다.

흠칫!

바닥에 대자로 엎드려 있던 장진구의 얼굴에 가벼운 경련이 일었다. 여태까지와 마찬가지로 소설향이 현음에게 뿜어낸 살기가 자신을 노리는 것이라 착각한 것이다.

'씨, 씨발, 드디어 감췄던 본색을 드러냈구나!'

장진구는 소설향이 현음의 앞을 가로막아 선 건 자신이 무림맹에 가기 전에 죽이려는 거라고 생각했다. 현음에게 개같이 끌려갈 때완 비교도 되지 않을 정도의 공포감이 등줄기를 타고 흘러내렸다. 무인으로선 한창 때인 나이 사십, 아직 죽고 싶진 않았다.

벌떡!

언제 바닥을 기었냐는 듯 신형을 일으켜 세운 장진구가 현음에게 찰싹 달라붙으며 소리쳤다.

"진인님! 진인님! 오늘 소인에게 항주, 이곳저곳을 구경시켜 준다고 하셨지 않습니까?"

"뭐?"

"이런 곳에서 시간을 지체해선 항주 시내만 돌다가 천하의 절경이라는 서호십경은 놓치고 말겠습니다요!"

"……."

장진구를 바라보는 현음의 표정은 딱 '실성한 놈'을 바라보는 사람과 동일했다. 하지만 장진구는 다급했다. 하나밖에 없는 목숨이 걸린 일이었기 때문이다.

"항주 구경은 내 발로 하겠습니다! 그러니 갑시다, 가요!"

질질!

현음의 소맷자락을 손으로 잡아당기며 장진구가 앞서 걷기 시작했다. 절반쯤은 그를 위해 살기를 뿜어내고 있던 소설향의 도톰하고 육감적인 입술이 가볍게 벌어졌다.

第十五章 ◆ 삼담인월(三潭印月), 달밤의 검무

급하게 충원된 점소이에 의해 몇 종류의 요리가 날라져 오자 한동안 진자운과 철무한은 식사에 여념이 없었다. 이미 어느 정도 식사를 끝내 담담한 다향만을 즐기고 있는 모용청려나 계속 못마땅한 시선을 던지는 사룡이봉 따윈 전혀 신경 쓰지 않는 모습이었다.

그렇게 얼추 식사를 끝마친 진자운이 몸집답게 다시 음식을 주문하려던 철무한에게 조그맣게 중얼거렸다.

"쯧쯔, 천하의 미녀를 앞에 두고 게걸대는 모습이라니……."

움찔!

일순 철무한이 큼지막한 어깨를 한차례 떨더니, 들어올렸던 손을 슬그머니 내려놨다.

말이 좋아 녹림이지, 산적 생활로 단련된 그이지만 눈앞의 모용청려가 풍기는 신비로운 분위기 앞에서 원초적인 식욕만을 앞세울 순 없었다.

그때 다향을 음미하느라 살짝 눈을 감고 있던 모용청려의 눈이 뜨였다. 그녀의 시선이 어색한 웃음을 입가에 매달고 있는 철무한을 더듬더니 진자운을 향했다.

역시 모용청려를 바라보고 있던 진자운의 입가에 빙긋 웃음이 떠올랐다.

"내가 늦은 이유를 듣고 싶은 것이오?"

"말해 줄 건가요?"

"물론."

짧게 대답한 진자운이 시선을 창밖으로 던졌다. 마침 마사가 위치한 방향이었다.

모용청려가 바로 알아들었다.

"설마 우리 봉추가 문제라도 일으킨 건가요?"

"봉추?"

"제 당나귀의 아명이에요."

"본명도 있는 거요?"

"그럼요. 본명은 밥통이랍니다."

"밥통이라……."

진자운이 미미하게 고개를 끄덕였다. 백마를 탐하고 귀를 쫑긋 세우던 모습을 떠올리자니, 밥통보다는 색정마 같은 이름이 어울릴 듯하나 삼국 시대의 대현인인 '방통' 이라 이름 짓는 것보단 낫다는 생각이 들었다.

그때 뒤늦게 진자운과 모용청려 간의 대화 주체가 무엇인지를 눈치챈 철무한이 놀란 표정이 됐다.

"설마, 내 백아에게 수작을 부리던 그 이상한 당나귀가 모용 소저
의……."

모용청려가 슬며시 고개를 숙여 보였다.

"우리 봉추를 잘 부탁드리겠어요."

"예?"

"봉추가 다리가 좀 짧고 생긴 모양새는 우습지만, 나름대로 영물이
랍니다. 소협의 백마와 합방을 한다면 꽤나 훌륭한 노새가 태어날 거
예요."

"그, 그게……."

철무한이 안색을 붉힌 채 말을 더듬었다. 애마인 백아를 봉추 같은
당나귀와 합방을 시키고 싶진 않았으나 부탁하는 사람이 모용청려였
다. 거절하기란 쉽지 않았다.

두 사람을 바라보며 피식거리던 진자운이 말했다.

"그럼 내가 늦은 이유에 대한 설명은 됐겠지요?"

"예."

모용청려가 미미하게 고개를 끄덕이자 진자운이 입가의 웃음을 거
둬들였다.

"그럼 이젠 내가 질문하겠소."

"제가 소협을 오늘 이곳에 초대한 까닭을 알고 싶으신 건가요?"

"아니라곤 못하겠고……."

"그전에 한 가지 짚고 넘어갈 일이 있는데, 그걸 아시나요?"

"글쎄, 잘……."

"아직 우리는 서로에 대한 통성명을 하지 않았다는 거예요. 그쪽은
이미 제 이름과 신분을 알고 있는 것 같지만요."

진자운이 한차례 눈을 깜빡거리곤 대답했다.

"내 이름은 진자운이오."

"출신 문파는?"

철무한이 진자운 대신 말했다.

"모용 소저, 그는 무당파의 제자입니다."

"무당파?"

모용청려의 눈에 이채가 떠올랐다. 그와 함께 있던 서이환이 풍기던 보기 드문 살기를 기억하는 그녀에게 무당파란 이름은 예상밖이었기 때문이다.

'덩치는 산만한 놈이 입은 촉새처럼 싸구나!'

진자운이 자신의 대답을 뺏은 철무한을 한차례 곱지 않게 바라보곤 모용청려에게 말했다.

"그렇소. 나는 무당파의 속가제자로서 이번 무림맹 군웅대회에 참가하기 위해 왔소이다."

"그렇군요. 그러면 함께 있던 분들은……?"

"그들은 중간에 만난 길동무요."

"길동무라……."

모용청려는 뜻 모를 눈빛을 진자운에게 던졌다. 그가 숨기고 있는 비밀을 탐지라도 하려는 듯.

하지만 진자운은 무당파 시절부터 자신의 내심을 숨기는 데 도통한 사람이었다. 모용청려의 지력(智力)이 아무리 높고 빼어나다 해도 쉽게 내심을 들킬 사람이 아니었다.

'역시 이상한 사람…….'

내심 나직이 한숨을 토한 모용청려가 미미하게 고개를 끄덕였다.

"일단 진 소협의 말이 맞다고 해두지요."

"사람에게 의심을 품는 건 그리 권장하고 싶지 않은 일입니다만?"

"사람을 너무 쉽게 믿다가 낭패를 당하는 것보다야 낫겠지요."

"딴은 그렇군."

진자운은 마치 남의 얘기라도 듣는 듯 입가에 미소를 띠었다. 여전히 모용청려로선 내심을 파악하기 힘들게 하는 표정을 지어 보이며.

그때 진자운과 철무한이 삼층에 뛰어든 후 조용해졌던 항주제일루의 일층 쪽이 떠들썩해졌다. 얼마 전 사룡삼봉이 모습을 보였을 때와 비슷한, 아니, 그보다 더욱 엄청난 소란이 일어난 것이다.

사락!

항주 시내에서도 쉬이 볼 수 없는 꽃가마의 발을 들추고 모습을 드러낸 사람은 작은 몸집의 소녀였다.

대략 십오륙 세 정도?

소녀는 은은한 봉황이 수놓인 백색 궁장에 오색빛 영롱한 구슬로 장식된 꽃신을 신고 머리에는 아름다운 화관을 쓰고 있었다. 타고 온 꽃가마와 더불어 웬만한 왕족이나 귀족에 버금갈 정도로 화려한 차림이나 소녀의 용모는 더욱 빼어났다.

마치 붓으로 그린 양 반듯한 아미.

호수처럼 그윽하면서도 맑은 눈동자.

오뚝한 코에는 기품이 흘러넘치고, 피부는 설부(雪膚)라 함이 옳았다. 나이에 관계없이 보는 이들의 넋을 빼놓기에 충분한, 아니, 오히려 넘칠 정도의 절세적인 미모인 것이다.

'서, 선녀다!'

‘월궁의 항아가 나타났다!’

항주제일루 앞에 아무렇게나 널브러져 있던 사내들의 입이 가볍게 벌어졌다. 그들 평생에 이와 같이 어여쁜 여인을 본 일이 없을뿐더러, 꿈에서조차 상상치 못했기 때문이다.

그때 꽃가마를 뒤로하고 자박거리며 항주제일루의 간판이 보이는 앞에 도착한 소녀가 시선을 문 쪽으로 던졌다. 정확히는 문을 가로막은 채 앉아 있던 곰보장년인 쪽이었다.

“이곳이 항주제일루가 맞겠지요?”

‘크아, 목소리도 예술이다!’

곰보장년인이 얼이 빠져 안색을 붉힌 사이, 주변에서 침을 갤갤 흘려대고 있던 사내들이 흡사 경쟁이라도 하듯 소리쳤다.

“맞습니다, 맞아요!”

“이곳이 바로 항주제일루입니다!”

“이런 운치도 모르는 작자들! 이곳은 항주제일루일뿐더러 서자호루란 걸 알려드려야 하지 않난 말야!”

맨 마지막으로 소리친 자가 짐짓 잘난 체를 하자 먼저 소리 질렀던 자들의 눈빛이 대번에 험상궂어졌다. 평생 두 번 보기 어려울 정도의 미소녀 앞에서 자신들이 무시당했다는 생각이 든 것이다.

‘이런 빌어먹을 후레자식을 봤나!’

‘혼자 튀겠다는 거냐!’

거의 본능적으로 서로 간의 눈빛 교환을 나눈 곰보장년인과 몇몇 무림인들이 마지막으로 소리친 서생 차림의 수사에게 달려들었다.

“서생 주제에 어디서 끼어들어!”

“이 새끼, 죽어봐라!”

수시는 삽시간에 곰보장년인을 필두로 한 무림인들에게 휩싸인 채 질질 끌려갔다. 삽시간에 벌어진 일이었다.

그러나 그때 소녀는 자신 때문에 벌어진 사단은 아랑곳 않고 내심을 읽을 수 없는 시선을 다시 항주제일루의 간판에 던졌다. 문득 그녀의 얼굴에 굳은 결의가 스쳐 지나갔다.

'난봉꾼아! 도둑놈아! 나 담화연을 떼어놓고 바람을 필 수 있을 거라 생각했다면, 그거야말로 오산이다!'

그로부터 얼마 뒤 자박거리는 걸음 소리와 더불어 항주제일루 전체가 지진을 만난 듯 들썩이기 시작했다.

사룡삼봉이나 진자운, 철무한의 침입 때와는 비교가 되지 않는 소란이었다. 곳곳에서 무림인들 간의 유혈 사태가 연달아 벌어졌기 때문이다.

'응?'

진면목을 드러낸 담화연이 아무런 제지도 받지 않고 삼층에 도착한 순간, 진자운의 눈살이 가볍게 찌푸려졌다. 이봉을 앞에 둔 사룡조차 잠시 넋을 잃었을 정도로 빼어난 담화연의 미모임에도 그는 얼른 시선을 그녀에게서 떼어냈다.

그리고 턱이 빠지도록 커다란 입을 벌린 철무극에게 작게 중얼거렸다.

"모용 소저 앞에서 실례다."

"엇!"

작은 목소리지만 오늘 항주제일루에 모인 사람 중 고수 아닌 자가 없었다. 철무극은 물론이고 사룡 역시 짐짓 낯을 가볍게 붉혔다. 자신들의 신색을 깨닫고 부끄러움을 느낀 것이다.

그때 계단 앞에 서서 삼층 내부를 한차례 살펴본 담화연이 등을 보이고 앉아 있는 진자운을 발견하고 자박거리며 걸어갔다. 그러자 그녀의 뒤를 좇아 몇 명이나 되는 무림인들이 따라 삼층 내부로 난입했다. 여태까지 사룡삼봉의 위명에 눌려 눈치만을 보던 것과는 상반된 모습이었다.

'이런!'

오늘 모임의 주체인 팽무진의 눈살이 가볍게 찌푸려졌다. 이미 진자운과 철무한으로 인해 기분이 상한 터에 이런 일이 벌어지자 심기가 극도로 불편해진 것이다.

스윽!

그의 손이 자연스레 허리춤을 훑어갔다.

그리고 이어진 발도(拔刀)!

번뜩!

자리에 앉은 채 발휘된 발도를 따라 한줄기 매서운 자색 도기가 막 계단을 벗어나려던 무림인들의 앞을 가렸다. 섬뜩한 살기와 더불어.

팔랑!

찰나지간 맨 앞에 섰던 황의중년인의 황룡 영웅건이 바닥에 떨어져 내렸다. 황의중년인으로선 등줄기로 소름이 굴러 떨어지는 순간이다.

'팽가의 자전삼십육도(紫電三十六刀)?'

뒤로 주춤거리며 물러서는 황의중년인과 무림인들을 향해 매서운 눈빛을 던진 팽무진이 신형을 일으켰다.

"오늘 이곳은 우리 사룡삼봉이 통째로 빌렸소이다! 만약 초대받지 않은 자가 발을 디디려 한다면, 반드시 대가를 치러야 할 것이오!"

"으으……."

황의중년인과 무림인들의 얼굴이 시커멓게 변했다. 눈앞에서 본 팽무진의 신위와 쾌도술은 평생 처음 보는 바였다. 만약 그에게 살심이 있었다면, 발도와 더불어 목숨을 부지하기 힘들 터였다.

강자존(强者存)!

어느 누구도 감히 이의를 제기하지 못하는 무림의 철혈율이었다.

'게다가 상대는 팽무진뿐이 아니다!'

착잡한 시선으로 팽무진을 비롯한 사룡과 삼봉, 곁다리로 끼인 진자운과 철무극 등을 바라본 황의중년인의 입가로 한숨이 흘러나왔다. 아무리 담화연의 미모가 경국지색(傾國之色)이라 하나 목숨을 내걸고 달려들 순 없는 노릇이었다.

그래도 마음 한 켠에 아쉬움이 남은 것이리라!

힐끔 담화연 쪽을 바라본 황의중년인이 팽무진을 향해 정중하게 포권해 보였다.

"본인은 항주에서 활동하는 절강오의(浙江五義)의 둘째인 철장(鐵掌) 마일표라 하오. 오늘은 그대들 사룡이 득세를 했으니 이만 물러서지만, 후일 찾아뵐 날이 있을 것이오."

팽무진의 입가에 작은 비웃음이 담겼다.

"굳이 사룡 모두를 찾을 필요가 있겠소이까? 나 팽무진만으로도 충분하니, 그대는 지금 당장 다른 의형제들을 모시고 오시오."

"그건… 그건……."

"나 혼자 절강오의와 상대하겠다는 뜻이오."

일순 마일표의 안색이 붉게 달아올랐다. 모욕도 보통 모욕을 당한 게 아니었기 때문이다.

으득!

어금니를 악문 마일표가 팽무진을 노려봤다.

"그럼 마 모와 형제들이 내일 해가 중천에 뜰 시간에 팽 소협을 찾아 뵙겠소이다."

"나와 팽가의 사람들은 만원객점에 기거하고 있으니, 그곳으로 찾아오면 될 것이오."

"그럼."

마일표가 다시 담화연 쪽에 시선을 던지고 휑 하니 신형을 돌려 계단을 내려갔다.

그러자 그를 좇아 삼층에 올랐던 무림인들 역시 얼른 뒤를 따랐다. 오늘 항주제일루에 모인 무림인들 중 가장 무공이 높은 마일표의 황룡영웅건이 팽무진의 일도에 잘린 모습에 겁을 집어먹은 것이다.

'훙, 항주에 무림맹이 있으니 다른 영웅이 있을 리 없지!'

팽무진이 오만한 표정을 지어 보이며 자리에 앉자 다른 삼룡과 이봉의 시선이 그에게 쏟아졌다. 오늘 가장 돋보이는 일을 벌였으니 당연한 터.

내심 한껏 거드름을 피우려던 팽무진의 안색이 가볍게 일그러졌다. 방금 전 소란의 주인공인 미소녀가 모용청려가 아닌 진자운 쪽으로 다가갔기 때문이다.

팽무진과 마일표의 다툼 따윈 아랑곳 않고 진자운에게 똑바로 다가간 담화연이 하얀 치열을 드러냈다.

"여기가 무림맹인가요?"

"뭐 하러 왔냐, 꼬맹아!"

담화연의 눈에 가벼운 이채가 떠올랐다. 진자운이 한눈에 자신을 알아봤다는 게 뜻밖이었기 때문이다.

"어떻게?"

"걸음걸이가 똑같잖아."

한마디로 담화연의 의혹을 풀어준 진자운이 자리에서 일어서며 모용청려에게 말했다.

"훼방꾼이 왔으니, 오늘은 이만 작별을 고해야겠소."

모용청려의 면사가 나풀거렸다.

"훼방꾼치고는 지나칠 정도로 아름다운데요?"

"그래 봤자 아직 덜 큰 꼬맹이오."

"그런가요? 그럼, 우린 언제 다시 만날까요?"

"그건 모용 소저께서 정하시오."

픽!

담화연이 진자운의 허벅지를 걷어찼다. 물론 여태까지와 다름없이 그녀의 발만 아팠다. 그런 그녀의 머리에 살짝 꿀밤을 준 진자운이 철무한에게 말했다.

"넌 모용 소저와 떨어지기 싫을 테니까 나오지 마라."

"그, 그래."

"침은 흘리지 말고."

"흡!"

철무한이 재빨리 소매로 입가를 훔쳤다. 방금 전 담화연을 좇아 삼층에 올라왔던 무림인들 중 몇 명이 입가에 침을 흘리고 있던 모습을 상기한 것이다.

그러자 그에게 흐릿하게 웃어 보인 진자운이 휑 하니 계단 쪽으로 걸어갔다.

“꼬맹아, 가자.”

“치이, 난 꼬맹이가 아니라구!”

“자꾸 떼쓰면 놔두고 간다!”

진짜 진자운이 기다리지 않고 계단을 내려가자 담화연이 얼른 그 뒤를 따랐다. 문득 그녀의 입가에 살짝 미소가 떠올랐다. 모용청려는 물론이고, 다른 이봉에게 시선 한 번 던지지 않는 진자운의 모습이 만족스러웠기 때문이다.

‘역시!’

모용청려가 진자운과 담화연을 바라보다 전음을 펼쳤다.

[오늘 밤 삼담인월(三潭印月)에서 보도록 해요.]

[유혹하는 거요?]

[글쎄요?]

[유혹하는 거라고 믿고 있겠소.]

면사로 가려진 모용청려의 입가로 흐릿한 미소가 떠올랐다. 그녀는 눈치채지 못했지만, 진자운을 만난 후로 평소보다 훨씬 자주 웃고 있었다.

항주제일루를 빠져나온 진자운이 꽃가마 앞을 지키고 선 서이환을 눈으로 살피곤 나직이 혀를 찼다.

“당신 같은 무인이, 성격 나쁜 꼬맹이 때문에 고생이 많소.”

서이환이 손가락으로 검갑을 튕기며 중얼거렸다.

“아가씨에게 거짓말을 하는 자는 용서하지 않는다.”

‘외골수!’

내심 서이환이 마음에 든다고 중얼거린 진자운이 말했다.

“당신은 충분히 강하지만, 자신을 무적이라곤 생각하지 않는 게 좋지 않겠소.”

“무슨 뜻이냐?”

“너무 꼬맹이가 하자는 대로만 해선 안 된다는 뜻이오.”

“그건……..”

서이환은 진자운의 말속에 담긴 뜻을 눈치채고 뭐라 말하려다 입을 다물었다. 담화연이 자박거리며 항주제일루를 빠져나 왔기 때문이다.

진자운이 그런 그에게 한차례 눈을 찡긋해 보이고 담화연을 구박하듯 소리쳤다.

“꼬맹이, 아주 여러 가질 했구나!”

“그만 꼬맹이라고 불러!”

“그럼 소 소저라고 불러주랴?”

“그렇게 해!”

“싫다!”

단호하게 고개를 저어 보인 진자운이 크게 웃으며 강변을 따라 걷기 시작했다. 그러자 담화연이 살짝 볼을 부어 보이곤 얼른 그 뒤를 따랐다.

“진 가가, 같이 가!”

“니가 빨리 걸으면 돼!”

“비겁해!”

담화연이 진자운을 잡기 위해 뛰기 시작하자 서이환이 나직이 한숨을 토하곤 천천히 그 뒤를 따랐다. 그의 뇌리로 문득 방금 전 진자운이 했던 충고가 스쳐 지나갔다.

‘내가 무적이라고 생각하지 않아야 하는 건가?

퉁!

서이환의 손가락이 다시 검갑을 때렸다.

"뭐라고?"

거처인 운명객점으로 돌아온 진자운은 막 무림맹에 다녀온 현음의 득의양양한 보고를 듣고 눈살을 가볍게 찌푸렸다. 그의 의중과 달리 장진구는 이미 무림맹에 인도되어진 뒤였다.

현음이 자못 안타까운 표정을 지어 보이며 말했다.

"소사숙이 그 마두와 그동안 꽤나 정이 든 건 이 사질 역시 알고 있소이다. 하지만 본래 정과 마는 서로 함께할 수 없는 법. 이 사질, 눈물을 머금고 오늘 깨끗하게 일을 처리했소이다."

"그럼 오늘부터는 아침 식사를 날라다 줄 녀석도 없고, 밤에 등을 두들겨 줄 녀석도 없으며, 심부름시킬 녀석도 없고, 심심할 때 발로 걷어찰 녀석도 없는 거야?"

"그야……."

"아!"

진자운이 갑자기 손뼉을 치곤 현음을 의미심장하게 바라봤다.

"이제부턴 현음 사질이 그 녀석 대신이 되면 되겠군."

"소, 소사숙, 그게 무슨 소리신지……."

"현음, 자네가 이제부터 그 마두가 했던 일을 고대로 수행하면 된다는 거야."

진자운의 말이 떨어진 순간, 현음이 재빨리 뒤로 물러섰다. 그리곤 비장한 표정으로 말했다.

"소사숙이 그리 나오겠다면, 나도 생각해 둔 게 있소이다."

"뭔데?"

"내일 당장 무림맹으로 거처를 옮기겠소이다. 어차피 군웅대회도 코앞으로 다가왔으니, 소사숙이나 저나 운엽 사숙의 명을 받는 게 옳지 않겠소이까!"

명백한 협박이었다. 그것도 자신의 자유조차 깡그리 희생할 각오를 한 동귀어진의 수법.

'지독한 놈!'

'이대로 당할 순 없소이다!'

한참 동안 서로를 노려보고 있던 진자운과 현음이 거의 동시에 만면에 미소를 머금었다. 동귀어진만큼은 피하기 위해 잠정적인 휴전 상태에 들어간 것이다.

"역시 현음 사질은 만만찮군."

"소사숙에 비한다면 조족지혈(鳥足之血)이올시다."

"그런가?"

"아무렴요."

두 숙질은 한참 동안 서로를 향해 웃다가 각자 신형을 돌려 자신의 방으로 향했다. 뒤도 돌아보지 않고서.

쾅!

쾅!

호기심 어린 표정으로 두 숙질의 대치를 지켜보고 있던 소설향이 다시 변장을 한 담화연에게 속삭이듯 말했다.

"아가씨, 저 숙질을 보면 무당파가 진짜 정파인지 의심스러워요."

"나도 그래."

담화연이 조그맣게 고개를 끄덕이다 가볍게 하품을 했다. 오후 내내 걸음이 빠른 진자운을 좇아 서호 주변을 거닐었더니 피곤이 밀려왔다.

소설향이 얼른 담화연에게 권했다.

"진 소협은 제가 지킬 테니까 아가씨는 잠시 쉬도록 하시지요?"

"응, 아무래도 그래야 할까 봐."

담화연이 다시 하품을 하자 소설향이 얼른 그녀를 부축해 일으켰다.

밤.

진자운은 운명객점 앞을 지키고 있던 소설향을 가볍게 따돌리고 서호로 향했다. 모용청려와의 약속을 지키기 위함이다.

'삼담인월이라……'

서호십경 중 하나인 삼담인월은 서호 내에 만들어놓은 인공 섬에서 바라보는 달의 경관을 말함이다. 객점의 점소이에게 물어 그와 같은 사실을 알아놓은 진자운의 입가에 흐릿한 미소가 떠올랐다.

천하에서 가장 아름답다는 항주.

그곳에서도 일절이라 불리는 서호의 삼담인월.

아름다운 달빛 아래 미녀와 만나는데 기분이 좋지 않을 리 없다. 한참 서호변을 거닐다 발견한 배를 타고 인공 섬에 도착한 진자운이 어느새 빠끔이 얼굴을 내민 달을 바라봤다. 가장 달이 잘 보이는 장소에 모용청려가 있으리란 판단이었다.

"저곳인가……?"

진자운은 인공 섬의 남쪽 방면에 세워져 있는 이름 모를 석탑을 발견하고 얼른 신형을 날렸다. 삼담인월을 제대로 감상하려면 대보름날 석탑에 올라야 한다던 점소이의 말을 기억해 낸 것이다.

그렇게 한참을 달려 석탑 앞에 도착한 진자운이 미미하게 고개를 끄

덕였다. 그의 예상대로 석탑 앞에는 모용청려가 면사를 나풀거리며 서
성이고 있었다.

"그렇게까지 날 기다릴 필요는 없었는데……."

모용청려의 시선이 진자운을 향했다. 그녀의 면사가 조그맣게 나풀
거렸다.

"오늘은 혼자……."

"녹림의 산도적은 어찌……."

거의 동시에 입을 연 두 남녀가 서로를 바라보며 유쾌하게 미소 지
었다. 마음이 맞는 사람은 그저 바라만 봐도 즐겁다더니, 두 사람이 그
런 것 같았다.

진자운이 손을 내밀며 먼저 얘기하라 하자, 모용청려가 살짝 고개를
숙여 보이곤 다시 면사를 나풀거렸다.

"오늘은 혼자 오셨나요?"

"혼자 왔소."

"그럼 중간에 다른 사람의 난입은 없겠군요?"

"난입이라……."

진자운은 낮에 항주제일루에서 생긴 일을 떠올리곤 입가에 고소를
떠올렸다. 담화연 앞에선 짐짓 냉정한 척하던 모용청려가 이처럼 말하
는 모습을 보니, 조금쯤 귀엽다는 생각이 들었다.

그때 모용청려가 말했다.

"녹림의 산도적이란 북녹림의 맹주인 녹림패도왕 철기량 선배의 독
자인 패왕도 철무한 소협을 말하시는 건가요?"

"녹림패도왕의 독자? 그 덩치만 산만한 녀석이?"

"예, 모르셨나요?"

“흠.”

진자운이 잠시 눈살을 찌푸리다 미미하게 고개를 끄덕였다. 자신을 놀라게 했던 철무한의 쾌도가 녹림삼왕 중 한 명인 녹림패도왕의 것이란 점을 깨달은 것이다.

문득 그가 물었다.

“그래서 그 녀석은 어떻게 처리했소?”

“길가에다 버렸어요.”

“버려?”

“예, 곤란한 표정을 지어 보이며 잠시 기다려 달라고 하자 낯을 붉히며 그러겠다고 하더군요.”

‘녀석은 모용 소저가 급한 볼일이라도 있는 거라고 생각했겠군.’

진자운은 눈앞의 모용청려를 새삼스레 바라봤다. 처음부터 녹록한 여염집 규수란 생각은 안 했지만, 아무렇지도 않게 철무한을 처리한 얘기를 듣자 내심 혀가 내둘러졌다. 보통내기가 아니란 생각이 들었다.

그때 모용청려가 주변을 한차례 둘러보곤 으슥한 방면을 손가락으로 가리켰다.

“저쪽이 좋을 것 같은데요?”

“뭐… 가?”

“설마 오늘 밤 진 소협을 이곳으로 나오게 한 게 평상시처럼 담소나 나누기 위해서라고 생각한 건 아닐 테지요?”

“……”

대담한 진자운이나 갑자기 오싹 등줄기로 소름이 돋는 걸 느꼈다. 달빛 아래 요요롭게 빛나는 모용청려의 눈동자를 보자니, 아직 여인을 접해본 일이 없는 숫총각만이 가지는 미지에의 두려움이 느껴졌다.

그러나 모용청려는 진자운에게 마음의 준비를 할 시간을 주지 않았다. 마치 네가 따라오지 않으면 어쩔 테냐는 듯 신형을 돌리더니, 손가락으로 가리킨 으슥한 곳으로 걸어갔다. 한마디의 덧붙임도 없이.

꿈틀!

문득 오기가 발동하는 걸 느낀 진자운이 재빨리 모용청려의 뒤를 좇았다.

그는 내심 남녀 간의 문제에 마음의 준비 따윈 나중에 시간 봐가며 천천히 해도 상관없다고 중얼거렸다. 이렇게 된 이상 약한 모습을 보일 순 없었다.

그렇게 한 사람의 인적도 보이지 않는 곳에 이른 모용청려가 살짝 신형을 돌려 세웠다. 그림같이 아름다운 동작으로.

"저기……."

뭐라 말하려던 진자운이 입을 닫았다. 모용청려의 손에 들린 한 자루의 청백색 고검을 발견했기 때문이다.

이 척 육 촌(78㎝가량)이 조금 넘는 듯한 검신.

달빛을 산란시키는 아지랑이.

검이 뿜어내는 한광은 진자운의 달아올랐던 마음을 금세 차디차게 식혔다. 그는 한차례 어깨를 으쓱해 보이곤 모용청려에게 웃어 보였다.

"모용 소저, 이건 무슨 뜻으로 받아들여야 하는 거요?"

모용청려가 수중의 고검을 한차례 휘둘러 보곤 면사를 나풀거렸다.

"보시는 그대로예요."

"보이는 대로라……."

"제가 진 소협을 오늘 밤 청한 까닭은 비무를 요청하기 위함이에요.

만약 다른 어떤 걸 바라고 있었다면, 여자를 몰라도 너무 모른다고 말해 주겠어요.”

‘하!’

진자운은 필시 면사 안쪽에 가려진 모용청려의 얼굴이 미소 짓고 있으리라 생각했다. 충분히 그러고도 남을 여인이란 판단이었다.

모용청려가 말했다.

“무당파의 제자라고 했지요?”

“그렇소만?”

“증명해 보이세요!”

모용청려는 말을 끝내자마자 수중의 고검을 진자운에게 향했다. 그러자 한빙처럼 차가운 기운이 진자운을 급습했다. 예의나 체면 따윈 깡그리 집어 던진 채 그녀는 먼저 공격에 나선 것이다.

스으!

검기가 파고든 순간, 진자운의 어깨가 좌측을 열었다. 그 사이를 서늘한 한기가 스쳐 지나갔다. 눈에 보이진 않으나 자연스레 수련한 청경으로 느낄 수 있었다.

‘장난이 아니군.’

진자운의 모용청려에 대한 배려는 거기까지였다. 검기가 파고든 방향을 따라 뒤틀었던 어깨가 제자리로 돌아온 것과 동시였다.

스파앗!

어느새 면전까지 다가선 모용청려를 향해 섬전같이 반보 다가선 진자운의 주먹이 느릿하나 무겁게 허공을 격했다. 일권파 연환 육식에 단천뢰심강을 담아 내친 것이다.

콰릉!

직도황룡(直道黃龍)의 식으로 곧게 뻗었던 모용청려의 검봉이 사선을 그렸다. 대기를 타고 파고든 일권파의 격공권(隔空拳)을 막기 위함이었다.

하지만 일권파에 담긴 힘은 하늘을 자르는 천공의 벼락!

일개 검기로 끊을 수 있는 성질의 것이 아니다.

사선을 그리며 떨어지던 모용청려의 검이 일순 크게 요동쳤다. 격공권의 권력과 부딪친 순간, 검신을 타고 파고든 일권파의 권경이 모용청려의 내부를 뒤흔들었기 때문이다.

'지독한!'

모용청려는 얼른 뒤로 신형을 뺐다. 진자운의 권경과 끝까지 맞상대하다간 커다란 어려움을 당하리란 판단이었다.

대신 그녀의 검봉이 작고 촘촘한 검기를 일으키며 진자운의 상반신을 휩쓸었다.

모용세가의 비전검법인 성광추혼검(星光追魂劍) 중 최고의 방어 초식인 성광밀밀(星光密密)이었다.

파파파파!

일시 진자운에게 마치 수백 개가 넘는 바늘처럼 변한 검기가 쏟아졌다. 그러자 진자운이 권경을 되돌렸다. 그리고 일으킨 태극 모양의 권형(拳形)!

부드러우면서도 끈질긴 진자운의 일권파가 공간을 종횡했다. 무당무공의 특징인 사기종인에 이화접목을 섞은 것이다.

그러자 눈앞까지 파고들었던 검기 무더기가 사방으로 튕겨지며 소멸했다. 성광밀밀의 날카로움은 일권파에 담긴 부드러움에 하나 남김없이 녹아버렸다.

순간 검기를 거두고 뒤로 신형을 빼낸 모용청려의 입에서 가벼운 탄성이 터져 나왔다.

"무당파의 사기종인과 이화접목!"

"사량발천근도 보겠소?"

진자운이 마치 구경이라도 시켜주려는 듯 일권파에 완만한 태극권의 기세를 담았다. 권식은 반보붕권이나 안에 담긴 기운은 완연히 달라진 것이다.

그렇게 진자운이 일권파 연환 육식을 연달아 펼쳐 보이자 모용청려가 다시 한 걸음 뒤로 물러섰다. 일권파에 담긴 힘이 두렵다기보다는 그 속에 담긴 경력의 움직임과 변화를 좀 더 자세히 살피기 위함이었다.

'변화는 다르나 그 속에 담긴 힘은 분명 무당정종이다!'

모용청려는 다시 성광추혼검의 변화를 일으키는 대신 검봉을 슬그머니 밑으로 떨궜다. 더 이상 공격할 생각이 없다는 뜻을 분명히 한 것이다.

그러자 새로운 일권파 연환 육식의 시연을 끝낸 진자운이 역시 뒤로 반보 물러서곤 한쪽 눈을 가늘게 떠 보였다.

"모용 소저, 이제야 내가 진짜 무당파의 제자란 걸 믿겠소?"

모용청려의 눈에 이채가 떠올랐다.

"진 소협은 방금 전 일부러 전력을 다하지 않았군요?"

"어차피 내 무공을 알아보려는 의도가 분명한데, 굳이 여인과 다툴 필요는 없다고 생각했을 뿐이오."

"저는 방금 전에 진 소협의 생명을 노렸는데도요?"

"그랬다면 좀 더 대응이 어려웠을 거요."

"진심인가요?"

“그냥 지레짐작이오.”

“후훗.”

부드럽게 미소 지은 모용청려가 검을 회수했다. 더 이상 비무를 계속할 이유가 없어졌기 때문이다.

스릉.

검이 사라지자 한껏 숨죽이고 있던 달빛이 교교하게 두 사람의 머리 위로 떨어져 내렸다. 마치 이제 막 야천에 떠오른 것처럼 아름다운 달빛이었다.

그에 평소보다 더욱 신비로운 분위기에 젖은 모용청려를 잠시 바라보던 진자운이 문득 제안했다.

“모용 소저, 달밤의 검무도 끝냈으니, 어디 가서 진지한 대화라도 나누는 게 어떻겠소?”

“그 진지한 대화에는 진 소협과 함께 있는 마교 고수들에 대한 것도 들어가나요?”

모용청려가 어째서 자신의 정체를 의심했고, 오늘 직접 출수해서 무공 내력을 확인했는지를 눈치챈 진자운이 눈살을 가볍게 찌푸렸다. 그녀가 성녀 일행에 대한 사항을 모조리 알고 있다면, 앞으로 무한한 후환이 될 수 있었기 때문이다.

‘어쩔까?’

진자운이 잠시 침묵하자 기다리기 지루했는지 모용청려가 그의 고민을 풀어줬다.

“그리 고민하실 필요는 없어요. 오늘 저는 진 소협에게 큰 실례를 범하고도 용서를 받았어요. 그 점 때문이라도 앞으로 진 소협에게 폐를 끼칠 생각은 없어요.”

“입을 다물겠다는 거요?”

“조건부로요.”

“조건부?”

“절 유혹해 보세요.”

얼마 전 진자운이 모용청려에게 전음으로 했던 말이다. 그러나 진자운은 모용청려처럼 애매모호한 답변을 하지 않았다.

“좋소.”

모용청려의 면사가 나풀거렸다.

“근처에 좋은 주루가 있다고 들었어요.”

진자운이 모용청려와 헤어져 운명객점으로 돌아온 건 거의 새벽이다 된 때였다. 그는 모용청려에게 들었던 얘기를 곱씹으며 재밌다는 듯 빙글거렸다.

‘마교의 일검필살 귀건수와 모용 소저의 부친인 창파검제 간에 과거 알력이 있었다… 라?’

삼담인월 아래서 술잔을 기울이며 모용청려에게 전해 들은 전대의 비사였다.

진자운은 그 말을 듣고서야 서이환이 첫눈에 모용청려를 알아보고, 모용청려 역시 서이환을 알아본 사정을 깨닫고 연신 고개를 끄덕였다. 공교로운 일이란 바로 이런 경우란 생각이 들었기 때문이다.

‘이것으로 그 성녀만 아는 냉막무쌍한 사내를 놀려먹을 건수를 잡았군.’

진자운은 슬그머니 주먹을 쥐어 보이며 운명객점 안으로 들어갔다. 새벽이 가까운 시간이나 군웅대회 때문에 타지에서 사람들이 많이 몰려들어서인지 객점 문은 아직 닫혀 있지 않았다.

스륵.

문 안으로 들어선 진자운의 눈에 이채가 떠올랐다. 객점의 입구 쪽 탁자에 소설향이 홀로 앉아 자음자작하는 모습을 발견했기 때문이다.

'흠, 세상 무서울 게 없는 현음 사질도 무림맹이 있는 항주에 도착하자 몸을 사리기 시작한 건가?

진자운이 다가가자 소설향이 촉촉한 물기가 느껴지는 눈빛에 한가닥 살기를 담아 쏘아봤다.

"쥐새끼처럼 어딜 쏘다니다 들어온 거냐!"

"이렇게 잘생기고 풍채가 좋은 쥐새끼를 봤소?"

"어디의 누굴 말하는 거야?"

"소 소저의 바로 앞에 있는 이 풍채 좋고 잘생긴 나를 말하는 거요."

진자운이 손바닥으로 가슴까지 두들겨 대자 소설향의 붉은 입술이 작은 호선을 그렸다.

다른 사내가 이 같은 모습을 보인다면 대번에 발로 걷어찼을 터인데, 진자운이 하니 그리 밉상은 아니었다.

그녀가 빈 탁자를 손으로 가리켰다.

"한잔하겠어?"

"싫소."

"술을 못 마시는 건 사내가 아니야."

"그럼 여자는?"

소설향이 작은 어깨를 으쓱해 보였다.

"당연히 술을 못 마시는 여자는 여걸이 아니지."

"소 소저가 그토록 애지중지하는 아가씨도 술은 못 마시는 걸로 아오만?”

“그분은 여걸 따위가 아냐!”

“그럼?”

“그분은…….”

소설향이 갑자기 말끝을 흐리자 진자운이 슬쩍 시선을 뒤편의 문 쪽으로 던졌다. 그러자 과연 그의 예상대로 어둠 그 자체인 듯 보이는 서이환의 모습이 보였다.

“소 소저와 술을 나눠 마실 용기는 없지만, 당신하고라면 한잔할 용의가 있는데.”

“…….”

서이환은 대답이 없는데, 소설향이 발끈해 소리쳤다.

“어째서 나와는 술을 못 마시면서 서 단주와는 마시겠다는 거냐!”

진자운이 시선도 던지지 않고 대답했다.

“이길 자신이 없으니까.”

“뭐?”

“난 이기지 못할 싸움은 하지 않는 주의거든.”

그때 침묵을 지키던 서이환의 얇은 입술이 움직였다.

“그럼 나 정도는 이길 수 있다고 보는 건가?”

“진정한 검객은 술은 마시되, 취하진 않는다고 들었소이다.”

“낭설일세.”

“낭설? 그러면…….”

진자운의 말이 채 끝나기도 전에 서이환이 객점 안으로 들어서더니, 소설향 앞 자리를 차지하고 앉았다. 진자운뿐 아니라 소설향과도 대작을 하겠다는 내심을 드러낸 것이다.

"역시 서 단주는 사내답군요!"

소설향이 크게 반기자 진자운이 히죽 웃으며 서이환 옆으로 다가가 앉았다.

'그럼 취중진담을 한번 들어볼까나?

진자운이 손뼉을 치자 멀찍이 떨어진 탁자에 고개를 처박고 있던 점소이가 눈을 비비며 일어서더니, 얼른 달려왔다. 새벽이 가까운 이때까지 자리를 지키고 있던 걸 보면, 직업 의식이 꽤나 투철한 점소이임에 분명했다.

내심 가상한 마음이 든 진자운이 품에서 은자 부스러기를 꺼내 던져주며 말했다.

"지금 되는 요리가 있나?"

점소이가 은자 부스러기를 얼른 품 안에 집어넣곤, 하품을 참으며 대답했다.

"하암, 숙수(熟手:주방장)가 취침 중이라 어렵겠는뎁소."

"그래도 마른 안주 몇 가지는 있겠지?"

"마련해 보겠습니다요."

"그럼, 대충 내오고, 좋은 술로 동이째 가져오도록 해."

"동이째 말입니까?"

진자운이 소설향을 손가락으로 가리키며 말했다.

"경험해 봤을 거 아냐."

점소이가 얼른 알아들었다.

"알겠습니다요. 한번 주방에 쌓인 술을 있는 대로 꺼내보겠습니다요."

"좋아."

고개를 끄덕여 보인 진자운이 얼른 주방 쪽으로 달려가려는 점소이
를 갑자기 불러 세웠다.

"잠깐만!"

"예?"

점소이가 다시 달려오자 진자운이 말했다.

"오늘 서호십경 중에 하나인 삼담인월을 둘러보고 왔는데, 그 경치
가 끝내주더군."

"헤헤, 항주를 찾는 분들이라면 서호십경은 반드시 구경해야만 하
죠."

"음, 그래서 말인데, 서호십경 중 나머지에 대해 설명해 줄 수 있겠
나?"

"날이 밝으면 구경하시려굽쇼?"

"그래."

진자운이 선선히 고개를 끄덕이자 점소이가 짐짓 우쭐한 표정을 지
어 보이며 헛기침을 하고 말했다.

"에헴, 본래 항주뿐 아니라 전 중원을 통해 서호십경은 천하의 절경
으로 손꼽힙지요. 공자께서는 어느 정도를 알고 싶으신 건지요?"

"몽땅 다!"

진자운의 말이 떨어진 순간, 점소이가 기다렸다는 듯 서호십경에 대
해 주워섬기기 시작했다.

"서호십경은 서호에서 반드시 봐야만 할 열 가지 절경을 말하는데,
겨울에 눈이 녹으면서 마치 다리가 끊어진 것 같은 착각을 불러일으
키는 걸 단교잔설(斷橋殘雪)이라 부르고, 백제 서쪽 끝에 호수면과 거
의 같게 만들어진 조망대를 평호추월(平湖秋月)이라 하며, 서북쪽 비

정을 중심으로 펼쳐지는 호수에 연꽃 향기 그윽한 고습을 일러 곡원풍하(曲院風荷)라 합니다. 거기다 시인 소동파가 만든 제방인 소제춘효(蘇堤春曉)가 있고, 오백여 그루의 모란뿐 아니라 수천이 넘는 꽃에 둘러싸여 홍어지(紅魚池)에서 노는 분홍빛 잉어를 바라보는 즐거움에 연유해 붙어진 화항관어(花港觀魚), 서호의 동남쪽에 버드나무 가지 사이로 들리는 꾀꼬리 소리가 고운 곳인 유랑문앵(柳浪聞鶯), 호수 서남쪽에 있는 남고봉(南高峰)과 서북쪽에 있는 북고봉(北高峰)이 산수화처럼 운치가 있는 쌍봉운(雙峰雲), 정자사(淨慈寺)와 영은사(靈隱寺)에서 울려 퍼지는 종소리가 운치를 돋구는 남병만종(南屏晩鐘), 뇌봉산(雷峰山) 꼭대기에 있던 뇌봉탑(雷峰塔)에서 비치는 석양이 분위기가 있는 뇌봉석조(雷峰夕照)에…….”

한꺼번에 너무 많은 말을 쏟아낸 탓이리라. 말로 먹고사는 직업을 가진 자답지 않게 점소이는 잠시 숨을 헐떡였다.

그가 벌써 서호구경을 읊었음을 눈치챈 진자운이 입가에 흡족한 기색을 담은 채 도와줬다.

“그리고 마지막으로 서호에 만들어진 인공 섬에서 바라보는 삼담인월이 있다는 거겠지?”

“그, 그렇습니다요.”

“수고했다.”

진자운이 다시 품 안에서 은자 부스러기 하나를 꺼내 점소이에게 건네줬다. 그러자 점소이가 허리를 땅에 닿을 정도로 숙여 보이곤 주방으로 달려갔다. 그로선 새벽까지 직업 정신에 투철했던 탓에 횡재를 한 셈이었다.

점소이가 사라지자 소설향이 입술을 삐죽거리며 말했다.

“서호십경은 그리 자세하게 알아서 뭐 하려고?”

진자운이 소설향 앞에 있는 술잔을 빼앗아 술을 입에 털어 넣으며
대답했다.

“날이 밝는 대로 구경하려고 물었다 했잖소.”

“누구랑?”

“당연히……..”

“아가씨겠지?”

진자운이 목구멍을 타고 흘러내리는 독한 느낌에 눈살을 가볍게 찌
푸리며 말했다.

“술을 마시려면 좀 좋은 걸 마시지, 맛도 없고 쓰기만 한 분주가 뭐
요, 분주가!”

“말 돌리지 말고!”

소설향이 술잔을 빼앗아 술을 채우며 소리치자 진자운이 입가에 히
죽 웃음을 담았다.

“그거야 그 꼬맹이가 어떻게 하느냐에 따라 달린 거 아니겠소.”

“뭐라고!”

소설향이 발작하려 할 때다.

퉁!

마치 협박하듯 검갑을 손가락으로 튕긴 서이환이 무심한 표정으로
말했다.

“오늘은 그냥 술만 마시는 거다.”

◆第十六章◆ 개막! 군웅대회

무림맹.

항주성의 중심가로부터 동쪽으로 조금 떨어진 곳에 위치한 정파 무림의 상징이자 태두!

근래 만독문의 발호에 대비하기 위해 삼십 년 만에 군웅대회를 개최한다 하여 떠들썩해진 이곳의 크기는 내원과 외원을 합해 물경 이십만 평이 넘었다.

내원에는 무림맹의 주축이라 할 수 있는 맹주의 집무실 외에 구파일방과 팔대세가에서 파견된 원로 고수들이 기거하는 십여 개의 별원이 있었다. 하나같이 빼어난 아름다움을 자랑하는 내원의 별원들은 엄밀히 말해 원로 고수들의 휴양터란 뒷말을 듣곤 했다.

그에 반해 실질적인 무림맹의 업무를 총괄하는 외원은 달라도 한참 달랐다. 천하무림의 각종 정보를 취합하는 비영각(秘影閣)과 재정을 담당하는 예당(禮堂)을 포함한 오각육원(五閣六院). 그리고 청룡(青龍), 백호(白虎), 주작(朱雀), 현무(玄武)의 사단 인원, 약 사백 명이 묵는 네 개의 단과 그에 따른 전각들, 일반 무림인들을 수용하는 지객청의 수십 개 소전각들이 몽땅 군집된 어마어마한 규모인 것이다.

그래서 무림맹을 잘 아는 사람들은 내원이 신선들의 휴양지라면 외원은 칼끝에 서서 무림을 경영하는 자들이 살아 꿈틀대는 전쟁터이자 야망의 대지라 불렀다. 무림에 자신의 이름을 당당하게 내걸고 출세하고픈 사람들이라면 반드시 한 번쯤은 경험해 봐야 할.

무림맹의 내원.

천하에서 가장 조용한 곳 중 하나라 불러도 과언이 아닌 맹주 집무실 내에 한 명의 노승과 노인이 서로를 마주 보며 좌정해 있다.

노승의 정체는 무림맹주 불패신권(不敗神拳) 각원 대사.

천하무림의 정점에 서 있는 노승의 입가에 문득 부드러운 미소가 떠올랐다.

얼마 전 군웅대회에 참가하기 위해 강서성(江西省)에서 온 남궁세가(南宮世家)의 총관, 삼절쾌속검(三絶快速劍) 남궁차경에게 받은 미차(眉茶)의 다향 덕분이다.

미차는 장초청(長炒青)에 속하는 초청녹차(炒青綠茶)로 형태가 가늘고 휘어져서 마치 여인의 눈썹과 유사한데, 강서성에서 나는 게 가장 유명했다.

"허허, 역시 강서성의 미차로구나! 어찌 이리 늙은 중의 답답하던 폐부를 시원하게 뚫어준단 말인가!"

각원 대사의 말이 떨어진 것과 동시였다. 그의 앞에 앉아 일반 차가

든 다구를 못마땅한 표정으로 바라보고 있던 무림맹 총군사 현인(賢人) 제갈효가 반백이 다 된 수염을 손으로 쓰다듬으며 중얼거렸다.

"사람의 입이란 다 똑같은 모양을 하고 있거늘, 어찌 이리 다른 대접을 받는단 말인가!"

각원 대사가 미차가 든 다구를 들어 홀짝이며 입가에 흐뭇한 미소를 머금었다.

"그러게 왜 십 년 전에 맹주를 맡으라 했을 때 극구 사양을 했는가? 자네가 그때 맹주를 이양받았으면 이 늙고 병약한 중이 소림(少林)으로부터 파문을 당하지도 않았을 게 아닌가?"

제갈효가 깊이를 측량할 수 없는 눈을 들어 각원 대사를 바라봤다.

"맹주가 소림사에서 파문당한 건 무림맹주를 했기 때문이 아니라 몰래 개를 잡아먹고, 곡차를 즐기며, 기방을 드나들던 걸 사질인 장문방장에게 들켰기 때문이 아니외까?"

"그건 그 당시 사정이……."

"그 당시의 사정 따윈 내 모르겠소이다. 하지만 어찌 집도 절도 없이 천하를 방황하던 분을 절강성으로 모셔와 이렇게 큰 집의 주인이 되게 해준 사람을 탓한단 말입니까? 만약 이와 같은 일이 천하에 알려지면 사람들이 맹주를 어찌 보겠냐는 거외다."

제갈효의 맹공은 무서웠다. 그만큼 각원 대사의 과거지사를 정확하고 세밀히 기억하는 사람이 없어서 더욱 그랬다.

결국 언제나와 같이 각원 대사가 먼저 손을 들었다.

"어허, 사람도. 어찌 지나간 과거의 일을 꺼내든단 말인가! 혹시 빈승이 뭔가 잘못했다면, 덕있는 현인인 자네가 이해하고 화를 푸시게."

"맹주께서 그렇게 자신의 잘못을 인정하신다면야……."

제갈효는 말끝을 흐리며 입가에 작은 미소를 띠었다. 홀로 미차를 마시며 좋아하던 각원 대사 때문에 은근히 심사가 뒤틀렸던 게 조금쯤 풀어졌다.

그러자 각원 대사의 장작개비처럼 마른 얼굴에 살짝 못마땅한 기색이 떠올랐다. 얼마 전의 패배로 정확히 천 전 천 패가 된 바둑의 결과가 떠올라 분한 마음이 인 까닭이다.

'현인은 무슨 현인? 좁쌀영감 같으리라구! 그까짓 바둑 한 번쯤 져 줄 만도 하건만, 매번 몰인정하게 대마를 몰살시키질 않나 끝까지 사람을 가지고 놀지를 않나……'

내심 제갈효의 후덕한 얼굴을 살피며 욕을 한 각원 대사가 다시 미차를 입에 댔다. 일부러 제갈효에게 향기만 내비친 미차로 분한 마음을 달래고자 함이었다.

물론 제갈효가 그런 각원 대사의 내심을 읽지 못할 리 없다. 다시 한 차례 공격해서 완벽한 항복을 받아내려던 그가 마음을 되돌렸다. 오늘 맹주 직무실에 찾아온 건 다른 사람들한텐 결코 알릴 수 없는 치졸한 싸움을 하기 위함이 아니다.

"맹주, 군웅대회가 닷새 뒤로 다가왔소이다."

후룩!

최대한 맛있다는 표정을 지으며 미차를 들이킨 각원 대사가 눈을 꿈뻑거리며 고개를 끄덕였다.

"그렇구만."

제갈효가 마치 일깨움이라도 주려는 듯 말했다.

"맹주, 그렇구만이 아니올시다. 이번 군웅대회는 삼십 년 만에 벌어지는 전 무림적인 행사로 매우 의미가 큽니다. 맹주가 지금 맛있게 '혼

쟈 들이키고 있는 미차를 십 년 이상 마실 수 있는 만큼 대단한 일이
란 겁니다."

"허어, 십 년이나……."

결국 제갈효가 언성을 높였다.

"마선 담천위와 허공 진인이 없는 이상 천하에 자신의 적수는 없다
는 망발과 함께 독조 갈홍경이 감히 중원 진출을 하겠다고 했잖소이
까!"

일순 미차 향에 빠져 허우적거리고 있던 각원 대사의 눈에서 미세한
섬광이 일었다. 극히 짧은 순간 일었다 사라진 안광에 담긴 힘은 미증
유의 것이었다.

노안 가득 답답하단 표정을 담고 있던 제갈효가 자신도 모르게 어깨
를 움찔거렸다.

'맹주의 기력이 아직 쇠하지 않았구나!'

제갈효가 얼른 창백해졌던 안색을 평소로 되돌리자 각원 대사가 다
구를 다탁에 내려놓고 입가에 벙긋한 미소를 담았다.

"갈홍경은 대단한 자이지. 그의 독공은 이미 초범입성(超凡入聖)의
경지에 올랐으니까."

"그렇소이다. 무림사 중에 유례가 없는 성취라지요?"

"그래, 무림사 중에 유례가 없는 성취야. 하나 그런 그 역시 마선 앞
에선 어린애 꼴이었네."

"어린애까진 아니고, 불존 손바닥 위의 제천대성 정도는 됐다고 알
고 있소이다."

"똑같은 말이 아닌가?"

"일단 그에 대한 토론은 넘기기로 하는 게 좋을 것 같소이다."

"그러세."

평소와 달리 제갈효의 의견을 십분 받아들인 각원 대사가 다시 말을 이었다.

"마선 담천위와 손속을 겨뤄본 빈승은 그자가 전혀 두렵지 않다네."

"그래 봤자 연수합공이었지 않소이까?"

"연수합공이라 해도 빈승은 마선에게 일권을 먹였다네. 그 정도면 자랑할 만하지 않은가?"

"확실히……."

제갈효는 삼십여 년 전 벌어진 정마대전 시 마선 담천위에 대한 정파 십대고수의 연수합공을 제안한 장본인이었다. 그만큼 담천위의 무서움을 잘 알고 있었다.

그가 수긍하는 기색을 보이자 각원 대사가 흐뭇한 표정을 지어 보이며 말했다.

"그러니 예전처럼 자네가 전술을 짜고, 빈승과 정파의 십대고수 중 몇 명이 달려들어 갈홍경을 묵사발 만들면 되는 걸세."

"묵사발보다는 훨씬 좋은 표현이 있을 것 같은데……."

"말을 어떻게 하든 갈홍경을 중원에서 쫓아내면 그뿐이 아닌가? 복잡하게 생각할 건 없으이."

딴은 그랬다. 각원 대사의 말은 불문 고승다운 품위도 없고 경박했으나 요점을 찌르는 것이었다.

그 점을 마땅찮은 표정으로 인정한 제갈효가 내심 한숨을 한차례 토하곤 화제를 바꿨다.

"그럼 이번 군웅대회는 내가 대충 알아서 치르겠으니 맹주는 가끔 얼굴이나 보이고 손이나 흔들어주시구려."

"그쯤이야 협조를 해야겠지."

"그리고 또 한 가지……."

잠시 말끝을 흐리고 품 안에서 두툼한 종이 뭉치를 꺼낸 제갈효가 말을 이었다.

"이번 군웅대회의 목적은 얼마 전에 보고했다시피 비무대회를 열어 무림맹의 주력인 사단 외에 한 개 단을 충원하는 데 있소이다. 충원될 새로운 단의 이름은 불사단(不死團)으로 할 예정인데, 이 서류는 비무대회에 대한 전반적인 일정과 특이 사항 및 계획이니 검토 후에 결재해 주십시오."

"그냥 자네가 알아서 하면 안 될까?"

"그렇게 일하기가 싫소이까?"

각원 대사가 거침없이 고개를 끄덕였다.

"세상에 일하기 좋아하는 사람이 어딨겠는가? 자네처럼 특이한 사람 말고는."

"내 어디가 특이하단 말이외까?"

"이런 끔찍한 서류 뭉치를 아무렇지도 않게 작성하는 자체가 이상한 게 아닌가. 아무튼 빈승은 이제 슬슬 오침할 시간이니, 어여 나가 보게나. 꿈속에서라도 자네의 학익진을 깨부숴야겠네."

"맹주에겐 꿈속에서도 어려운 일이외다."

결국 각원 대사에게 한마디를 쏘아붙인 제갈효가 내밀었던 서류를 도로 품에 넣고 자리에서 일어섰다. 벌써 각원 대사가 눈을 반개한 채 고개를 끄덕거리기 시작했기 때문이다.

'천하에 다시없을 게으름뱅이에 땡중! 일하기 싫으니까 대뜸 자는 척을 하는구나!'

각원 대사를 향해 한숨을 푹 내쉰 제갈효가 내심과 달리 조용조용한 걸음으로 맹주 집무실을 빠져나갔다. 항상 아웅다웅하긴 해도 같이 늙어가는 처지인 각원 대사에 대한 마음은 꽤나 진실한 그였다.

맹주 집무실을 빠져나온 제갈효가 향한 곳은 외원의 비영각이었다. 보통 총군사 집무실이 있는 교룡각(交龍閣)을 떠나는 일이 드문 그이나 오늘은 친히 비영각을 들를 일이 있었다.

비영각주이자 오른팔인 편복무영(蝙蝠無影) 섭일홍이 집무실에서 뛰어나와 맞자 제갈효가 미미하게 고개를 끄덕여 보였다.

"여전히 귀는 밝구만."

핼쑥한 안색에 중키의 섭일홍이 입가에 흐릿한 미소를 만들어냈다.

"총군사님께서 일부러 기척을 내지 않았다면, 어찌 제가 알 수 있었겠습니까?"

"흐흠, 노부가 마치 이런 허례를 좋아하는 것 같이 말하는구만."

"죄송합니다."

섭일홍이 허리를 숙여 보이자 제갈효의 노안에 부드러운 미소가 떠올랐다.

"사실 노부가 그런 걸 좋아하긴 해."

"……."

제갈효가 집무실로 들어가자 섭일홍이 얼른 그 뒤를 따랐다.

집무실 안은 산처럼 쌓인 채 정리를 기다리고 있는 서류 더미가 여기저기 무더기 지어져 있었다. 모두 천하 각지에 심어놓은 밀정으로부터 무림맹으로 날아든 다양한 종류의 정보들로 섭일홍의 결재를 기다리는 것들이었다.

집무실 안을 한차례 훑어본 후 한 켠에 마련된 회의용 원탁 중 상석에 착석한 제갈효가 뒤쫓아온 섭일홍을 바라봤다. 그는 맞은편 자리를 손으로 가리키며 말했다.

"앉게."

"차라도 준비해 오겠습니다."

차 얘길 듣고 방금 전 맹주 집무실에서 겪은 일을 떠올린 제갈효가 고개를 저어 보였다.

"차는 이미 마셨네."

"그럼 당과나 과실이라도……."

"언제부터 자네가 규방의 소저처럼 변한 건가?"

제갈효의 말에 움찔한 섭일홍이 엉거주춤한 자세로 원탁에 다가와 앉았다. 무림맹의 실세 중 한 명이라 불리는 그이나 제갈효 앞에선 어린애나 다름없는 것이다.

그가 앉자 제갈효가 대뜸 질문했다.

"만독문에서 무림맹의 군웅대회를 훼방놓기 위해 파견한 고수들의 행방은?"

"그게 아직……."

"그 못된 것들이 무림맹이 코앞인 여항에서 날뛴 게 언젠데, 아직 행방을 찾지 못했다는 건가!"

제갈효의 언성이 조금 높아지자 섭일홍의 창백한 안색이 다소 붉게 물들었다. 제갈효가 이처럼 화를 내는 때란 극히 드물었는데, 그만큼 이번 건이 심각한 사태를 야기할 수 있다는 걸 의미했다.

"그래서 대응책은?"

잠시 마음속 생각을 정리하느라 침묵하던 섭일홍이 얼른 대답했다.

"이미 개방(丐幫) 쪽에 연락해서, 이번 군웅대회 기간 중 남개방의 협조를 얻어 정보 공유를 하기로 약속을 받아놨습니다."

"그건 잘한 일이네. 비록 개방의 정보력이 가장 왕성한 건 북개방 쪽이지만, 남개방 쪽 역시 무시할 순 없을 테니."

"그렇습니다. 그래서 일간 남개방의 정보 총책임자인 천이개(千耳丐) 장로와 회합을 갖기로……."

"일간이 아니라 지금 당장이라야 해!"

"예, 곧바로 조치하겠습니다."

"그래, 그 건은 그렇게 하고……."

잠시 말끝을 흐린 제갈효가 손가락으로 탁자를 몇 차례 두들긴 후 말을 이었다.

"이번에 무당파에서 군웅대회에 보낸 자들 중 운 자 배의 속가제일 인이 있다고 들었는데, 조사는 해뒀겠지?"

"그게 워낙 새파란 애송이라서……."

"애송이?"

"예, 마교 오대부대 중 두 번째인 천살혈영대의 부대주인 귀신수 장 진구를 압송해 온 현음 도장이 무림맹을 떠나자마자 바로 요원 몇을 붙였는데, 기껏해야 약관밖엔 안 된 청년이라고 하더군요."

"무공 실력은?"

"최소한 일류 이상은 되리라 예상됩니다만……."

"…다만?"

"그 청년의 부근에 워낙 쟁쟁한 인물들이 많아서 직접 시험해 보진 못했습니다."

제갈효의 인상이 살짝 찌푸려졌다.

“쟁쟁한 인물이라니, 구주 이십오성이라도 근처에 있단 말인가?”

“구주 이십오성은 아니나 그들과 관련된 사람들이 몇 있었습니다.”

“흐흠, 군웅대회에 참가하기 위해 온 후기지수들 중 구주 이십오성과 관련된 아이들이 있었던 게로군?”

“그렇습니다. 그는 후기지수 중 최강이라 불리는 사룡삼봉이나 북녹림 맹주인 녹림패도왕 철기량의 독자인 패왕도 철무한과 친교를 맺은 듯 보였습니다. 게다가…….”

“게다가? 또 다른 자들이 있단 말인가?”

“예. 게다가 그의 곁에는 정체를 알 수 없는 일남 이녀가 따라붙어 있는데, 그중 한 명은 절정고수가 분명해 보입니다.”

“정체는 파악하지 못했고?”

“중원무림에 그다지 소문이 많이 나지 않은 자 같습니다. 다만, 보고에 의하면 풍기는 분위기나 살기로 볼 때 정파 인물은 아닌 것 같다고 합니다.”

“하긴 정파의 고수라면 자네의 이목을 벗어날 수 없겠지.”

다시 손가락으로 탁자를 몇 차례 두들긴 제갈효가 자리에서 일어섰다. 다시 내원으로 돌아가 무림맹 내 무당 제자들의 우두머리인 운엽자를 만나봐야겠다는 생각이 든 것이다.

얼른 자리에서 일어선 섭일홍이 따라나서자 제갈효가 가볍게 손을 흔들어 보이며 말했다.

“따라나설 필요 없네.”

“문까지만이라도…….”

“비영각주의 자리는 그렇게 한가한가?”

섭일홍이 얼른 멈춰 섰다. 그러자 그를 향해 한차례 웃음을 보인 제갈효가 집무실을 빠져나갔다. 평소 하지 못했던 운동을 오늘 한꺼번에 몰아서 하게 됐다는 중얼거림과 함께.

*　　　　*　　　　*

따로 운진자에게 귀띔을 들은 것이리라!

항주에 도착한 진자운과 현음을 한동안 내버려 두고 있던 운엽자가 드디어 오늘 아침 무림맹으로 들어오란 명령을 내렸다. 무당의 제자인 이상 따르지 않을 도리는 없었다.

그래서 현음과 함께 무림맹의 네 개 대문 중 하나인 주작대문(朱雀大門) 앞에 도착한 진자운은 눈살을 가볍게 찌푸렸다.

그는 어제까지만 해도 담화연을 구박해 가며 서호십경을 하나하나 구경했다. 그 재미란 경험해 본 사람만 알 수 있을 정도로 쏠쏠했다.

그런데 오늘부터는 약 보름간 계속되는 군웅대회가 끝날 때까지 재미라곤 눈을 씻고 찾아봐도 찾을 수 없다고 알려진 운엽 사형, 그리고 그에 못지않은 칠성검수 출신의 사질들과 생활을 해야만 했다. 기분이 좋을 까닭이 없었다.

동병상련(同病相憐)이라고 할까?

진자운과 마찬가지로 얼굴 가득 침울한 기색이 완연하던 현음이 위로라도 하듯 말했다.

"소사숙, 무림맹이 그렇게 재미없는 곳만은 아니라오."

"그래, 무당파같이 말코들이 그득한 곳만큼은 아니겠지. 그래도 이곳엔 일반 무가나 무파에서 파견 나온 무사들도 많을 테니까."

"그렇소이다. 이곳도 사람 사는 곳이니, 잘 찾아보면 재미있는 일도 있을 것이오."

"그래, 분명 그럴 거야."

천천히 고개를 끄덕여 보인 진자운이 뒷말을 덧붙였다.

"운엽 사형의 눈만 속일 수 있다면……."

"그건, 조금……."

바로 약한 모습을 보이는 현음을 진자운이 슬쩍 돌아봤다. 그의 눈동자는 마치 못된 장난을 치기 직전의 악동처럼 반짝이고 있었다.

"운엽 사형은 내가 맡을 테니 다른 사질들은 현음, 자네가 맡는 거야!"

"어떻게?"

"잘!"

아무런 계획이나 사전 준비도 없음을 공식 천명한 진자운이 주작대문 안으로 터벅거리며 걸어갔다. 그러자 현음이 얼른 그 뒤를 어정거리며 따랐다. 일단 좋은 시절은 다 갔다고 봐야 옳을 것이나 진자운과 현음 모두 무림맹에서 얌전히 보낼 사람들은 아니었다.

진자운과 현음이 무림맹을 방문한 건 이미 첫 번째가 아니었다. 간단한 신원 확인 작업을 마친 뒤, 바로 내원의 유향소원(留鄕小院)으로 안내된 진자운과 현음은 명상에 잠겨 있던 운엽자를 만날 수 있었다.

무림인답지 않게 유약해 보이는 얼굴.

작고 왜소한 체형.

바람이라도 불면 날아갈 듯한 운엽자이나 발걸음은 지극히 가벼웠다. 마치 바람을 발에 담고 날아오는 듯했다.

'과연 무당제일의 경공대가!'

운엽자의 별호인 천리비선(千里飛仙)을 떠올린 진자운이 얼른 앞으로 나서 슬쩍 허리를 숙여 보였다.

그와 운엽자의 만남은 이것이 첫 번째로—첫 번째 무림맹 방문 시 운엽자는 부재중이었다—일단은 좋은 인상을 남길 필요성이 있었다.

그러나 진자운은 허리를 들자마자 인상을 구겨야 했다. 대뜸 코앞까지 다가선 운엽자가 어깨를 두들기며 남긴 말 때문이다.

"허허, 사제가 바로 본 파를 발칵 뒤집어놓은 악동이로구나!"

'늙은 말코들, 그새 꼰질렀냐!'

진자운이 억지로 인상을 평소로 되돌리자 다섯 걸음쯤 떨어져 부복해 있던 현음이 얼른 소리쳤다.

"운엽 사숙의 혜안이 놀랍습니다! 어찌 소사숙에 대해 그리 자알 아신단 말씀이십니까?"

'배신이냐?'

진자운의 매서운 눈빛이 현음을 향했다. 하지만 현음은 슬쩍 그의 시선을 외면할 뿐이다. 일단 자신만이라도 살아야겠다고 마음먹은 게 분명했다.

그러자 운엽자의 입가에 가벼운 미소가 떠올랐다.

"너희들이 이곳에 온다는 소식은 운진 사형에게 들어 알고 있었다만, 본 파에서 벌어진 일에 대한 전말은 운현 사형이 따로 알려줬구나."

"……."

진자운은 무당파를 떠날 당시조차 끝내 웃음 한 번 던지지 않던 운현자를 떠올리며 입을 굳게 다물었다. 그와는 무당파에 들어갈 때부터 악연이란 생각이 들었다.

그때 웃음을 멈춘 운엽자의 얼굴에 한 가닥 범접하기 힘든 엄한 기운이 떠올랐다.

"막내 사제라 부르겠다!"

"예."

"막내 사제는 비록 나이가 어리고 속가제자이긴 하나 우리 무당파의 중심인 운 자 항렬이다. 그러니 무당에서와 같은 행동은 용납할 수 없다. 그 점 명심해야 할 것이다."

일순 진자운의 얼굴 근육이 조금 꿈틀거렸다. 본래는 어떤 일이 있어도 무조건 쥐 죽은 듯 있을 생각이었으나 갑자기 엄한 꾸지람을 듣자 본래의 반골 기질이 고개를 들었다.

"운엽 사형, 무당에서와 같은 행동이라는 건 어떤 행동을 말씀하시는 건지요? 이 우둔한 사제에게 설명해 주시면 감사하겠습니다."

"으음, 그걸 꼭 내가 말해야 하는가?"

"예, 꼭 듣고 싶습니다."

진자운이 물러설 기미를 보이지 않자 뒤에 서 있던 현음의 안색이 어두워졌다.

그는 진자운과 달리 운엽자의 성질을 잘 알고 있었다. 부드럽고 유약해 보이는 모습이나 운엽자는 무당파 내에서도 대쪽같은 성격으로 유명했다. 이와 같은 진자운의 대거리는 섶을 짊어지고 불속에 뛰어드는 거나 마찬가지인 것이다.

'그냥 예예 하고 넘어가면 될 것을……'

현음이 내심 한숨을 쉬는 동안 전해 들은 바대로 맹랑한 진자운을 잠시 살펴본 운엽자가 입을 열었다.

"사제는 본래 어린 시절 본 파에 들어와 몇 가지나 되는 말썽을 부리고 칠 년 동안 면벽의 형을 받았다고 들었는데, 그게 사실인가?"

"예."

"그러면 그 뒤 본 파에 큰 공을 세우고 전대의 인연을 얻어 운 자 항렬이 되긴 했으되, 성격이 방약무인하고 하는 행동 또한 도가 제자의 기풍과는 맞지 않다는 평은 어떻게 생각하는가?"

"그 또한 그리 틀리지 않다고 생각합니다."

"흐음, 그럼 이 사형이 한 말의 뜻을 짐작할 수 있을 거라 사료되는데?"

"예, 충분히 짐작할 수 있습니다. 하지만 그건 어디까지나 일부 사형들의 선입견일 뿐 본 파 전체의 평은 아니라고 봅니다. 만약 진짜 제 성격이 그러하다면, 어찌 무림맹에 파견 나올 수 있었겠습니까?"

"그야 그렇긴 하네만……."

"본래 도(道)를 향해 걸어가는 자는 남의 말에 쉬이 귀 기울이면 안 되고, 남이 본 것 또한 쉬이 믿어선 안 된다고 들었습니다. 즉, 자신의 눈으로 직접 보고, 듣고, 경험한 것을 통해 도를 추구함이 옳은 것이지요. 그런데 어찌 사형께서는 남의 말에만 귀 기울이시어 처음 본 막내 사제에게 선입견을 품고 죄없이 탓하려 하십니까? 그건 흐림없는 눈으로 세상을 바라봐야 하는 도가 제자로선 있을 수 없는 일이라 생각됩니다."

"허!"

운엽자는 가볍게 탄성을 발했다. 진자운이 하는 말을 듣고 보니 진짜 자신이 큰 실수를 범했다는 생각이 들었기 때문이다. 게다가 한 점 부끄러움이 없다는 듯한 진자운의 얼굴과 당당함이 또한 마음에 들었다.

'하긴, 이러한 인재가 아니라면 어찌 장문 사형께서 사제로 인정했으랴! 운진 사형께서 대단한 인재라 칭찬하시더니, 그 말이 크게 틀리지 않도다!'

내심 크게 고개를 끄덕인 운엽자의 입가에 흡족한 기색이 떠올랐다.

"사제의 깨달음이 그와 같다니, 정녕 무당의 홍복일세!"

"이미 대도(大道)를 이루신 운엽 사형 앞에서 쓸데없는 말을 늘어놓았습니다."

"아니야! 그렇지가 않아! 사제 덕분에 오늘 이 운엽이 큰 깨달음을 얻었음이야!"

운엽자는 진정 마음이 흥겨운지 진자운의 어깨를 다정하게 토닥여 주기까지 했다.

물론 그는 진자운의 뒤에 서서 터져 나오려는 웃음을 억지로 참느라 시뻘겋게 변한 현음의 얼굴을 보지 못했다. 현음이 얼른 고개를 숙였기 때문이다.

'맙소사, 순진한 운엽 사숙! 저런 눈에 빤히 보이는 거짓말에 속다니! 하긴 그렇기에 운진 사백께서 소사숙과 나처럼 발랑까진 자들을 이번 군웅대회에 보낸 것이겠지만……'

현음은 웃음을 참느라 흘러내린 눈물을 재빨리 소매로 훔치며 내심 고개를 절레절레 흔들었다. 그는 진짜로 만독문과의 전쟁이 벌어지면 절대 운엽자의 명령을 받들어선 안 되겠다고 단단히 마음먹었다.

그때 운엽자에게 계속 착한 사제의 얼굴을 한 채 겸양을 떨던 진자운이 슬그머니 말했다.

"운엽 사형, 근데 저는 이제부터 이곳에서 기거하는 겁니까?"

운엽자가 입가에 미소를 띤 채 고개를 끄덕였다.

"그리하게. 사제의 나이가 비록 연소하긴 하나 그래도 당당한 무당파의 운 자 항렬인데 어찌 외원에서 지내게 하겠는가."

"운엽 사형의 배려에 감사할 따름입니다. 하지만 제 미거한 생각에 저는 군웅대회가 끝날 때까지 외원에서 생활하는 게 나을 듯합니다."

"그건 어째서지? 설마 이 늙은 사형과 함께하기가 싫은 것인가?"

"어찌 그렇겠습니까? 오히려 이번 기회에 운엽 사형의 천하제일 경공술을 조금이라도 배울 수 있다면 엄청난 복연일 텐데요."

"하면?"

진자운이 짐짓 경건한 표정을 해 보이며 대답했다.

"이번에 무림맹에서 개최되는 군웅대회는 제게 첫 번째 무림 경험이라 할 수 있습니다. 그런데 편안히 운엽 사형과만 지낸다면 어찌 무당파에 틀어박혀 수도를 하는 것과 다름이 있겠습니까?"

"사제는 이번 기회에 세상을 경험하고 싶다는 뜻인가?"

"그렇습니다. 그래서 좀 더 수양에 도움이 되었으면 합니다. 그리고 사질들과도 절차탁마(切磋琢磨)하고 싶고요."

'흠, 하긴 막내 사제의 연배가 현 자 항렬과 비교해도 훨씬 떨어지는 편이니……'

잠시 생각에 잠겼던 운엽자가 천천히 고개를 끄덕였다.

"그럼 사제는 이번 군웅대회 동안 현음과 함께 외원 현무단에 가서 기거하게나. 현무단의 단주가 내 제자인 현황(玄黃)이니, 불편한 점은 없을 게야."

"그럼 본 파의 칠성검수 사질들은 모두 현무단에 배속되어 있는 겁니까?"

"아무래도 같은 단에 배속되어 있어야 유사시에 힘을 발휘하기 쉽지 않겠는가? 현황뿐 아니라 나머지 열세 명 모두 현무단의 열 개 조 조장과 부조장을 맡고 있다네.”

“한마디로 현무단은 우리 무당파가 장악하고 있다는 뜻이군요?”

“그렇다고 볼 수도 있겠지만……..”

운엽자의 말이 떨어진 순간, 진자운의 눈 깊숙한 곳에서 이채가 번뜩였다. 아주 유익한 정보를 전해 들었다는 판단이었다. 그러나 진자운은 재빨리 자신의 눈빛을 숨겼다. 눈앞의 운엽자를 무시할 생각은 없는 것이다.

눈빛을 숨기기 위해 잠시 땅 쪽을 향하고 있던 고개를 바로 한 진자운이 은근한 표정으로 말했다.

“운엽 사형, 그럼 현무단에서 제 위치는 어떻게 되는 겁니까?”

“그야……..”

잠시 말끝을 흐린 채 고민하던 운엽자가 여상스레 말했다.

“단주의 직위는 무림맹주인 각원 대사님과 총군사인 제갈 선배만이 임명할 수 있다네. 그러니 사제가 바로 현무단의 단주가 될 순 없을 것이네. 하지만 내 미리 일러둘 테니, 특별한 일이 없는 한 사제는 현황을 마음껏 부리게나.”

“알겠습니다.”

운엽자에게 가장 듣고 싶던 말이었다. 간이라도 빼줄 것 같은 표정을 지어 보이며 진자운이 허리를 땅에 닿도록 숙여 보였다. 물론 그를 따라 역시 허리를 숙여 보인 현음은 계속 속으로 혀를 차며 고개를 가로젓고 있었다.

면담의 끝.

운엽자와 헤어져 내원을 빠져나온 진자운은 현음을 데리고 바로 현무단으로 향했다. 운엽자는 먼저 총군사인 제갈효를 찾아가 인사하라 했으나 진자운은 유향소원을 빠져나온 순간 그 말을 싹 잊었다.

성큼거리며 현무단을 향하는 진자운을 따르며 불안한 표정을 짓고 있던 현음이 조심스레 입을 열었다.

"저기, 소사숙 운엽 사숙께서는 먼저 총군사인 제갈 선배를 찾아가 인사를 드리라고……."

"맞고 싶냐?"

"아니요."

"그럼 입 다물고 그냥 조용히 따라와라. 나는 아직 네 녀석의 배신을 잊지 않고 있다."

"예."

진짜 맞고 싶지 않았던 현음은 얼른 입을 다물었다. 진자운이 한번 한다면 하는 성질임을 그보다 잘 알고 있는 사람은 드물었기 때문이다.

그렇게 물어물어, 십여 개의 전각에 둘러싸인 현무단 본부 앞에 도착한 진자운이 주변에서 서성이던 무사를 향해 손짓했다.

"이보쇼?"

무사는 가슴에 '현무'를 새긴 무복을 걸치고 있었는데, 적어도 나이가 서른은 넘었을뿐더러, 기골이 장대하고 얼굴에 칼자국이 몇 개나 나 있었다.

한마디로 산전수전 다 겪은 강호고수의 분위기를 풍기고 있었다. 그런데 갑자기 나이도 한참 어려 보이는 진자운에게 손짓을 당하자 기분이 좋을 리 없었다.

대뜸 욕설부터 내뱉고 보려던 무사의 눈살이 찌푸려졌다. 진자운 뒤에 묵묵히 서 있는 현음을 발견했기 때문이다.

'무당파의 도사?'

목젖까지 치밀어 올랐던 욕설을 꿀꺽 삼킨 무사가 진자운에게 다가왔다. 현무단을 장악한 무당파의 도사와 함께 있는 진자운에게 밉보일 수 없다는 판단이었다.

"뭐 때문에 그러시는지?"

'현음을 보고도 얼굴에 불만을 드러내는 걸 보니, 꽤나 뻣뻣한 자로군. 마음에 들어.'

내심 히죽 웃은 진자운이 말했다.

"현무단원이신지?"

"맞소."

"그럼 현무단주를 좀 불러주시면 고맙겠소."

"단주님을?"

"그렇소. 나는 진자운이고, 뒤에 있는 사람은 내 사질인 현음인데, 귀 단주에게 그렇게만 전하면 알아들을 것이오."

"흠, 알겠소."

마뜩찮은 표정으로 진자운을 바라보던 무사가 힐끔 현음을 바라보곤 현무단 본부로 걸어갔다. 이미 나이가 사십대인 현음을 사질이라하는 진자운의 말이 별로 믿기진 않았으나 일단 단주인 현황에게 보고는 해야겠다는 판단이었다.

그로부터 얼마 뒤, 현무단주를 맡고 있는 현황이 바람처럼 현무단 본부에서 달려나왔다. 천리비선이라 불리는 운엽자에게 사사받은 자답게 경쾌하고 빠른 신법이었다.

"현황이 소사숙과 현음 사형을 뵈오이다!"

‘현황의 신법이 더욱 발전했군!’

현음의 고개가 미미하게 끄덕여졌다. 무당파 내에서도 가장 전도가 유망한 자들이 칠성검수가 된다.

무림맹에 온 칠성검수 중 으뜸인 현황의 신법을 보자니, 과거 집법원의 현명과 더불어 첫째 둘째를 다투던 때가 떠올랐다. 사제의 무공 진전에 기쁜 마음이 들면서도 한편 씁쓸함이 없다곤 말할 수 없다.

그런 현음의 복잡한 마음과는 별도로 진자운은 현황을 다른 각도로 살폈다. 말을 잘 듣게 생겼는지 그렇지 않은지.

“현황 사질, 나와는 초면이지?”

“예.”

“그런데도 바로 사숙이라 부르니, 듣는 내가 쑥스럽군. 자네는 무림맹 내에서의 위치가 결코 작은 게 아니라고 알고 있는데…….”

현황의 안색이 엄숙하게 변했다.

“이미 사숙님인 것을 아는데, 어찌 제가 감히 무림맹 내에서의 위치를 내세울 수 있겠습니까?”

‘그 사부에 그 제자로구나!’

한눈에 현황이 운엽자처럼 외골수에 외도(外道) 자체를 모르는 성격임을 파악한 진자운의 입가에 흐뭇한 미소가 떠올랐다. 말 잘 듣는 부하 하나가 더 생겼다는 판단을 내린 것이다.

“일단 안으로 들어가지.”

“예, 제가 뫼시겠습니다.”

현황이 현무단 본부로 앞장서자 문 앞에 멀뚱히 서 있던 예의 무사가 얼른 옆으로 물러섰다. 여전히 표정은 불만에 가득 차 있었으나 자세만은 바로 하고 있었다.

현무단 단주 집무실에 들어선 진자운은 바로 상석을 차지하고 앉았다. 앞장섰던 현황이 뭐라 권하기도 전에 벌어진 일이다.

뒤따라 현음 역시 자리를 잡고 앉자, 현황이 홀로 선 채 다소 경직된 안색으로 말했다.

"현재 현무단은 검진(劍陣) 수련 중입니다."

"검진?"

"본 파의 칠성검진을 조금 변형시킨 칠성연환검진(七星連環劍陣)입니다."

"흠, 그래서 다른 사질들의 모습이 보이지 않았군."

"그렇습니다. 검진 수련이 끝나면 모두 모여 사숙님의 가르침을 받도록 하겠습니다."

"……."

진자운은 문득 눈앞의 현황을 빤히 바라봤다. 그러면 운엽자는 물론이거니와 운진자나 원수 같은 운현자와도 잘 지낼 수 있으리란 생각이 들었다.

'어쩌면 나중에 이 녀석이 무당파의 장문인이 될지도 모르겠군. 칠성원주인 현청은 권세를 탐하느라 무공의 진보가 더디고, 현음은 망나니이고, 집법원의 현명은 지 사부하고의 사이가 점점 벌어지는 것 같으니까.'

진자운이 열거한 사람들은 모두 현 자 항렬의 칠성검수 중 수위를 다투는 자들로 무당파의 미래라 할 수 있었다. 그중 현음의 경우 삼 년 면벽을 당한 후 삐뚤어져 근래엔 진자운을 제외하곤 누구의 주목도 받지 않고 있었지만 말이다.

잠시 무당파의 미래를 떠올리며 침묵하던 진자운의 입가에 빙글거리는 미소가 떠올랐다.

"가르침이라니, 운엽 사형께서 내원에 계시는데 어찌 내가 그런 걸 사질들에게 베풀 수 있겠는가. 그야말로 남들이 들으면 웃을 일이지."

"그렇다면, 일단 쉬실 장소를 마련하겠습니다. 다른 전각은 타 문파의 사람들이 있어 불편하실 테니, 제가 쓰던 전각을 비워 드리겠습니다."

"단주용 전각을 말인가?"

"예, 방이 몇 개 되니까 사숙님과 현음 사형이 함께 사용하셔도 별 불편함은 없을 겁니다."

"흠, 그렇겠군."

진자운은 한마디 사양의 말도 없이 고개를 끄덕여 수락했다. 이미 현황의 성격을 파악한 이상 사양할 필요성을 전혀 느끼지 못했기 때문이다.

물론 현음 또한 내심 진자운을 욕하면서도 묵묵부답 그냥 조용히 있을 뿐이었다. 그 역시 현황을 비롯해 다른 꽉 막힌 사제들이나 현무단에 속한 타 문파 사람들과 함께 군웅대회 기간을 보내고 싶은 마음은 눈곱만큼도 없었다.

바로 그때 자신의 전각을 비우기 위해 집무실을 빠져나가려는 현황을 진자운이 불러 세웠다.

"현황, 잠시만!"

"예."

현황이 돌아오자 진자운이 손가락으로 이마를 몇 차례 두들기곤 말했다.

“내가 좀 길눈이 어두워서 말야……”

“안내를 붙이겠습니다.”

“아아, 그래 주면 좋겠어. 그리고 혹시 모르니까 무림맹의 요처를 그려서 주지 않겠나?”

“알겠습니다.”

“하하, 현황 사질은 정말 일 처리가 시원시원해서 좋군, 누구완 다르게.”

현황에게 말하는 사이 진자운이 힐끔 곱지 않은 시선을 던지자 현음이 재빨리 고개를 옆으로 돌렸다. 진자운의 내심을 읽고 무대응을 선택한 것이다.

교룡각.

제갈효는 맹주 각원 대사와의 바둑 승부에서 이긴 대가로 받은 미차의 향기를 음미하며 자꾸 문 쪽을 바라보고 있었다. 기다리는 사람이 있는 듯한 모습이다.

‘흐음, 벌써 유향소원을 떠났다고 들었는데 어찌 이리 늦는 것인가?’

그렇다. 지금 제갈효가 기다리는 건 진자운과 현음이었다. 오늘 떨어진 운엽자의 갑작스런 호출은 모두 그의 작품이었기 때문이다. 무당파에 새롭게 나타난 신성(新星)인 속가제일인 진자운을 살피기 위한.

그때 문밖에서 호위 무사의 목소리가 들려왔다.

“손님이 찾아오셨습니다.”

‘옳거니!’

제갈효는 재빨리 시선을 문 쪽에서 뗐다. 그리고 눈을 지그시 반개했다. 마치 미차 향기에 젖어 있는 현인의 모습, 그 자체가 된 것이다.

"누구라더냐?"

제갈효에게서 흘러나온 목소리는 부드러우면서도 근엄했다. 듣는 이로 하여금 저절로 옷깃을 여미게 하고 존경심을 품게 만드는 힘이 담겨 있었다.

그러나 제갈효는 순간 청수하던 미간에 주름을 늘려야만 했다. 호위 무사의 입에서 흘러나온 말이 그가 기다리던 것과 사뭇 동떨어진 것이었기 때문이다.

"비영각주 섭일홍 대협이십니다."

'섭일홍이?'

제갈효는 한차례 눈살을 찌푸려 보이곤 다소 딱딱하게 대답했다.

"들라 하게."

"예."

호위 무사의 말이 떨어지고 얼마 지나지 않아 섭일홍이 문을 열고 들어섰다. 그는 평소처럼 창백한 안색을 하고 있었는데, 제갈효의 못마땅한 눈빛을 대하곤 정자세가 됐다. 뭔가 분위기가 안 좋다고 느낀 것이다.

제갈효가 앉으란 권유도 없이 말했다.

"중요한 보고라도 있은 건가?"

섭일홍이 얼른 제갈효에게 다가왔다.

"예, 그렇습니다."

"말해 보게."

제갈효의 말이 떨어지자 섭일홍이 품속에서 보고서 한 장을 끄집어 냈다.

"남개방과의 정보 공유로 중요한 사실을 하나 알아냈습니다."

"만독문에 관한 건인가?"

"예."

"흐음."

제갈효가 계속하란 손짓을 하자 섭일홍이 보고를 속개했다.

"이번에 만독문이 고수들을 무더기로 절강성에 파견한 건 군웅대회를 훼방 놓으려는 것 외에 한 가지 목적이 더 있는 것 같습니다."

"다른 목적?"

"예, 어쩌면 만독문은 중원의 정파와 맞붙기 전에 마교와 마도대전(魔道大戰)을 일으키려는 건지도 모르겠습니다."

"그럴 수도 있겠지. 독조 갈홍경은 과거 마선 담천위와의 대결에서 패배를 당하고 만독문을 봉문했으니까. 물론 근거는 있는 얘기일 테지?"

"예."

대답과 함께 섭일홍이 내민 보고서를 받아 든 제갈효의 미간이 꿈틀거렸다. 그의 예상을 벗어난 증거가 나열되어 있었기 때문이다.

"만독문에서 노리는 건 납치… 인가?"

"여태까지의 움직임으로 볼 때 그럴 가능성이 농후합니다. 그리고 그만한 가치를 지닌 마교의 인물이라면……."

"담천위의 피를 이은 혈족밖엔 없을 테지."

"바로 명찰하셨습니다."

"흐음."

제갈효가 평소보다 훨씬 긴 침묵을 지켰다. 그만큼 섭일홍이 입수한 정보가 뜻하는 바는 컸다. 어쩌면 중원의 정파가 만독문과의 피투성이

대전을 피하고 어부지리(漁父之利)를 얻을 수 있을 만큼.

화륵!

삼매진화를 일으켜 손에 들고 있던 보고서를 한 줌 재로 바꾼 제갈
효가 섭일홍에게 미미하게 고개를 끄덕였다. 그러자 어느새 칭찬 받기
를 원하는 아이와 같은 얼굴이 되어 있던 섭일홍이 눈을 빛내며 말했
다.

"이미 은밀히 요원들을 풀었습니다. 그러니 빠른 시간 내로 마교 성
녀의……."

"……."

손가락을 입에 가져다 대는 걸로 섭일홍의 입을 다물게 한 제갈효가
잠시 눈을 반개한 채 침묵을 지키다 입을 열었다.

"일단 군웅대회가 끝날 때까지는 놔두도록 해."

"그렇지만 군웅대회가 끝날 때면……."

"어렵게 성사한 군웅대회야. 이제 와서 삼십 년 만에 찾아온 정파
무림의 힘을 결집시키는 일을 무산시킬 순 없어."

"예……."

"하긴 자네에겐 아직 이런 일을 이해한다는 게 어려운 일일 테지."

섭일홍에게 미미하게 고개를 저어 보인 제갈효의 입가에 흐릿한 미
소가 떠올랐다. 그의 오랜 지우(知友)인 각원 대사로부터 음모꾼이라
불릴 때 보이곤 하는 표정과 함께.

"그런데 감히 무림맹의 총군사인 노부를 기다리게 하다니, 참으로
고얀 애송이가 아닌가!"

"예?"

섭일홍이 멀뚱한 표정을 지어 보이자 제갈효가 손을 휘저어 보였다.

그만 나가 보라는 뜻이었다.

*　　　　*　　　　*

사흘 후.

웬만큼 세력을 떨치는 대문파의 제자나 거부, 관부 요직의 인사를 제외하곤 쉽사리 통과하기 어렵던 무림맹의 동서남북 사대대문이 활짝 열렸다.

삼십 년 전 마교와의 정마대전 이후 처음 있는 일.

천하의 영웅들이 모이는 대잔치.

무림맹의 군웅대회를 위한 개방이었다.

구름같이 인산인해를 이룬 천하 각지의 무림인들과 구경꾼들이 모여들었고 항주의 상인들과 도박꾼들은 신이 났다. 오랫동안 벼르고 있던 대목이 앞으로 보름 동안 계속되니 당연했다.

정파의 후기지수들이 자파와 자기 자신의 명예를 위해 주먹을 불끈 쥐었다면, 상인들과 도박꾼들은 넘쳐 나는 돈을 위해 눈에 불을 켰다. 사람들마다 서로 원하는 바는 다르나 평생에 몇 차례 없을 만큼 흥분되기는 마찬가지였다.

군웅대회!

그 막이 오른 것이다.

◆第十七章◆
기상천외(奇想天外)한 비무

  아침부터 서두르는 담화연의 재촉에 소설향과 서이환은 식사도 하는 둥 마는 둥 하고 운명객점을 빠져나왔다.

  무림맹으로 향하는 대로 쪽에는 어느새 도검을 찬 무림인들이 잔뜩 몰려들고 있었다. 모두 군웅대회에 참석하거나 구경하려는 자들이었다.

  담화연을 양옆으로 호위한 채 무림맹으로 향하던 서이환의 눈살이 가볍게 찌푸려졌다. 눈에 익은 하얀 당나귀와 잘빠진 백마를 끌고 오는 일남 일녀를 발견했기 때문이다.

  '일부러 찾아왔는가!'

  서이환이 담화연의 앞을 슬쩍 가로막아 섰을 때다. 철무한의 백마에게 찰싹 달라붙어 즐거워하는 봉추의 고삐를 잡아당기고 있던 모용청려가 면사를 살랑이며 고개를 숙여 보였다.

"우연이네요."

"우연?"

"예."

서이환의 입가에 냉기가 감돌았다. 주변에 꽤나 많은 무림인들이 모여 있음에도 바로 발검할 듯한 표정이었다.

그러자 모용청려를 봉추와 같은 표정을 한 채 바라보고 있던 철무한의 고리눈이 슬쩍 치켜 올라갔다.

요 며칠 사이 그에게 모용청려는 이미 마음속의 선녀나 다름없이 변해 있었다. 이젠 다른 어떤 여인도 눈에 들어오지 않는 터였다.

그런데 그런 모용청려가 관심을 보였다는 것만으로 못마땅하던 서이환이 살기마저 발하는 것이다. 그 같은 열혈남아가 더 이상 참을 수 없는 건 당연했다.

"지금 모용 소저에게 시비를 거는 것이오?"

철무한은 어느새 구환대도를 손에 들고 있었다. 언제든지 서이환과 한판 붙을 준비가 되어 있다는 박력이 그의 온몸에서 뿜어져 나왔다.

물론 서이환 역시 걸어오는 싸움을 피할 사람이 아니다. 철무한의 장대한 체구와 자세를 냉정히 살핀 그의 손이 세 개의 검중 협봉검의 검파에 닿았다. 대로 한복판임에도 바로 베어버리겠다는 기세였다.

일촉즉발(一觸卽發)!

두 사람 사이에 기세가 맞붙는 순간, 모용청려가 슬며시 끼어들었다. 기세가 최고조로 올라 폭발하기 직전의 일이다.

"우리는 군웅대회에 참석하기 위해 무림맹으로 가는 길이에요. 이런 곳에서 사고를 일으키면 문제가 되지 않겠어요?"

"……"

"아니면, 두 분 다 반드시 이곳에서 결판을 내야 하는 건가요?"

재차 모용청려가 만류의 말을 하자 철무한과 서이환은 서로를 한차례씩 노려보고 자세를 풀었다. 모용청려의 말이 옳다는 걸 두 사람 모두 알고 있었기 때문이다.

그렇게 일이 일단락되자 담화연이 서이환에게 조그맣게 말했다.

"그만 가요. 늦으면 진 가가를 찾기 어려울지도 몰라요."

"알겠습니다."

서이환이 모용청려 쪽을 한차례 바라보곤 담화연의 옆에 붙었다. 그러자 담화연의 속삭이는 목소리를 엿들은 듯 모용청려가 봉추를 끌고 다가왔다.

"진 가가란 무당파의 진 소협을 말하시는 건가요?"

담화연의 얼굴이 조금 험상궂어졌다.

"남의 말을 엿듣는 게 취미인가 보죠?"

"고상한 취미는 아니죠."

"고상한 취미가 아니란 걸 알았으면 고치는 거 당연한 일 아닌가요?"

"후후, 노력은 하는데 그게 잘 안 되네요."

모용청려가 이렇게까지 말하자 담화연도 더 이상 뭐라 하기 힘들었다. 그녀가 슬며시 고개를 옆으로 돌리자 소설향이 퉁명스레 말했다.

"명문 댁 아가씨 같은데, 그 무당파의 망나니 녀석에겐 왜 그리 관심을 갖는 거요?"

"제 또래의 여자가 남자에게 관심을 갖는 게 달리 뭐가 있겠어요?"

"그건……."

소설향이 말끝을 흐리자 담화연이 샐쭉하게 도용청려를 노려봤다.

역시 자신의 예상이 맞았다는 표정이다.

그러나 모용청려는 마주 대응하는 대신 면사를 나풀거렸다.

"저는 팔대세가 중 하나인 모용세가의 여식이에요. 저와 함께 가면 진 소협을 찾는 데 도움이 되지 않을까요?"

"우리와 동행하겠다는 건가요?"

담화연이 혹해 묻자 모용청려가 미미하게 고개를 끄덕였다.

"절 배척하지만 않으신다면."

잠시 고심하는 표정을 짓던 담화연이 역시 고개를 끄덕여 보였다.

"좋아요! 모용 언니 같은 미녀와 함께라면 난봉꾼에 바람둥이인 진가가를 찾는 것도 여반장이겠죠."

"난봉꾼에 바람둥이?"

"모르셨나요?"

슬쩍 목소리를 낮춰 말한 담화연이 얼굴에 해사한 미소를 만들어냈다.

　　　　　＊　　　　　＊　　　　　＊

"정말 괜찮을까요?"

군웅대회의 주요 관심사 중 하나인 비무장으로 향하며 현음이 다섯 번째로 똑같은 질문을 던졌을 때다. 빙글거리며 앞서 가던 진자운이 짐짓 짜증난다는 듯 말했다.

"언제부터 그렇게 소심해진 거야? 어제저녁엔 좋다고 히히덕거려 놓고."

"그야 그렇긴 하지만……."

“설마, 그사이 마음이 바뀐 건 아닐 테지?”

진자운의 목소리에 으름장이 담기자 현음이 이맛살을 찌푸렸다. 이미 셀 수 없을 정도로 경험해 본 진자운의 으름장이 두렵진 않으나 지금 와서 발을 뺀다는 게 마땅찮았기 때문이다.

‘으음, 아무리 돈이 좋기로 이런 일은 수락하는 것이 아닌데……’

현음의 뇌리로 어젯밤의 일이 주마등처럼 스쳐 지나갔다.

현무단 단주의 처소인 현무각(玄武閣).

잠자리에 들려던 현음은 방문 밖에서 진자운이 부르는 소리에 성난 표정을 지었다. 무당파를 떠난 후 규칙적인 생활과는 담을 쌓은 그이나 잠자기 직전에 귀찮게 구는 건 딱 질색이었기 때문이다.

“소사숙, 야밤중에 또 뭔 일이시오?”

현음의 퉁명스런 물음에 진자운은 평소처럼 화를 내지 않았다. 대신 그는 부드러운 표정으로 빙글거리며 말했다.

“현음, 가진 돈 좀 있냐?”

“나 돈 없습니다!”

“꿔달라고 물은 게 아니다.”

“그럼 뭣 때문에 물은 겁니까?”

현음의 얼굴엔 여전히 경계의 기색이 완연했다. 진자운에게 쌈지돈을 털릴 경우 사형제들의 눈을 피해 조금씩이라도 술을 마시려던 계획에 차질이 생기기 때문이다.

그때 진자운의 주먹이 그의 머리를 때렸다.

퍽!

“어이쿠, 이게 무슨 짓이오! 이젠 나이 많은 사질을 두들겨 패기까지

하겠다는 겁니까!"

"시끄럽고!"

현음의 발작을 한마디로 제압한 진자운이 품 안에서 전낭을 꺼내 들었다. 그동안 여행 경비를 충당하고 남은 금자와 은자가 잔뜩 든 전낭이었다.

주룩!

탁자 위에 금자와 은자를 몽땅 쏟아 부은 진자운이 눈이 게슴츠레해진 현음에게 말했다.

"내일부터 너는 이 돈을 가지고 도박을 해라."

"도, 도박이오? 그게 무슨……."

"이번 군웅대회에서 비무대회가 열리면 필시 항주성의 도박꾼들이 몰려들어 승부 내기를 할 거다. 그러니까 네가 거기에 끼라는 거다."

"하지만 저는 이번 군웅대회에 출전한 후기지수들에 대해 잘 모릅니다만?"

"괜찮아!"

"이 돈을 다 날려도 좋다는 겁니까?"

"물론 그건 안 되지."

"그럼……."

현음이 말끝을 흐리다 눈을 크게 떴다. 진자운이 자신의 가슴을 손으로 가리키며 히죽거리고 있었기 때문이다.

"현음, 너는 그냥 나한테만 돈을 걸면 되는 거다!"

"소사숙이 비무대회에 출전하겠다는 겁니까?"

"응."

"당당한 무당파의 운 자 항렬이 뭐가 부족해서 비무대회에 참석하시겠다는 겁니까? 괜히 나갔다가 타 파의 후기지수들한테 깨지기라도 하면……."

"내가 질 거라고 생각하는 거냐?"

빙글거리던 진자운의 눈에 담긴 매서운 기세에 현음은 얼른 입을 다물었다. 진자운의 실력을 대충 짐작하고 있는 그였다. 만에 하나라도 타 파의 후기지수에게 지리란 생각은 전혀 들지 않았다.

'그렇긴 하지만 체면없게시리…….'

여전히 불만스런 표정이 가득한 현음에게 진자운이 말했다.

"나는 무당파의 속가제자로 출전할 거다."

"속가제자잖습니까?"

"그러니까 그냥 평범한 속가제자로 비무대회에 출전하겠다는 거다."

"그건 또 어째서……."

"그래야 이겼을 때 크게 딸 거 아니냐."

"진짜 도박을 하겠다는 겁니까?"

"왜? 하기 싫냐? 네가 가지고 있는 달랑거리는 은자로는 좋은 술 한 잔 마시기 쉽지 않을 텐데……."

술 얘기가 나오자 현음의 안색이 바뀌었다. 벌써 그의 목울대로 침이 넘어가고 있었다. 그 모습을 슬쩍 바라본 진자운이 결정적인 한마디를 날렸다.

"이번에 번 돈의 절반은 네게 주마."

"정말입니까?"

"암."

진자운이 고개를 끄덕인 순간 현음의 얼굴에 단흐한 결의가 담긴 표정이 떠올랐다.

"까짓 거, 합시다! 내가 뭘 하면 되겠습니까?"

'후우, 그렇게까지 말했으니, 이미 엎질러진 물이다! 운엽 사숙과 현무단의 사형제들 모두에게 죄를 지었으니, 이젠 앞으로 나아갈밖에!'

현음은 진자운의 뒤를 좇으며 연신 고개를 절레절레 흔들었다. 그는 진자운의 이번 비무대회 출전을 위해 운엽자를 속여야 했고, 현무단주 현황을 비롯한 모든 사형제들의 입을 단속해야 했다.

물론 이때 가장 유용했던 건 진자운의 이름을 판 협박과 회유였다. 평소의 행동에 비해 큰 죄를 지었다곤 볼 수 없으나 마음 한구석이 켕기지 않을 리 없다. 아직 양심까지 술과 맞바꾸진 않았기 때문이다.

그때 비무장에 도착해 주변을 살피고 있던 진자운이 여유가 묻어나는 목소리로 말했다.

"괜찮아! 이제부터 나는 그냥 무당파의 이름없는 속가제자일 뿐이니까."

"그게 언제까지 통하겠소이까?"

"너만 입을 다물고 있으면 한동안 괜찮을 거다."

"지지나 마시오."

"내가 질 리가 없잖아."

지난밤 했던 말을 다시 내뱉은 진자운이 한차례 어깨를 으쓱해 보이곤 비무대회에 참석하는 사람들에게 나눠주는 번호표를 받으러 걸어갔다.

'진짜 지면 큰일나는데……'

현음은 속으로 중얼거리며 내심 고개를 절레절레 흔들었다. 그리 걱정되는 얼굴은 아니다. 무림맹주를 뽑는 것도 아니고 기껏해야 후기지수들 중 으뜸을 가리는 비무대회 정도를 걱정할 필요는 없었다.

"크흠, 그럼 빈도는 이제부터 소사숙의 명령을 충실히 수행하러 가 볼까나?"

한동안 진자운을 바라보던 현음이 발걸음을 돌렸다. 첫 비무부터 끼어들어 한몫을 잡으려면 빨리 움직여야 했다.

그사이 비무대 주변에 모여든 무림인들 틈에 끼어 번호표를 받기 위한 순서를 기다리던 진자운의 눈에 이채가 떠올랐다. 반대편 줄에서 익숙한 얼굴을 발견했기 때문이다.

'저 산도적 새끼가 여기엔 왜 왔지?'

진자운이 발견한 사람은 멀리서도 한눈에 들어오는 커다란 덩치에 호형의 얼굴을 자랑하는 철무한이었다. 마침 구환대도를 아무렇게나 휘저어 보이며 건들거리고 있던 그 역시 진자운을 발견했다.

"어?"

'자식, 아는 척은……'

진자운은 그와 눈을 마주친 탓에 어쩔 수 없이 입가에 미소를 띠어 보였다.

"혹시 비무에 참가하려는 건가?"

철무한이 주변에 줄 서 있던 사람들을 밀쳐 내고 진자운에게 다가왔다.

"그 밖에 이런 고리타분한 냄새나는 무림맹 안에 들어와 있을 까닭이 없잖는가."

"그 고리타분한 곳에서 개최한 군웅대회에는 왜 참석했는데?"

"그야……."

철무한이 덩치에 안 맞게 말끝을 흐리며 안색을 가볍게 붉히자 진자운이 대뜸 눈치챘다.

"그새 모용 소저에게 반했군? 하긴 자부심이 하늘을 찌르는 녹림의 산도적이 이런 정파인들의 축제에 참가할 까닭은 그 밖에 딴 건 없겠지."

"……."

진자운이 내뱉은 뒷말은 거의 혼잣말에 가까웠다. 물론 코앞에 있는 철무한은 몽땅 들을 수 있었다.

안색을 더욱 심하게 붉힌 철무한이 주변을 빠르게 둘러봤다. 혹시라도 진자운의 말을 듣고 웃는 자가 있다면 구환대도로 베어버릴 심산이었다.

그때 그리 멀리 떨어지지 않은 곳에서 익숙한 여인들의 목소리가 들려왔다. 눈에 확 띄는 철무한과 함께 있는 진자운을 발견하고 모용청려와 소설향이 동시에 소리를 지른 것이다.

"진 소협!"

"이 녀석, 여기 있었나!"

철무한의 안색이 가볍게 일그러졌다. 그 모습을 은연중 즐기며 진자운이 모용청려와 소설향에게 한차례 손을 흔들어 보였다. 승리자의 모습이었다.

그러자 자연스레 주변에 잔뜩 서 있던 사내들의 시선이 진자운에게 쏟아졌다. 부러움과 질시, 원한과 증오가 배어 있는 눈빛들이었다.

'저런 미녀들과 알고 있다니!'

'찢어 죽일 놈!'

'비무대에서 나와 만나기만 해봐라!'

진자운에게 증오에 찬 시선을 던지는 패배자들 중에는 사룡삼봉 중 미봉황 남궁성경, 비봉 은여설 등과 함께 모습을 드러낸 팽무진과 악준, 가진환도 포함되어 있었다.

그들은 남궁성경에게 잘 보일 심산으로 군웅대회에 참가한 내내 그녀의 주변을 맴돌고 있었다. 은여설이 유청경과 사이가 좋고, 모용청려에게 막강한 배후를 지닌 정혼자가 있기에 당연한 선택이었다.

그래도 마음 한 켠에 모용청려의 신비로운 아름다움에 대한 미련과 동경이 남지 않았을 리 없다.

그들은 태어나 지금까지 별다른 시련을 경험하지 못한 기재들답게 긍정적인 사고방식을 가지고 있었다. 아직 모용청려가 정식으로 혼약을 올리지 않은 이상 자신들에게도 기회는 있다는 식의 자기 편한 생각들을 하고 있었다.

한데 눈에 확 띄는 미모를 지닌 소설향과 함께 모습을 드러낸 모용청려가 상냥하게 진자운을 불렀다. 그것도 옆에 있던 소설향과 같이 꽤나 친숙한 태도를 보이며.

'저 녀석이 도대체 뭐길래?

'어째서? 어째서!'

'반드시 죽여 버리겠다!'

삼룡이 갑자기 쏟아낸 살기에 유청경과 은여설이 흠칫 놀란 표정이 됐다. 그들은 서로 별 대수로울 것 없는 얘기를 나누며 즐거워하던 차라 모용청려나 진자운의 등장을 미처 알아차리지 못하고 있었다.

삼룡과 진자운을 번갈아 살핀 남궁성경이 작게 속삭였다.

"자존심 센 청려와 여러 미모가 뛰어난 소저들의 인기를 독차지하는 걸 보니, 저 진 소협이란 분은 꽤나 대단한 사람인가 보군요."

팽무진이 얼른 자신의 실책을 깨달았다.

"하하, 어찌 미봉황 남궁 소저를 앞에 두고 다른 소저들이 아름다움을 다툴 수 있겠소이까?"

"그렇소이다."

"팽 형의 말이 백 번 지당합니다."

악준과 가진환의 얼굴에는 급히 만들어낸 어색한 미소가 감돌았다. 팽무진에게 선수를 빼앗긴 게 분한 것도 있지만, 여전히 진자운에 대한 분노를 삭이기가 쉽지 않았기 때문이다.

남궁성경은 내심 차갑게 코웃음 쳤다. 그녀 역시 팽무진을 비롯한 삼룡의 어색한 변명이 뜻하는 바가 무엇인지는 잘 알고 있었다.

'하지만 무엇보다 화가 나는 건 저 진 소협이란 사람이 내게 다가오지 않는 거다.'

잠시 진자운 쪽을 바라본 남궁성경이 눈을 반짝이며 말했다.

"그는 이번 비무대회에 참가하려나 보군요. 정말 용감하네요. 이번에 비무대회의 백강에 든 사람들은 만독문과의 대전 시 선봉에 서게 된다고 하던데……."

삼룡의 눈에서 빛이 일었다. 남궁성경의 한마디가 그들의 자존심을 건드렸기 때문이다.

악준과 가진환이 거의 동시에 말했다.

"이번 군웅대회에서 열리는 비무대회는 어디까지나 새롭게 생기는 불사단의 단주를 뽑기 위함이라고 알고 있습니다. 이미 기존의 네 개 단을 장악하고 있는 구파일방이나 팔대세가에서 참가할 필요는 없을 것 같소이다."

"그렇소이다. 만약 기존 대문파의 제자들이 참가한다면 구설에 오를 수도 있는 문제입니다."

그때 남궁성경의 눈살이 미미하게 찌푸려지는 걸 세세히 살피고 있던 팽무진이 얼른 고개를 가로젓고 나섰다.

"확실히 악 형과 가 형의 말은 옳소이다. 하지만 사실 이번에 무림맹과 만독문과의 싸움은 삼십 년 만의 정마대전이라고 볼 수도 있소이다. 그러니 이런 때 앞장서지 않는다는 건 정파 무림인의 자세라고 볼 수 없지 않겠소이까?"

악준이 팽무진의 뜻을 읽고 눈살을 찌푸렸다.

"그렇다면 팽 형은 비무대회에 참가하겠다는 겁니까?"

팽무진이 남궁성경을 한차례 바라보고 미미하게 고개를 끄덕였다.

"이번 기회에 오랫동안 익혀왔던 가전무학을 시험해 보는 것도 나쁘진 않을 거라 사료됩니다."

"으음."

엄한 가칙 때문에 악준이 잠시 고민하는 사이 가진환이 눈을 빛내며 동조했다.

"듣고 보니 팽 형의 말이 일리가 있는 것 같소이다. 삼십 년 만의 정마대전에 우리 사룡이 빠진다는 것도 우스운 일이겠지요."

"그, 그건……."

유청경이 난처한 표정을 지어 보이는 사이, 서로 눈을 맞춘 팽무진과 가진환이 마치 경쟁이라도 하는 것처럼 번호표를 받으러 향했다. 물론 악준과 유청경 역시 이렇게 된 이상 뒤로 몸을 뺄 순 없는 노릇.

'이렇게 된 이상…….'

'사룡 중 으뜸이 누군지를 가려야겠다!'

악준과 유청경이 역시 서로를 바라보곤 팽무진 등의 뒤를 따랐다.

진자운 때문에 느닷없이 사룡 모두가 비무대회에 참석하는 대이변이
벌어지고 만 것이다.

　그러나 모든 일의 원흉이자 원인 제공자인 진자운은 그러한 사실을
까맣게 모르고 있었다. 사실 전혀 관심이 없다고 보는 게 옳았다. 그는
철무한과 함께 번호표를 받아 들고 여전한 주변의 시샘을 즐기며 모용
청려 등과 합류했다.

　"꼬맹이는?"

　대뜸 진자운이 담화연에 대해 묻자 소설향이 붉은 입술로 호선을 그
려냈다.

　"당연히 널 찾으러 가셨지. 그런데 아가씨한테 자꾸 꼬맹이 꼬맹이
할 거냐? 그러다 서 단주의 칼에 채가 썰리는 수가 있다!"

　"왜, 걱정되나?"

　"내가 왜 너 같은 녀석을 걱정하겠냐?"

　"아님 말구."

　진자운이 소설향에게 히죽 웃어 보이곤 모용청려에게 말했다.

　"모용 소저, 어째서 다른 사룡삼봉과 함께하지 않고 이런 사마외도
무리하고 섞여 있는 거요?"

　모용청려가 눈가에 웃음을 만들어냈다. 그녀의 면사가 펄럭였다.

　"재밌으니까요."

　"재미?"

　"정파 사람들하고 함께 날씨 얘기나 하고 가식적인 대화를 나누는
건 피곤한 일이거든요."

　"하긴."

　진자운은 더 이상 모용청려에게 뭐라 하지 않았다. 철무한이 당장에

라도 폭발할 것 같은 시선으로 노려보고 있었기 때문이다.

그때 모용청려가 번호표를 받으러 가는 사룡을 바라보며 면사를 펄럭거렸다.

"사룡 소협들도 비무대회에 참석하려는 모양이네요?"

"사룡이?"

철무한이 놀라 중얼거리자 진자운이 그의 어깨를 가볍게 주먹으로 때렸다.

퍽.

"사룡 따위에 놀라서 어디다 쓰려고? 네가 그러고도 북녹림의 기린이냐?"

"그렇지만 사룡은……."

"산도적, 사룡 정도도 이길 자신이 없으면 당장 모용 소저를 포기하고 산채로 돌아가라!"

진자운의 야박한 말에 철무한의 안면 근육이 꿈틀거렸다. 자존심이 크게 상한 것이다.

"이 녀석, 누가 사룡 따위가 무섭다고 했더냐!"

철무한의 목소리는 지나칠 정도로 컸다. 다른 참가자들의 양보 덕분에 쉽사리 번호표를 받아 든 사룡의 시선이 일제히 철무한을 향했다. 그들의 눈에는 불쾌한 심정과 더불어 오싹한 살기가 감돌고 있었다.

팽무진이 철무한의 손에 들린 구환대도를 보고 앞으로 슥 나섰다.

"방금 뭐라고 했나?"

철무한 또한 이미 말을 내뱉은 터다. 뒤로 물러서기엔 늦었다는 뜻이다.

"사룡 따위는 무섭지 않다고 했소이다!"

“건방진!”

팽무진의 손이 도파에 닿았다. 그러자 철무한 역시 구환대도를 바로 쥐었다. 갑자기 장외 비무가 벌어지게 된 것이다.

주변에 모여 있던 사람들 모두가 무림인들이다. 그들은 거의 본능적으로 두 사람에게서 떨어져 주변에 커다란 원을 만들었다. 다들 좋은 눈요기를 하게 됐다는 표정들이었다.

그때 모용청려가 두 사람 사이에 끼어들었다. 그녀는 한 켠에 서서 빙글거리는 진자운에게 한차례 시선을 던지곤 두 사람에게 말했다.

“두 분 모두 비무대회에 출전하기로 신청한 걸로 알고 있어요. 이런 곳에서 힘을 뺄 필요는 없지 않을까요?”

“모용 소저…….”

“모용 소저…….”

“제가 이렇게 부탁드리죠.”

모용청려가 재차 청하자 팽무진과 철무한이 거의 동시에 뒤로 한 걸음씩 물러섰다. 모용청려의 비윗장을 거슬리면서까지 승부를 볼 순 없었기 때문이다.

“오늘은 모용 소저의 안면을 봐서 이대로 물러나지만 사룡을 모욕한 죄는 반드시 받아내고 말겠다!”

팽무진이 살기 어린 시선으로 노려보자 철무한 역시 장대한 어깨를 으쓱해 보이며 구환대도를 손가락으로 튕겼다.

“비무대회에서 기다리겠소이다.”

“흥, 기대하지.”

팽무진이 신형을 돌리자 나머지 삼룡 역시 철무한을 노려보다 그 뒤를 따랐다. 악준과 가진환이 잠시 모용청려에게 안타까운 시선을 던졌으나 답을 얻을 순 없었다. 모용청려가 시선 한 번 주지 않고 진자운에게 돌아섰기 때문이다.

'아쉽군.'

진자운이 내심 혀를 차자 모용청려가 묘한 시선을 던지며 면사를 펄럭거렸다.

"아쉽나요?"

"모용 소저는 내 뱃속의 회충이오?"

"그냥, 때려 맞춘 거예요."

말도 없는데 모용청려의 면사가 흔들렸다. 미소를 짓고 있음이 분명했다.

문득 진자운이 입가에 유쾌한 웃음을 머금었다. 이런 모용청려가 그리 싫지 않았기 때문이다.

그때 서이환과 함께 진자운을 찾아 비무장 주변을 세 바퀴나 돌고 온 담화연이 환호성을 지르며 달려왔다.

"진 가가!"

진자운이 모용청려에게서 시선을 떼고 그녀를 바라보며 히죽 웃었다.

"꼬맹이, 왔냐?"

*　　　　*　　　　*

사룡의 갑작스런 비무대회 참가 신청으로 인해 군웅대회는 후끈 달아올랐다.

정파 후기지수 중 군계일학 격인 사룡이었다.

그들의 동반 출전으로 그동안 남몰래 인구에 회자되어 왔던 후기제 일지수가 누군지가 판가름나게 되었다. 관심이 집중되는 건 당연했다.

그 와중에 가장 신이 난 사람들은 이번 비무대회에 판돈을 건 도박꾼들이었다.

사룡이 출전했다는 소문과 함께 판돈이 기하급수적으로 뛰었고, 열기 또한 몇 배나 더 상승했다. 도박꾼들 중에는 남몰래 사채를 얻거나 집문서 등을 저당 잡히는 사람까지 속출할 지경이었다.

그렇게 대회가 닷새째로 접어들 무렵이었다.

무려 천여 명 이상이 출전했던 비무대회가 예선이 끝나며 백강이 모두 가려지자 사람들은 묘한 이상 기류(異常氣流)를 감지했다.

사룡 모두가 살아남기는 했으되 예상치 못했던 강자들이 대두됐기 때문이다. 객관적으로 볼 때 결코 사룡에 못지않은 실력을 지닌.

“우와아아아!”

“녹림의 패왕도가 또 이겼다!”

비무대 밑에서 울려 퍼진 함성을 들으며 철무한은 자신의 구환대도를 번쩍 치켜 올렸다.

승리자만이 만끽할 수 있는 포효!

그에겐 충분히 그만한 자격이 있었다. 방금 전 대결한 상대는 여태까지의 잔챙이가 아닌 강서무림의 일류고수인 반월도(半月刀) 남경이었기 때문이다.

함성이 잦아들기를 기다려 심판을 맡고 있던 남궁세가의 총관, 삼절쾌속검 남궁차경이 남경에게 조용한 목소리로 물었다.

“남 소협, 패배를 인정하는가?”

남경이 한쪽 볼살을 떨며 반 토막 난 수중의 반월도를 바라봤다. 십 년이 넘게 목숨처럼 여겼던 애병이 부러진 모습이 마치 자신의 남은 나날처럼 보였다.

그러나 승부의 세계는 냉엄한 법. 남경은 철무한이 반월도 대신 자신의 목을 자를 수도 있었음을 알고 있었다.

"큭, 졌습니다!"

남경이 결국 고개를 떨궜다. 그러자 남궁차경이 그쪽을 향해 미미하게 고개를 끄덕여 보이곤 철무한에게 냉랭한 시선을 던졌다.

"자네가 이겼네."

"알고 있소이다."

철무한은 이를 드러내며 웃어 보이곤 다시 구환대도를 들어올렸다. 녹림 출신인 자신의 승리가 거듭될수록 노골적으로 변한 심판들의 편파 판정에 대한 조롱이었다.

그러자 비무대 주변에 모여 있던 정사 중간의 무림인들이 다시 우레와 같은 함성을 터뜨렸다.

어느새 철무한은 군웅대회 중 정사 중간의 무림인들과 군소문파를 대표하는 신진고수가 되어 있었다. 물론 압도적일 정도로 많은 정파의 각대문파 출신 무림인들의 시선은 냉랭하기 이를 데 없었지만 말이다.

철무한이 비무대를 내려오자 정파인 주제에 열심히 녹림도를 응원하고 있던 진자운이 웃음 띤 얼굴로 반겼다.

"고맙다."

철무한이 모용청려를 찾으려 주변을 둘러보다가 안 보이자 실망한 표정으로 물었다.

"뭐가 고맙다는 거지?"

진자운이 어깨를 으쓱해 보였다.

"이겨줘서 고맙다는 거다."

"또 나한테 돈을 건 거냐?"

"나와 붙을 때까진 당연히 너한테 거는 거지."

"홍, 그 광오할 정도의 자신감은 여전하군."

"너 같은 산도적한테 그런 말을 듣고 싶진 않다."

진자운이 다시 히죽 하고 웃어 보이곤 비무대 위로 뛰어올랐다. 철무한 다음 비무자는 그였던 것이다.

슉!

진자운이 비무대 위에 오르자 여기저기서 '우우' 하는 야유가 터져 나왔다.

응원과 야유가 각기 절반씩 섞여 있던 철무한 때와는 완연히 다른 모습이었다. 비무대에 몰려든 구경꾼 전체가 진자운의 상대인 금사신편(金絲神鞭) 엽고성을 응원하고 있었다, 그것도 거의 일방적으로.

'이거이거, 꽤나 미움받았는걸?'

진자운이 건들거리며 비무대 중앙으로 걸어가자 심판인 남궁차경이 싸늘한 시선을 던졌다.

그는 여태까지 진자운이 어떻게 이기고 백강 간의 비무가 벌어지는 본선에 올랐는지 잘 알고 있었다. 그 방법이 얼마나 기상천외(奇想天外)했던가를.

"또 비무 내내 계속 도망을 치거나 비열한 암습을 가하진 않을 테지?"

"난 비열한 암습을 가한 적이 없습니다. 만약 내가 비무 중 그런 짓을 했다면 바로 실격패를 당했겠지요."

“으음, 하지만 자네가 경공을 이용해 상대의 공격을 내내 피해 다닌 일이나, 갑작스레 바닥을 굴러 승기를 잡은 건 사마외도들이나 할 짓이었어. 명문 정파인 무당파의 제자로선 부끄러운 일이 아닐 수 없단 말일세. 그러니……..”

“나는 지려고 비무대회에 나온 게 아닙니다. 그러니 이기기 위해선 무엇이라도 한다는 주의를 버릴 생각은 없습니다.”

“그럼 또 그런 식으로 비무를 하겠다는 건가?”

“상대에 따라 다르지 않겠습니까?”

진자운이 빙글거리며 웃자 남궁차경의 입가에 한숨이 걸렸다. 생각 같아선 지금 당장에라도 진자운에게 실격패를 선언하고 싶었다. 아무리 승리가 중요하다지만 그가 비무대에 올라 한 행동을 생각하면 같은 정파인으로서 부끄러움이 치솟았다.

결국 진자운에게서 시선을 뗀 남궁차경이 과묵한 얼굴을 한 채 대기하고 있는 엽고성에게 응원의 눈빛을 던졌다.

‘내 마음속으로나마 자네를 응원하겠네!’

엽고성이 기대에 부응이라도 하겠다는 듯 눈빛을 강하게 번뜩이며 말했다.

“심판께서는 빨리 비무를 시작해 주십시오!”

당당한 엽고성의 발언에 비무대 주변 무림인들의 환호성이 쏟아졌다. 엽고성은 여태까지 진자운이 상대했던 이, 삼류의 무리와는 달랐다.

그는 산서 금룡문(金龍門)의 장문제자로 이름 높을뿐더러 서른의 나이에 신편이란 별호를 얻었을 정도의 일류고수였다. 군웅대회에 출전하기 전까진 이름조차 알려지지 않은 무당파의 일개 속가제자와는 비교가 되지 않는 신분이었다.

"엽 소협의 신편도 피해 달아날 수 있는지 보자!"

"엽 소협, 그런 미꾸라지는 신편으로 친친 감아 절단 내버리시오!"

"엽 소협만 믿겠소!"

목소리를 높이는 사람들 중 상당수는 엽고성에게 돈을 건 도박꾼들이었다. 그들의 목소리 속에는 악에 받친 절규마저 포함되어 있었다.

남궁차경이 다시 엽고성에게 믿음의 시선을 던지고 간단히 비무 규칙에 대해 설명했다. 그리고 그가 마지막 당부의 말을 끝내고 두 사람 곁에서 물러섰을 때다.

휘리리!

어깨에 감고 있던 금룡편을 펼쳐 공중에 한 바퀴 원을 그려 보인 엽고성이 진자운에게 담담한 안광을 번뜩이며 말했다.

"본인은 편을 사용하니, 진 소협도 병기를 사용하는 게 좋을 것이오!"

"정파의 제자답게 광명정대하시구려. 나는 병기를 사용할 줄 모르니, 이대로 싸우겠소이다."

"그럼, 본인 역시 금룡편을 거두겠소!"

엽고성이 다시 금룡편을 어깨에 감으려 하자 진자운이 미미하게 고개를 저어 보였다.

"그러면 내가 당신과 싸우는 의미가 없소이다. 그냥 당신은 그 채찍을 쓰도록 하시오."

"지금 내 금룡편을 무시하는 건가?"

진자운이 엽고성이 일시 뿜어낸 기도를 살피곤 히죽 웃어 보였다.

"그냥 나는 당신의 전력에 맞서 싸우고 싶다는 거요."

"나의 전력에 맞서 싸우고 싶다라……."

홀로 중얼거리다 말끝을 흐린 엽고성이 순간 수중의 금룡편을 다시 한 바퀴 돌렸다. 물론 이번에는 공중이 아니라 진자운의 머리를 노린 수법이었다.

쇄애!

독아(毒牙)를 드러낸 독사처럼 금룡편이 진자운의 머리를 휘어 감았다. 거의 순간적으로 벌어진 변화.

그러나 금룡편이 똬리를 틀며 몸을 조였을 때다. 거의 무방비 상태로 서 있던 진자운의 상체가 크게 뒤로 무너졌다. 아슬아슬하게 금룡편의 변화를 피한 것이다.

그 순간 엽고성이 다시 손목을 다른 쪽으로 뒤틀었다. 그러자 공중에서 한차례 똬리를 튼 금룡편이 창처럼 변해 진자운의 가슴을 꿰뚫어 왔다. 이미 철판교를 펼친 상태인 진자운으로선 꼼짝없이 당할 상황.

진자운의 단단히 고정됐던 다리가 비로소 움직임을 보였다.

파파팍!

진자운은 철판교를 펼친 채 자오원앙각으로 금룡편을 걷어찼다. 그 순간 펼칠 수 있는 최선의 선택이었다.

그리고 그러한 대응은 엽고성 역시 짐작하고 있었다.

내력을 주입해 창처럼 만들었던 금룡편으로 연달아 다섯 개나 되는 작은 원을 만든 엽고성이 손목을 격렬히 흔들었다. 아예 진자운의 다리를 휘감아 뽑아버리려는 의도였다.

'제법!'

순간 바닥을 받치고 있던 진자운의 좌각이 강하게 비무대를 때렸다. 몸을 띄워 올린 것이다.

휘익!

바람처럼 공중으로 뛰어오른 진자운의 밑으로 금룡편의 회오리가 파고들었다. 끝내 엽고성은 처음 잡은 선수를 양보하지 않겠다는 의지를 드러낸 것이다.

그러나 진자운 또한 엽고성이 쉽사리 자신을 뇌주리란 생각을 하고 있지 않았다. 아니, 오히려 그는 더욱 강하고 매서우며 무시무시한 수법에 대비하고 있었다. 비무대회에 참가한 후 그가 계속 염두에 뒀던 건 언젠가 다시 싸우게 될 서이환이었기 때문이다.

'서이환의 비검이 날아온다!'

순간적으로 제운종을 펼쳐 공중에서 세 바퀴나 회전한 진자운이 비무대 가장자리에 착지했다. 이미 엽고성의 금룡편은 제쳐 버린 지 오래이나 진자운의 뇌리 속에서 서이환의 비검은 계속 따라붙고 있었다. 엽고성과 서이환의 무공은 그만큼 큰 차이를 보였다.

'서이환, 이렇게 나오셨겠다?'

느닷없이 비무대 가장자리에 털썩 주저앉은 진자운의 신형이 벼락같이 회전을 일으켰다. 파산경 전 육식을 연달아 세 차례나 펼쳐 낸 것이다.

광풍(狂風)!

뒤늦게 진자운에게 금룡편을 휘몰아치며 달려들던 엽고성의 입이 크게 벌어졌다. 진자운이 일으킨 파산경의 회오리에 일시 몸이 굳어버렸다. 이러한 압도적인 광경은 그의 무학 인생 중 본 일이 없다.

"이, 이게⋯⋯!"

엽고성이 경악의 신음을 내뱉은 순간, 파산경에 휘말린 금룡편이 그의 신형을 무자비하게 잡아끌었다. 그의 무공이 여태까지의 비무자보

다 월등했기에 서이환과 가상으로 싸우는 진자운의 움직임에 휘말려
들어간 것이다.

"으……."

얼른 정신을 차린 엽고성이 천근추를 발휘했다. 어떻게든 일단은 버
티고 보자는 의도였다.

그러나 그 순간, 서이환의 세 번째 검이 일으킨 검기 속으로 파고든
진자운의 신형이 가볍게 공중으로 뛰어올랐다. 이번에는 고작 사람 머
리 정도의 높이.

톡.

진자운의 발끝이 천근추로 힘겹게 버티고 있던 엽고성의 머리를 살
짝 건들고 지나갔다. 위태위태한 힘의 경계를 무너뜨리는 일격!

휘청!

진자운이 비무대 위에 내려선 것과 동시였다. 온몸의 내력을 몽땅
끌어내 처절하게 비무대 끝에서 버둥거리던 엽고성이 힘없이 바닥에
떨어졌다. 느닷없이 날아온 한가닥 바람을 버티는 데 실패한 것이다.

"이, 이런……."

남궁차경의 입이 가볍게 벌어졌다. 진자운이 엽고성마저 평소와 그
리 다르지 않은 수법으로 이길 줄은 상상조차 못했기 때문이다. 아니,
그보다는 느닷없이 진자운이 펼친 제운종과 놀라운 츠식 연계에 더욱
놀랐다고 할까?

남궁차경이 잠시 멍청해져 있는 사이 엽고성에게 든을 걸었던 도박
꾼들의 절규와 다른 무림인들의 환호가 비무대 주변을 온통 광란의 도
가니로 만들었다.

"엽고성이 졌다!"

"또 경공만으로 이겼다!"

방금 전까지 진자운에게 갖은 야유를 쏟아 붓느라 여념이 없던 자들은 어느새 안면을 싹 바꾸고 있었다.

그들은 패자인 엽고성이 아니라 승자인 진자운을 향해 환호성을 터뜨렸다. 강자에게 열광하는 무림의 생리를 유감없이 보여주는 모습이었다.

그러나 비무대 한가운데 오연히 서서 주변을 쓸어보던 진자운은 눈살을 가볍게 찌푸렸다. 이번 상대인 엽고성 역시 너무 약해서 서이환과의 대결이 끝날 때까지 기다리지 못했기 때문이다.

'바보 같은 놈! 뭐가 금사신편이야? 조금만 더 버텼으면 서이환과 확실하게 승부를 끝낼 수 있었을 텐데……'

내심 진자운이 투덜거리는 동안 바닥에 비참하게 엎어져 있던 엽고성이 비무대 위로 뛰어올랐다. 이미 장외패를 당한 터이나 그의 얼굴엔 내상의 기미조차 보이지 않았다. 단지 부끄러움으로 안색을 시뻘겋게 물들였을 뿐.

금룡문과 친분이 있는 남궁차경이 엽고성에게 안쓰러운 눈빛을 던졌다.

"엽 소협, 부상은 당하지 않았는가?"

"괜찮습니다."

미미하게 고개를 흔들어 보인 엽고성이 진자운에게 정중하게 포권했다.

"무당의 무공이 천하 내가무공의 정종이라더니, 과연 놀랍소이다! 나 엽고성, 패배를 인정하는 바이오!"

"당신의 채찍 역시 꽤나 매서웠소이다."

[겸양하실 필요 없소이다. 나는 방금 전 진 소협이 날 상대로 무공을 펼친 게 아님을 알고 있소이다.]

갑자기 엽고성이 전음으로 말하자 진자운이 미미하게 고개를 끄덕였다.

[그건 미안한 일이로군요.]

[그렇지 않소이다. 진 소협의 놀라운 신공을 경험한 것만으로 나는 충분히 개안했으니까…….]

"뭐, 다음에 다시 싸워봅시다."

진자운이 뜻 모를 얘기와 함께 엽고성에게 포권해 보이자 남궁차경이 한숨을 폭 내쉬었다.

이번에도 진자운은 엽고성과 정면으로 승부를 펼친 거라곤 볼 수 없었다. 계속 도망만 다니다 장외패를 시켰기 때문이다. 하지만 중간에 펼친 경공만으로도 놀라운 면모를 보였다고 할 수 있었다. 딱히 흠을 잡긴 어려웠다.

'설마 이 무당의 속가제자는 경공만 익힌 것인가?

내심 고개를 절레절레 흔든 남궁차경이 엽고성에게 다시 시선을 던진 뒤 진자운에게 고개를 끄덕여 보였다.

"멋진 제운종이었네."

"내가 경공을 좀 하지요."

진자운이 히죽 웃어 보이자 남궁차경이 질렸다는 표정으로 얼른 말했다.

"끄응, 어쨌든 자네가 승리자네."

"웃차!"

진자운이 천천히 손을 들어올렸다. 그러자 다시 열광적인 환호성이 비무대 주변에서 쏟아졌다.

새로운 후기지수나 강자의 등장은 언제나 무림인들을 흥분시키는 묘미가 있었다. 물론 오늘 밤 홀로 깡술을 퍼마시며 한숨을 내쉴 몇몇 도박꾼들은 계속 저주를 퍼붓고 있었지만 말이다.

◆ 第十八章 ◆

강하게, 때론 부드럽게

그동안 총군사 제갈효를 위시한 무림맹 내원의 정파 명숙들과 군웅 대회에 참가한 각파의 원로들은 만독문과의 격전에 대비한 회합을 거듭하고 있었다.

만독문과의 전격적인 대전에 돌입하기 전에 무림맹과 각대문파 간의 이해관계를 적절히 충족시키고 조율해야만 했다. 일단 마도나 사파와의 대전이 시작한 연후엔 빼도 박도 못하는 게 무림의 철혈율이기 때문이다.

그 덕분에 불사단을 뽑기 위한 비무대회는 오 일째를 맞았으나 백강간의 본선이 시작하기 전까지 제갈효를 비롯한 각파 원로들에겐 관심 밖이었다.

예선이라는 건 아무리 많은 인원이 뛰어들어 봤자 무림의 이, 삼류들 간의 싸움이었다. 정파 무림을 움직이는 자들에게 그런데 기울일 관심 따윈 없는 게 당연했다. 어차피 빼어난 자들이라면 반드시 백강 안에는 들게 마련이었다.

예선과 달리, 본선 첫날을 화려하게 장식한 진자운은 밤이 깊자 살 그머니 현무각에서 빠져나왔다.

며칠간 현무단주인 현황을 닦달해 얻어낸 무림맹의 내부 지도를 숙지한 진자운의 움직임은 행운유수 그 자체였다. 군데군데 번을 서고 있는 현무단 무사들 사이를 빠져나가는 그의 움직임을 파악한 자가 아무도 없을 정도였다.

그렇게 진자운은 한참 동안 밤의 어둠 속을 헤집고 달렸다. 어딘가를 목표로 한 움직임이었다. 그리고 그의 발걸음이 멈췄다. 외원의 수백 개가 넘는 건물들 중에서도 꽤나 후미진 곳에 위치한 전각 앞이었다.

─금옥(禁獄)!

전각의 대문 위에는 누구나 알아보기 쉽도록 큰 글씨로 현판이 걸려 있었다. 아마 누구든 실수로라도 근처에 다가오지 말라는 의미가 분명했다.

'역시 죄인들을 잡아놓는 곳답게 음침하구만.'

그렇다. 군웅대회가 개최된 이후 왁자지껄해진 대연무장─비무대가 설치된 곳이다─이나 지객원뿐 아니라 다른 건물들과도 상당히 동떨어진 눈앞의 장소는 금옥이란 이름에서 알 수 있듯이 뇌옥, 즉 감옥이었다. 무림맹에 잡혀 들어온 천하의 마두들이 바로 이곳에 갇혀 심문을 받고, 때로는 인생을 마감하곤 했다.

따닥.

긴장을 풀기 위해 목뼈를 한차례 풀어준 진자운이 준비해 온 복면을 얼굴에 뒤집어썼다. 소주의 거상인 신화전장의 주인, 유상경을 턴 이후 처음으로 쓰는 복면이었다.

"그럼 가볼까?"

진자운이 수장을 떨친 순간, 양손 식지를 타고 일어난 한 가닥 진기가 건물 대문을 두드렸다. 며칠 전 낮에 예행연습을 한 것과 동일한 상황.

"누구냐?"

"누구……."

대문을 열고 밖으로 나서던 무사 두 명이 순식간에 바닥에 쓰러졌다. 이번엔 진자운의 소지에서 튀어나간 검기(劍氣)에 마혈이 제압당한 것이다.

슥.

진자운이 바로 신형을 날려 대문 안쪽으로 파고들었다. 무림맹 초유인 뇌옥 습격 사건의 시작이었다.

금옥 내 뇌옥 십구호.

무림맹 금옥 내의 자체 규정대로 딱 열 명이 채워진 십구호 뇌옥 안의 분위기는 다른 곳과 사뭇 달랐다.

다른 뇌옥의 경우 밖에서의 악명이나 무공이 어떠했든 같이 고생하는 처지란 측면에서 죄수들끼리의 자유로운 분위기가 만연되어 있었다.

서로 형님, 동생 하긴 하나 직접적인 폭력이나 협박은 통용되지 않는 게 일반적이었다. 수감자 모두 언제 밖으로 나갈 수 있을지, 혹은 살아나갈 수 있을지 미래를 전혀 기약할 수 없는 처지니 어쩌면 당연한 일이었다.

한데 그에 반해 십구호 뇌옥에는 묘한 엄숙함이 흘렀다. 아니, 그보다는 은은한 공포 분위기가 조성되어 있달까?

그 중심에 있는 자가 얼마 전 현음에게 개같이 무림맹으로 끌려온 유령수 장진구였다.

무림맹에 넘겨질 때까지만 해도 눈물 콧물을 다 흘러대던 그였으나 지금은 완연히 달라져 있었다.

벽에 가만히 등을 기댄 채 좌정해 있는 그가 뿜어내는 무언의 기도는 가히 마교의 일류고수 그 자체였다. 주변에 쭈그려 앉아 있는 아홉 명의 죄수들이 감히 숨도 크게 못 쉴 정도였다.

그런데 근엄한 표정으로 눈을 감고 있던 장진구의 발이 갑자기 잔망스럽게 바들바들 떨리기 시작했다. 자신도 모르는 새 벌어진 변화.

첫날 장진구에게 반쯤 죽을 정도로 얻어맞고 잔뜩 쫄아 있던 마두 한 명이 눈을 몇 차례 껌뻑이다 슬그머니 입을 열었다.

"저기……."

장진구가 눈을 떴다. 그의 눈 깊숙한 곳에서 한 가닥 사람을 치떨리게 하는 살기가 일어나자 마두가 얼른 뒤로 물러섰다. 또 얻어맞고 싶진 않았기 때문이다.

"뭐냐?"

장진구의 근엄한 물음에 마두가 대답 대신 손가락질을 했다. 여전히 온갖 오도방정을 다 떨고 있는 장진구의 발 쪽을 가리킨 것이다.

“응?”

그제야 자기 발의 변화를 눈치챈 장진구의 눈살이 찌푸려졌다. 이와 같은 상황은 회상하기 싫은 과거 몇 차례 경험한 바 있었다.

‘설마…….’

장진구는 입가에 쓴웃음을 지으며 고개를 흔들어 보였다. 언뜻 떠오른 얼굴이나 상황이 현실에서 절대 벌어지지 않으리란 판단이었다.

그러나 그가 막 발끝에 신경을 집중해 떨림을 멈추게 했을 때다.

덜컹!

개개의 뇌옥 밖에 설치된 또 하나의 철창문이 활짝 열렸다. 그리고 복면을 뒤집어쓴 진자운이 마치 산책이라도 하듯 안으로 들어섰다.

“…….”

주변을 빠르게 한차례 둘러본 진자운이 십구호 뇌옥 앞으로 다가오자 장진구의 발이 다시 바들거리기 시작했다. 신경을 아무리 집중해도 소용없을 정도로 격렬하게.

“서, 설마 진짜로?”

진자운이 장진구를 확인하고 히죽 웃었다.

“구하러 왔다.”

“거짓말!”

장진구의 입에서 신음 같은 부르짖음이 터져 나온 순간, 진자운이 손끝에 모은 단천뢰심강으로 뇌옥문을 잘라냈다. 마치 보검으로 두부를 가르듯이 단번에.

서걱!

진자운이 뇌옥 안으로 들어서자 장진구가 입에서 게거품을 물며 옆으로 물러서기 시작했다. 그는 여태까지 유지했던 마교 고수의 품위는 깡그리 잊은 지 오래였다.

게다가 그는 괜시리 진자운의 등장에 얼이 빠진 마두들 뒤로 몸을 움크리다 갑자기 소리를 질러대기 시작했다. 구원을 요청하기 시작한 것이다.

"간수! 간수! 여기 뇌옥을 깨고 죄수를 탈출시키려는……!"

퍽!

진자운의 발이 얼굴에 틀어박히자 장진구는 재빨리 옆으로 몸을 날리며 피투성이가 된 입을 다시 놀리려 했다. 진자운에게 다시 끌려가느니 차라리 무림맹 뇌옥 안이 좋다는 판단이었다.

그때 진자운이 장진구를 다시 패는 대신 나직이 중얼거렸다.

"다시 떠들면, 여기 그냥 놓고 간다."

'그럼 나야 좋지!'

장진구가 좋아라 목청을 높이려는데, 진자운의 한마디가 비수처럼 귓전을 때렸다.

"이런 꼴을 보이고, 앞으로 이곳에서 편안히 지낼 수 있을 것 같냐?"

"그게 무슨…….."

장진구는 진자운에게 의문에 찬 시선을 던지다 싸늘해진 뇌옥 안 마두들의 얼굴을 발견하고 흠칫 어깨를 떨었다.

이미 그들의 표정은 과거와 같지 않았다. 사실 완전히 달라졌다고 보는 게 옳았다.

모든 건 진자운과 재회한 후 장진구가 보인 행동에 원인이 있었다. 그는 한 방에 그동안 쌓아왔던 마교 고수의 위엄을 무너뜨린 건 물론이거니와 삼류건달도 되지 못하는 못난 놈으로 마두들에게 낙인 찍힌 것이다.

‘크윽!

마도의 잔혹함을 누구보다 잘 아는 장진구였다. 그는 이미 뇌옥 십구호에 자신이 있을 자리는 없어졌다는 걸 직감하고 고개를 떨궜다. 패배 선언이었다.

히죽.

진자운이 다시 입가에 만족스런 웃음을 띠고 장진구에게 손가락을 튕겼다. 이곳까지 이르는 동안 총 열다섯 명의 무사를 잠재운 것과 동일한 수법이었다.

쿵!

마혈을 제압당하고 쓰러진 장진구를 들쳐 멘 진자운이 뇌옥을 떠나기 전 나머지 마두들에게 소리쳤다.

“나는 천마신교의 고수이다! 이자는 본 교에 대죄를 범한 죄인이기에 천참만륙(千斬萬戮)될 터이니, 너희들은 각기 재주껏 빠져나가 목숨을 구하라!”

“…….”

마교 고수란 진자운의 말에 마두들이 일제히 바닥에 오체투지했다. 그리고 속으로 생각했다. 여태까지 마교에서 중책을 맡고 있던 일류고수란 장진구의 말은 다 개소리에 방구 뀌는 소리에 불과했다고.

진자운이 한마디 말도 없이 엎드려 있는 마두들에게 미미하게 고개를 끄덕여 보이곤 뇌옥을 빠져나갔다. 이제부터 눈앞의 마두들이 무림맹을 탈출하다 잡히든, 그대로 뇌옥 안에 얌전히 엎드려 있든 그가 신경 쓸 바는 전혀 없었다.

쿵!

　무림맹을 빠져나와 인적이 드문 항주 외곽에 도착하자마자 진자운은 들쳐 메고 있던 장진구를 바닥에 패대기쳤다. 그러자 순간적으로 마혈이 해혈된 장진구가 바닥에서 벌떡 일어섰다. 내공이 제압된 현 상황을 미뤄보면 거의 믿기 힘들 정도의 반응 속도였다.

　“어, 어째서 날 붙잡아온 것이오?”

　장진구의 새파랗게 질린 얼굴을 한동안 바라보다 뒤집어쓰고 있던 복면을 벗은 진자운이 입꼬리를 슬쩍 치켜 올렸다.

　“맞고 싶냐?”

　“아니요.”

　“그럼 왜 그렇게 나대냐? 조용히 처분이나 기다리고 있을 것이지.”

　“그렇지만 아무리 생각해 봐도 현 상황은 도저히 말이 안 되는…….”

　퍽!

　진자운의 발이 장진구의 아랫배를 걷어찼다. 더 이상 입을 열지 말라는 경고였다.

　‘시벌놈! 더러운 놈! 성질 나쁜 애새끼!’

　장진구는 속으로 연신 욕설을 퍼부으면서도 벌렁거리는 입술에 억지로 자물쇠를 닫아걸었다. 여전히 불안한 앞날을 생각하면 억장이 무너지지만, 별다른 소득도 없이 계속 얻어맞고 싶진 않았다.

　푹!

　장진구가 그저 처분만 기다리겠다는 듯 고개를 숙이자 진자운의 입가에 흐릿한 미소가 떠올랐다. 그동안 장진구를 구출하기 위해 고생한 일에 대한 울화가 조금쯤 풀리는 것 같았기 때문이다.

　‘뭐, 이 마두 녀석이 귀여워서 구해준 것만도 아니니까…….’

　내심 중얼거린 진자운이 품에서 큼지막한 꾸러미를 꺼내 바닥에 던졌다.

툭.

"꺼내 봐라!"

"이건 또 무슨……."

장진구는 의문을 표시하면서도 얼른 꾸러미를 풀러봤다. 그리고 곧 입을 커다랗게 벌렸다. 꾸러미 안에서 나온 물건들이 너무나 예상 밖이었기 때문이다.

"이, 이건……!"

진자운이 꾸러미 안에서 나온 내용물들을 하나하나 손가락으로 가리키며 간략하게 설명했다.

"이 인피면구는 항주 하오문(下午門)에서 어렵사리 구한 건데, 절강을 빠져나갈 때까지만 쓰고 없애라. 각성을 빠져나갈 때 쓸 통행증과 함께. 그리고 무공도 없는 몸으로 마교까지 도망가려면 돈이 필요할 것 같아서 넉넉하게 넣었다. 곧장 마교로 도망가면 부족하진 않을 거다. 뭐, 네 녀석 같은 마두가 마교 외에 도망갈 만한 곳도 없을 테지만."

"저는 마교로는 안 돌아갈 겁니다."

"뭐?"

"마교로는 안 돌아갈 거란 말입니다. 그러니 저를 위해 준비해 주신 물건들은 고맙지만, 거둬주십시오."

진자운의 눈살이 찌푸려졌다. 장진구의 이런 행동은 예상 밖이었다. 그러니 기분이 좋을 리 없다.

잠시 염두를 굴린 진자운이 말했다.

"너, 마교에 돌아가면 죽을 것 같아서 그러냐?"

“그렇습니다. 이미 무당파에 잡혔을 때 다른 자들처럼 자진했어야 했는데, 그러지 못했습니다. 필시 마교에 돌아가 봤자 오대극형을 당하고 죽느니보다 못한 고통을 당하게 될 겁니다. 그러니 어찌 제가 마교에 돌아갈 수 있겠습니까?”

“살 방도가 있다면?”

“살 방도?”

“그래, 네가 마교에 돌아가도 살 방도가 있고, 더불어 잃어버린 무공까지 회복할 수 있다면 어쩌겠냐?”

“…….”

장진구의 얼굴에 의심의 빛이 떠올랐다. 아무리 생각해 봐도 자신이 살 방도는 없었다. 그런데 목숨을 구할 수 있을뿐더러, 무공까지 회복할 수 있다고 한다. 의심이 생기지 않는다면 그게 더 이상한 일일 터였다.

그때 진자운의 손가락이 꾸러미의 내용물 중 한 통의 서신을 가리켰다.

“이건 광마 종리 선배에게 보내는 서신이다.”

“과, 광마 천좌님께 보내는 서신이라굽쇼?”

바로 목소리에 비굴함을 드러내는 장진구의 행태에 내심 실소한 진자운이 미미하게 고개를 끄덕였다.

“그래, 마교의 오마 중 일인이자 너희들이 구하러 왔던 그 광마 종리 신광 선배 말이다.”

“무당파 출신인 진 소협께서 어떻게 그분을…….”

“나는 무당파의 제자이긴 하지만 칠 년 동안 면벽수련동에 갇힌 채 종리 선배와 사제지간에 가까운 관계를 맺었다. 솔직히 무당파보다는 종리 선배와의 의리가 더 크다고 할 수 있지."

"그럼 진 소협께서는 설마 무당파를 배반하고 천다신교에 투신하시려는 겁니까?"

"너무 앞서 가진 마라!"

한마디로 장진구의 예상을 일축한 진자운이 퉁명스럽게 말했다.

"그 서신에는 내가 종리 선배에게 하는 개인적인 부탁이 담겨 있고, 네 녀석에 대한 보증 또한 적혀 있다. 너는 이번 기회에 마교 내에 종리 선배라는 든든한 배경을 얻게 된 거란 말이다. 그런데도 네 녀석은 감히 삶을 탐해 마교로 돌아가는 걸 포기하겠느냐?"

"어찌 제가 감히!"

장진구는 언제 불퉁거렸냐는 듯 진자운 앞에 오체투지했다. 앞으로 잘 봐달라는 뜻과 함께 무조건 복종하겠다는 충성 맹세였다.

그런 장진구를 향해 다시 희미하게 웃어 보인 진자운이 엄한 목소리로 말했다.

"네 녀석과 헤어지자마자 나는 주변의 마방에서 끌어 모은 말들에 불을 붙여 사방으로 풀어놓을 것이다. 그러니 너는 혼란을 틈타 몸을 피하되, 절강을 빠져나가기 전 마교의 비밀 암호를 이곳저곳 남겨서 정파 무림인들의 추격을 따돌려라."

"명심하겠습니다!"

"그럼, 무운을 빈다."

장진구의 어깨를 한차례 두드려 준 진자운이 바람같이 신형을 날렸다. 이제부터 무림맹의 추격대를 혼란에 빠트리려면 바쁘게 움직일 필요가 있었기 때문이다.

휘이잉!

진자운이 떠나고도 한참 동안 오체투지를 풀지 않고 있던 장진구가 야풍에 어깨를 떨며 고개를 들었다.

이미 그의 얼굴은 지난날 계속된 실패에 좌절의 나날을 보내던 패배자의 그늘이 전혀 엿보이지 않았다. 어떻게든 살아남고야 말겠다는 의지와 넘치는 투지만이 남아 있을 따름이었다.

"이렇게 된 이상 나 유령수 장진구! 마교로의 복귀, 반드시 성공하고 말 것이다!"

양 주먹을 불끈 쥐어 보인 장진구가 재빨리 바닥에 흐트러진 꾸러미에 내용물을 쓸어 넣었다. 이제부터는 진자운의 도움 없이 스스로 살아남아야만 했기 때문이다.

남궁세가에게 배정된 숙소를 빠져나온 남궁성경은 빠른 걸음으로 현무각을 향했다. 그녀는 본선 첫날이 끝나자 숙부인 남궁차경을 통해 진자운의 숙소를 알아낸 터였다.

현무각은 현무각주의 처소답게 현무단 무사들이 밤새 돌아가며 번을 서고 있었다.

현무각 부근에 도착하자마자 무사들의 제지를 받은 남궁성경이 자신의 재능을 십분 발휘했다. 대부분의 사내들을 홀리는 데 더없이 유용한 미소를 지어 보이며 눈가를 촉촉하게 물들인 것이다.

"무당파의 진 소협과 약속이 되어 있었는데, 전달이 되지 않은 모양이지요?"

무사 중 한 명이 낯을 가볍게 붉혔다.

"그러셨습니까? 이거 우리 무식한 무부(武夫)들이 실수를 범한 모양입니다. 남궁 소저쯤 되시는 분께서 거짓말을 하실 리도 없고……."

무사가 동료들에게 그렇지 않냐는 듯 시선을 던졌다. 그러자 곧 동조의 목소리가 들려왔다. 남궁성경의 미소가 만들어낸 위력이었다.

"그렇소이다!"

"남궁 소저가 이 오밤중에 찾아오실 정도면 필시 큰일일 것입니다!"

동료들의 지지를 얻은 무사가 정중한 태도로 남궁성경에게 길을 내줬다. 그리고 친절하게 현무각까지의 가장 빠른 길을 알려주기까지 했다. 보통 남궁성경이 받곤 하는 당연한 대우이고 배려였다.

그 뒤 남궁성경은 한차례의 제지도 받지 않고 현무각 앞까지 이르렀다. 번을 도는 근무자들 사이에 남궁성경의 방문 소식이 빠르게 전달됐기 때문이다.

'역시, 그 진자운이란 사내에겐 뭔가 특별한 게 있어! 그렇지 않고서야 어찌 현무단주 현황 도장의 처소를 사용할 수 있겠어? 게다가 청려, 고 계집애가 자꾸 근처를 맴도는 것도 이상하고……'

남궁성경은 모용청려의 이해하기 힘든 눈빛과 행동을 떠올리며 살풋 아미를 찡그렸다.

그녀와 모용청려는 어려서부터 티격태격하며 친하게 지낸 단짝 친구였다. 마음속 깊이 좋아하는 한편 은근한 경쟁 심리가 존재했다. 좋아하는 만큼 지기 싫은 감정이었다.

남궁성경은 잠시 현무각 앞을 서성거렸다. 한 번도 남자를 먼저 찾아와 본 일이 없는 터라 어떻게 진자운을 불러내야 할지 난감했기 때문이다.

그런 그녀의 근심을 덜어주기 위함인가?

항주를 일주하며 준비해 놨던 말들을 풀어놓고 막 무림맹으로 돌아온 진자운이 현무각으로 숨어들다 남궁성경을 발견하고 히죽 웃어 보였다. 갑자기 좋은 생각이 떠오른 것이다.

"월하가인(月下佳人)이라? 월궁의 항아(姮娥)가 속세로 내려온 것이오?"

진자운의 농 섞인 목소리를 들은 남궁성경의 눈에 이채가 떠올랐다. 진자운의 목소리가 현무각 내가 아니라 자신의 뒤쪽에서 들려왔기 때문이다.

"혹시 진 소협인가요?"

진자운이 현무각을 에워싼 담벼락을 돌아 모습을 드러냈다.

"나는 진자운이 맞소만, 눈앞의 월하가인은 미봉황 남궁 소저가 맞는 것이오?"

여전히 진자운이 농을 걸자 남궁성경의 입가에 작은 코웃음이 떠올랐다.

"생각했던 것보다 가벼운 성격이군요. 그런 식으로 얼마나 많은 여인들을 꼬신 거죠?"

"여인들을 꼬셨다?"

"그렇지 않으면 설마 저한테만 이리 대하셨다는 건가요?"

남궁성경의 냉담한 반문에 진자운이 어깨를 으쓱해 보였다.

"그러길 바라는 것이오?"

"혹시 그렇다면, 나쁜 기분은 아니겠지요."

"아하하!"

진자운은 일부러 크게 웃었다. 주변의 주의를 모을 필요가 있었기 때문이다.

그가 웃음을 멈추자 남궁성경이 고운 눈매를 살짝 찌푸리며 말했다.

"야밤에 웃음소리가 너무 크다는 생각이 들지 않나요?"

“실례를 범한 것이오?”

“당연하죠.”

남궁성경은 샐쭉한 대답과 함께 주변에 눈짓을 던졌다. 어느새 현무각 주변에는 번을 돌던 무사들이 하나둘 보이고 있었다.

이렇게 되면 오늘 밤 남궁성경과 진자운의 만남은 만천하에 공개된 것이나 다름없었다. 적어도 무림맹 내 무림인들에게는 금세 소문이 돌 터였다.

‘그렇게 되면 청려에게도 소문이 들어갈 테지······.’

남궁성경이 내심 모용청려를 떠올리고 있을 때다. 그녀의 곁으로 슬그머니 다가선 진자운이 들릴락 말락 한 목소리로 중얼거렸다.

“남궁 소저, 어째서 미인들이 내게 달라붙는지 까닭을 알고 싶지 않소?”

“그건 어째서죠?”

남궁성경은 진자운이 너무 가까이 달라붙었다는 걸 의식하면서도 궁금증을 참지 못했다. 그녀가 뒤로 물러서지 않고 묻자 진자운의 얼굴이 더욱 가까이 다가들었다.

“나는······.”

‘숨결이··· 느껴진다······.’

“입맞춤을 꽤나 잘한다오.”

“뭐······.”

놀라 뒤로 물러서는 남궁성경에게 진자운이 더욱 다가들며 조금 크게 속삭였다.

“강하게, 때론 부드럽게 말이오.”

“무례한!”

남궁성경이 손으로 진자운의 뺨을 때렸다. 거의 반사적인 행동이었
다.

짝!

진자운은 뺨을 맞자마자 뒤로 물러섰다. 마치 볼일 다 봤다는 기색
이 그의 얼굴을 잠시 스쳐 지나갔다.

"이거, 내가 남궁 소저에게 큰 실례를 한 것 같소이다."

"이이……!"

남궁성경은 안색을 발갛게 붉힌 채 한동안 아무런 말도 못하고 있었
다. 평생 처음 당한 일이었다. 눈앞에서 능글맞게 웃고 있는 진자운의
모습이 너무 미웠다.

그때 두 남녀의 사랑 싸움(?)을 흥미진진하게 지켜보고 있던 현무단
무사들 사이로 작은 소란이 일었다. 비로소 금옥에서 벌어진 희대의
탈출 사건이 현무단까지 알려진 것이다.

'됐다!'

무사들의 소란스런 모습을 힐끔 바라본 진자운이 남궁성경을 뇌둔
채 그쪽으로 다가갔다.

"무슨 일입니까?"

무사들 중 한 명이 쑥 앞으로 나섰다. 현무단에 도착한 첫날 봤던 얼
굴에 칼자국이 많은 자였다.

"별일 아니니, 하던 일이나 마저 하시지요."

"하던 일이라……."

진자운이 남궁성경에게 얼어맞은 뺨을 슬슬 손으로 매만졌다. 그러
자 무사들 사이에서 피식거리는 웃음이 터져 나왔다. 진자운이 지어
보인 표정이 우스웠기 때문이다.

그러나 진자운은 평소처럼 바로 응징을 가하진 않았다. 여기 모인 자들이야말로 유사시 자신의 무죄를 입증해 줄 산 중인들이었다. 조금쯤 잘 보여둘 필요가 있었다.

진자운이 히죽 웃으며 예의 무사에게 말했다.

"그나저나 형장의 이름은 어찌 되시오. 이곳에 온 첫날 본 분인데, 아직 이름도 묻지 못했소이다."

"내 이름을 알아 무엇 하시려는 겁니까?"

"사람이 만나 이름을 아는 건 당연한 게 아닙니까? 나 진자운은 첫눈에 형장이 마음에 들었는데, 형장은 그렇지 않은 것 같소이다?"

진자운이 이렇게까지 나오자 무사 역시 더 이상 불퉁거리긴 곤란했다. 도저히 납득할 수 없지만 눈앞의 이십대 청년은 현무단주 현황의 사숙이었기 때문이다.

"크흠, 내 이름은 춘우경이고, 강호에서의 별호는 팔비호(八臂虎)라 합니다. 현무단 삼조의 부조장을 맡고 있지요."

"아, 그러셨구려."

크게 고개를 끄덕여 보인 진자운이 갑작스런 그의 행동에 얼이 빠져 있다 뒤따라온 남궁성경에게 얼른 말했다.

"남궁 소저, 눈앞의 호한은 현무단 삼조의 부조장을 맡은 팔비호 춘우경 대협이고, 다른 분들 역시 현무단의 무사 분들이오. 밤새 번을 서느라 고생하고 계신데 인사라도 드리는 게 어떻겠소이까?"

"진 소협, 당신은……."

"우리 문제는 나중에 다시 얘기합시다. 무림맹 내에 일이 터진 것 같으니."

"으음."

진자운의 빼어난 언변과 후려치기에 남궁성경은 결국 신음을 흘릴 수밖에 없었다. 방금 전 진자운에게 당한 무례를 현무단의 뭇 무사들 앞에서 토로할 순 없었기 때문이다.

'야비한 호색한!'

한차례 진자운을 노려본 남궁성경이 춘우경에게 말했다.

"춘 대협, 정말 무림맹 내에 문제가 발생한 건가요?"

"저기, 그게……."

춘우경은 진자운을 대할 때완 완연히 달라진 얼굴로 안색을 붉혔다. 평생을 통틀어 그가 남궁성경 같은 미녀를 이렇게 가까이서 본 건 처음이었다. 가슴이 떨려 평소와 같은 퉁명스런 표정을 지어 보일 순 없었다.

그때 무림맹 곳곳에서 불길이 솟구쳤다. 드디어 본격적인 추격과 탐문 탐색이 시작된 것이다.

'현무단 역시 출동인가?'

현무단 본부 쪽에서 주황색 불꽃이 치솟자 춘우경이 얼른 남궁성경에게서 시선을 떼고 진자운에게 말했다.

"현무단에 비상소집 명령이 떨어졌으니, 우리는 이만 가봐야겠소이다. 진 소협은 뒷일을 잘 처리하도록 하시오."

"뒷일?"

춘우경이 슬쩍 남궁성경에게 시선을 던지곤 휘하 무사들을 이끌고 현무단 본부 쪽으로 신형을 날렸다. 미녀 중의 미녀인 남궁성경과 헤어지는 건 아쉽지만, 비상소집이 떨어진 이상 머뭇거릴 순 없었다.

"정말 큰일이 난 모양이군."

진자운의 천연덕스런 중얼거림을 들은 남궁성경의 마음이 문득 다급해졌다. 함께 군웅대회에 참가한 남궁세가 사람들의 안위에 생각이 미친 것이다.

"오늘 당신이 저지른 무례는 훗날 반드시 보답하겠어요!"

"이미 내 뺨을 때렸잖소?"

"그 정도로 속죄가 되리라 생각하는가요!"

"그야……."

"그야가 아니에요!"

진자운을 한차례 매섭게 노려본 남궁성경이 재빨리 신형을 날렸다. 그녀의 도톰한 아랫입술은 살짝 깨물려져 있었다.

'그 여자 손 한번 되게 맵네! 이럴 줄 알았으면 입술이라도 한번 훔치는 건데…….'

진자운은 멀어져 가는 남궁성경을 바라보다 다시 뺨을 어루만졌다. 꽤나 아팠기 때문이다.

그때 갑작스런 소란에 놀라 현무각에서 뛰어나온 현음이 나직이 혀를 차는 소리가 들려왔다.

"쯧쯧, 밤중에 어딜 갔나 했더니, 큰 사고를 치고 계셨구려."

"큰 사고?"

진자운이 고개를 돌리자 현음이 천천히 고개를 가로저었다.

"소사숙이 비록 속가제자라곤 하나 당당한 무당파의 운 자 항렬이외다. 어찌 가는 곳마다 여인을 가까이 하시어 소란을 자초하시는 겁니까? 그러다 운엽 사숙님께 걸리기라도 하면 어쩌려고요?"

"더 이상 내기를 하지 못하게 될까 봐 걱정하는 거지?"

"그, 그야……."

현음이 얼른 고개를 옆으로 돌렸다. 내심을 들키자 무안해졌기 때문이다.

그 모습을 보고 심술이 솟은 진자운이 말했다.

"더 이상 내기 도박은 없다!"

"아니, 그게 무슨 말씀이십니까? 이제부터가 큰판인데……."

"이미 내 실력은 대략 들통이 났다. 더 이상 큰 배당을 얻긴 힘들 거야. 그리고 오늘 이렇게 무림맹에 큰일이 벌어졌는데, 운엽 사형이나 다른 정파 명숙들의 이목을 계속 가릴 수 있을 거라 믿는 건 아닐 테지?"

"그야 그렇지만……."

말끝을 흐린 현음이 갑자기 생각난 듯 진자운에게 다가와 손을 내밀었다.

"그럼 얼마 전에 가져가신 돈 중 절반을 돌려주십시오!"

"없어."

"예?"

"항주 시내를 돌아다니다가 불쌍한 사람들이 보이기에 나눠줬어."

"……."

현음이 진자운을 매우 의심스럽다는 표정으로 바라봤다. 절대 믿을 수 없다는 얼굴이었다.

그러나 진자운의 태도는 당당했다. 그는 하늘을 우러러 한 점 부끄러움이 없다는 표정을 한 채 어깨를 으쓱해 보였다.

"본래 우리 도가의 제자들은 제세구민(濟世救民:사람을 서로 돕고 사랑하며 세상을 구한다)하는 데 앞장서는 게 당연하잖아!"

"소사숙, 뜻이나 알고 하시는 소립니까?"

"아니."

진자운이 현음에게 히죽 웃어 보였다. 그동안 현음이 변장까지 한 채 도박판을 누비며 열심히 벌어들인 돈 중 대부분을 하룻밤 만에 날려 버린 사람치곤 뻔뻔스런 웃음이었다.

'내가 소사숙의 말을 믿다니, 미쳤지! 미쳤어!'

현음의 입에서 한숨이 푹푹 흘러나왔다.

"금옥에서 죄수가 탈출했다고?"

새벽에 기침하자마자 교룡각에 들어선 제갈효의 반문에는 평소와 다름없는 근엄함이 담겨 있었다.

그러나 밤새 탈출자에 관한 정보를 찾느라 부산했던 섭일홍은 정자세를 한 채 안면을 뻣뻣하게 굳혔다. 제갈효가 쉽사리 자신의 내심을 겉으로 드러낼 사람이 아님을 잘 알고 있기 때문이다.

"금옥에서 탈출한 죄수는 십여 일 전 무당파의 현음 도장이 붙잡아 온 유령수 장진구란 마두입니다."

"들어서 알고 있다."

"밤새 외원 사단의 인원 중 삼 할을 풀어 무림맹 부근과 항주 인근을 뒤졌습니다. 하지만 하필 그때 당시 갑작스레 꼬리에 불붙은 말들이 백여 마리나 미쳐 날뛰는 통에 초기 수색에 실패했습니다."

"그것도 들어서 알고 있다."

섭일홍의 이마로 땀 한 방울이 송골거리며 맺혔다.

"그 말들은 며칠에 걸쳐 항주 인근 마방에서 몇 다리씩 팔린 것들로, 매번 말을 사 간 사람의 인상착의는 제각각이었습니다. 이번 탈출 건을 위해 상당수의 인원이 투입되었거나, 아니면 변장의 능력이 탁월한

자일 가능성이 높습니다.”

“그리고?”

처음으로 제갈효가 반응을 보이자 섭일홍의 다소 창백해졌던 안색
이 금세 정상으로 돌아왔다.

“첫 번째로 장진구와 같은 뇌옥에 갇혀 있던 마두들은 새벽이 오기
전에 모조리 붙잡았습니다. 그들에게 들은 바, 이번 탈출 건에는 마교
의 고수가 관계되어 있었습니다.”

“그자의 능력은?”

“금옥의 간수들을 소리없이 제압한 건 그렇다 치더라도 뇌옥문을 자
른 건 강기공이었습니다. 그러니 적어도 절정고수급이라고 봐야 옳을
것입니다.”

“고작해야 일류고수에 불과한 자를 구하기 위해 마교의 절정고수가
투입됐다는 건가?”

“입막음을 할 필요가 있었으리란 생각이 듭니다.”

“이유는?”

“그 장진구란 자와 더불어 꽤나 많은 마교의 고수들이 무당파의 자
소궁을 습격해서 일부 건물을 불태우기까지 했다고 들었습니다. 거기
에 뭔가 중요한 비밀이 있는 게 아닐까요?”

“흐음.”

제갈효가 수염을 손으로 쓰다듬었다. 신선이라 해도 믿을 정도의 모
습이었다.

그렇게 잠시 상념에 잠겨 있던 제갈효가 입을 열었다.

“무당파와 관계가 있다면 잠시 묻어두는 게 좋아. 이빨이 절반쯤 빠
졌다곤 하나 호랑이는 호랑이. 아직까지 북천신도를 건드려선 안 돼.”

"그럼 이번 일은 어떻게?"

"일단 근처를 수색해서 장진구란 자의 시체를 찾아와!"

"시체를 찾는 것입니까?"

"그래, 시체는 반드시 찾아와야 해."

"알겠습니다."

섭일홍이 고개를 숙여 보이자 제갈효가 우아할 정도의 손짓으로 나가라 신호를 보냈다.

"그럼."

섭일홍이 나가자 제갈효가 잠시 고민하는 표정을 짓다가 작은 목소리로 중얼거렸다.

"오늘은 운엽자라도 한번 만나보러 가야겠군."

유향소원.

날이 밝자마자 운엽자에게 불려온 진자운은 대뜸 일이 잘못됐다는 걸 눈치챘다. 유향소원 내의 정원에 현황이 뻣뻣한 표정으로 서 있는 모습을 발견했기 때문이다.

'정말 아무리 봐도 닮은 꼴 사제지간이란 말야.'

진자운은 운엽자와 현황의 모습을 번갈아 바라보곤 입가에 흐릿한 미소를 담았다. 그가 정원으로 걸어 들어오자 현황이 어색한 표정을 던졌다. 이미 비무대회에 관한 모든 사실이 들통났음을 웅변하는 모습이었다.

진자운에게 운엽자가 엄한 눈빛을 던졌다.

"사제, 무림맹에서 새롭게 창설될 불사단원을 뽑는 비무대회에 참가했다는 게 사실인가?"

"예, 사실입니다."

진자운이 순순히 인정하자 현황이 눈을 살그머니 감았다. 사부에게 당할 치도곤도 치도곤이지만, 후일 진자운에게 당할 일이 암담했던 것이다.

운엽자가 나직이 한숨을 토해냈다.

"사제의 나이가 아직 어리니, 천하의 영웅호걸들과 지닌 바 무위를 겨루어보고도 싶었을 것이네. 하나 사제는 무당파의 운 자 항렬이네! 어찌 위치나 체면을 잊고 나이 어린 후배들과 손속을 겨뤘단 말인가?"

"운엽 사형, 하지만 이번에 비무한 사람들은 대부분 저보다 연배가 높은 자들이었습니다. 그러니 나이 어린 후배라 함은 옳지 않다고 봅니다."

"어허, 어찌 무림에서의 위치를 나이로만 따질 수 있단 말인가! 사제는 이 사형과 동배이네. 무림 중에 현재 사제와 항렬상 어깨를 나란히 할 수 있는 사람은 각파의 명숙들을 제외하곤 없단 말일세!"

"그렇기 때문에 이번 비무대회는 반드시 참가하고 싶었습니다."

"그렇기 때문에 참가하고 싶었다?"

"예, 그렇습니다."

진자운의 얼굴에 떠오른 고집스런 표정을 살핀 운엽자가 내심 한숨을 토하곤 물었다.

"그건 어째서인지 물어도 되겠는가?"

진자운이 준비해 뒀던 말을 풀어놨다.

"저는 운이 좋아 무당파의 속가제자로서 높은 배분이 됐고, 고강한 무공 또한 익힐 수 있었습니다. 하지만 자랑스런 무당파의 제자로서 어찌 사문의 은혜만을 입으며 살아갈 수 있겠습니까?"

“하면, 사제는 사문의 은혜를 갚기 위해 이번 비무대회에 출전했다는 건가?”

“그렇습니다. 저는 무당파를 떠나기 전 운진 사형께 한 가지 당부를 받았습니다.”

“만독문과의 대전에 관한 것인가?”

“예.”

“그거라면 이 사형 역시 알고 있네만…….”

운엽자가 말끝을 흐리자 진자운이 얼른 목소리를 높였다.

“운엽 사형, 이미 현무단은 현황 사질이 단주를 맡고 있습니다. 다른 사질들 역시 조장과 부조장을 맡아 임무에 충실하고 있고요.”

“…….”

“그런데 그런 곳에 제가 끼어든다면 어찌 혼란이 생기지 않겠습니까? 그래서 저는 새롭게 만들어진다는 불사단을 맡아 유사시 현무단과의 공조를 하고 싶었던 것입니다.”

“허어, 사제는 이번 만독문과의 정마대전에서 공을 세워 사문인 무당의 명예를 천하에 드높이고 싶었던 게로군?”

“그게 속가제자인 제가 사문인 무당에 할 수 있는 유일한 은혜 갚음이라고 생각했습니다.”

진자운이 슬그머니 고개를 숙이자 운엽자가 말없이 그의 어깨를 토닥거렸다. 눈앞에 보이는 일 몇 가지에 격노해 착하고 바른 사제를 불러 엄하게 훈계를 하려 했던 자신의 어리석음을 탓하며.

그 순간, 며칠간 진자운과 현음에게 꽤나 많은 시달림을 당한 현황은 그저 붕어처럼 입을 뻐끔거릴 뿐이었다. 뭐라 하고 싶은 말은 많은데 입 밖으로 내뱉을 수가 없었던 것이다.

'이게 아닌데… 정말 이게 아닌데……'

현황은 연신 고개를 가로저었다. 운엽자와 자신이 눈앞의 진자운에게 뭔가 크게 당하고 있다는 생각이 들었기 때문이다. 정작 그게 뭔지는 알지 못한 채로.

유향소원의 정원을 빠져나오자마자 진자운은 특유의 건들거리는 걸음으로 돌아왔다. 이번에도 순진한 운엽자를 속이는 데 성공했으니 앞으론 치밀하게 세워둔 계획에 따라 일사천리 일을 진행시키기만 하면 될 터였다.

한데 막 유향소원을 벗어나기 위해 담을 따라 돌던 진자운의 눈에 이채가 떠올랐다. 무당파의 수많은 도사들을 몽땅 합친 것보다도 훨씬 선풍도골(仙風道骨)인 제갈효를 발견했기 때문이다.

'그야말로 신선도(神仙圖)에서 막 걸어나온 것 같은 늙은이구나!'

진자운이 감탄한 표정으로 잠시 발길을 멈추자 제갈효 역시 걸음을 멈췄다.

그는 진자운에게서 자연스레 흘러나오는 절정의 기도를 한눈에 파악하고 미미하게 고개를 끄덕여 보였다.

"자네가 이번에 무당파에서 새롭게 세상에 내보낸 신성이로군?"

'무당파의 신성이라……'

듣기에 가히 나쁘지 않은 소리였다. 그러나 진자운은 보통 제갈효를 처음 본 사람들처럼 경건한 표정을 짓지 않았을뿐더러, 감격에 겨워 몸가짐을 바로 하지도 않았다.

그는 제갈효에게 슬쩍 포권해 보이곤 말했다.

"저는 무당파의 진자운이라 합니다. 노인께서는 뉘신데 유향소원을 찾으신 겁니까?"

제갈효의 입가에 흐릿한 미소가 떠올랐다.

"허허, 노부는 자네가 바람맞힌 사람이라네."

"바람맞힌?"

진자운은 곧 처음으로 유향소원을 찾았던 날을 떠올렸다. 그리고 자신이 깜빡 잊고 무림맹의 이인자인 총군사 제갈효에게 인사를 가지 않았다는 것도 생각해 냈다.

'그럼 저 늙은이가 총군사?'

새삼스런 표정으로 제갈효를 바라본 진자운이 방금 전보다 조금쯤 더 공손한 태도를 취했다.

"무림맹의 총군사인 제갈 선배시군요?"

"눈치가 빠르구만."

"먼저 인사를 드리러 가지 못해 죄송합니다. 한동안 바빴던데다 무림맹의 지리에 어두워 큰 실례를 범했습니다."

"괜찮네. 젊어서 높은 지위에 올랐고 무공 또한 뛰어나니, 조금쯤 오만해지는 것도 무리는 아니지. 허허허!"

뼈가 담긴 말이었다. 그런 말을 태연히 하면서 전혀 표정의 변화가 없는 제갈효의 모습에 진자운은 내심 눈살을 찌푸렸다. 강적을 만났다는 판단이었다.

'과연 무림맹의 총군사답달까? 하지만 이 늙은이 왠지 재수없구만……'

내심 제갈효를 욕한 진자운이 부글거리는 속마음을 숨긴 채 말했다.

"제가 어찌 제갈 선배께 오만을 부릴 수 있겠습니까? 만약 그랬다면 만용을 부린 것일 테지요."

“만용이라…….”

“예, 천하무림 중에 제갈 선배에게 그런 짓을 하는 사람은 단지 만용을 부린 것에 불과할 것입니다. 그러니 그만 노여움을 푸십시오.”

다시 제갈효에게 고개를 숙여 보인 진자운이 슬쩍 옆으로 빠지며 말했다.

“그럼 저는 곧 비무가 있기에 이만 물러가 보겠습니다.”

“비무? 자네도 이번 비무대회에 출전했던가?”

“다행히 본선 백강 안에는 들었습니다.”

“호오!”

제갈효의 노안에 나이가 든 후 극히 드물어진 왕성한 탐구욕이 떠올랐다. 눈앞의 진자운이란 존재가 그의 관심을 동하게 만든 것이다.

‘제길, 늙은이의 관심을 끌어버렸다!’

재빨리 집요해진 제갈효의 시선을 외면한 진자운이 빠른 걸음으로 유향소원을 벗어났다. 마치 천적(天敵)을 피해 달아나는 것처럼.

“무당파의 신성이라…….”

진자운의 뒷모습을 유현한 눈빛으로 바라보던 제갈효의 입가에 내심을 알 수 없는 미소가 떠올랐다. 자신의 천라지망 속에 뛰어든 이상 세상의 그 무엇도 결코 도망갈 수 없다는 자신감이 배어 나오는 미소였다.

◆第十九章◆ 반보무적(半步無敵) 일보단천(一步斷天)!

군웅대회 십 일째.

며칠 전 무림맹의 금옥에서 죄수가 탈출하는 사건이 벌어졌지만, 군웅대회 일정에 차질을 빚지는 못했다. 금옥을 탈출했던 죄수들이 다음 날이 지나기 전 모두 붙잡히거나 시체로 변해 돌아왔기 때문이다.

더불어 구 일째를 맞은 비무대회는 슬슬 최고조로 달아오르고 있었다. 백강 간의 본선이 거듭될수록 승자와 패자의 희비가 엇갈렸고, 승승장구하는 사룡 외에 떠오르는 강자들의 기세가 놀라웠다.

그중 기세를 탄 한 사람!

예선 때만 해도 기괴한 비무 방법과 어설픈 승리로 원성이 자자했던 진자운은 본선에선 완연히 다른 모습을 보였다.

본선 첫 비무에서 우승 후보로까지 거론됐던 금사신편 엽고성을 물리치더니, 그 뒤 질풍노도처럼 십육강까지 올랐다. 예선 때와는 또 다른 놀라운 모습을 보이며.

"우와아!"
"반보무적이다! 반보무적이 나왔다!"
환호하는 군중들에게 답하기 위해 슬쩍 한쪽 손을 들어올린 진자운이 바람처럼 비무대 위에 올라섰다.
휘익.
여전히 건들거리는 모습이나 되돌아오는 반응은 사뭇 뜨거웠다. 본선에서 그가 보인 경이적인 무위의 영향이었다.
'흠······.'
진자운은 열광하는 군중들을 한차례 둘러본 후 여태까지와 마찬가지로 비무대 중간으로 걸어갔다. 그러자 특히 진자운의 비무 때 심판을 자주 본 남궁차경이 다른 때와 달리 웃음 띤 얼굴로 그를 맞았다.
"진 소협, 자주 보게 되는군."
진자운이 히죽 웃어 보였다.
"앞으로도 계속 보게 될 겁니다."
"허허, 그런가?"
남궁차경은 진자운의 버릇없는 대꾸에도 그냥 웃어 보일 뿐이었다. 그는 며칠 전 남궁성경의 부탁으로 다시 진자운의 뒷조사를 했다.
덕분에 그는 현재 진자운의 진실한 신분을 알고 있는 상태였다. 무당파의 운 자 항렬에게 안색을 찌푸릴 정파 무림인은 거의 없었고, 그 역시 예외는 아니었다.
'나에 대해 뒷조사를 했나 보군.'
진자운은 내심 남궁차경의 돌변한 태도에 코웃음 치고 십육강 상대인 흑운거권(黑雲巨拳) 군호명을 바라봤다.

그는 여태까지 진자운이 본 사람 중 가장 컸던 촐무한과 막상막하일 정도의 거한이었다. 게다가 그는 거무죽죽한 얼굴에 주먹이 어린애 머리통만했다. 생긴 모습과 지극히 어울리는 별호를 가지고 있는 것이다.

두툼한 입술을 꾹 다문 채 남궁차경이 말하는 비무 규칙을 듣고 있던 군호명이 부리부리한 눈으로 진자운을 쏘아봤다.

"내 주특기는 권법인데, 자네 역시 그렇다고 들었다."

진자운이 피식 웃었다.

"내 주특기는 검법이지 권법이 아닌데……."

"뭐? 그렇지만 여태까지의 비무에선 권법만 사용했다고 들었는데……."

"권법만으로 충분했거든."

군호명의 말을 자른 진자운이 슬그머니 일권파의 자세를 취해 보였다. 이번에도 본선에 오른 이후 연전연승을 가능케 했던 반보붕권의 변형식을 펼치겠다는 뜻이었다.

꿈틀!

군호명의 볼살이 가볍게 떨렸다. 이미 그의 눈에는 상처 입은 야수와 같은 살기가 번뜩이고 있었다. 진자운에게 무시당했다고 생각한 것이다.

"애송아! 나 군호명 앞에서 특기라는 검법을 펼치지 않은 걸 후회하게 해주마!"

"덩치답지 않게 말이 많군."

"이놈!"

군호명이 투기를 일으키자 두 사람을 지켜보고 있던 남궁차경이 비무 중 주의 사항에 대해 말하는 걸 생략하고 뒤로 물러섰다. 이미 수차레나 비무를 거듭한 터이니, 굳이 똑같은 말을 반복할 필요는 없다는 판단이었다.

그러자 순간, 노호와 함께 흑운(黑雲)으로 변한 군호명이 진자운에게 맹렬히 주먹을 휘두르며 파고들었다.

파파파팡!

십육강에 오른 고수답게 군호명의 주먹에선 거센 바람이 일었다. 부딪치는 건 고사하고 권풍에 스치기만 해도 보통 사람은 나동그라질 정도의 위세였다.

하나 그가 막 진자운의 반보 안으로 들어섰을 때다.

슥!

반 족장 앞으로 나선 진자운이 순간적으로 군호명의 가슴으로 파고들었다. 그리고 펼쳐진 일권파!

퍼퍽!

일권파가 반보붕권의 동작과 함께 군호명의 가슴을 때렸다. 폭풍처럼 쏟아진 권풍을 뚫고서.

"억!"

군호명의 입에서 바람 빠지는 소리가 일었다. 그는 어떻게 진자운이 갑자기 자신의 품 안으로 파고들었는지조차 알지 못했다. 그냥 명치 부근을 타고 치솟아오른 지독한 통증에 정신이 몽롱할 뿐이었다.

"나, 나는 십삼태보횡련(十三太保橫練:몸을 단련시키는 외공의 일종)을 연성했는데……."

'대충 그러리라 짐작했지.'

뒤로 주춤거리며 물러서는 군호명을 따라붙으며 다시 일권을 먹인 진자운이 천천히 신형을 뒤로 물렸다. 그는 더 이상 공격할 의사가 없었다. 이미 군호명의 내장이 일권파에 담긴 권경에 완전히 뒤집혔다는 걸 알고 있었기 때문이다.

진자운이 군호명에게 펼친 수법을 못 알아본 건 심판을 맡은 남궁차경 역시 마찬가지였다.

여태까지 진자운과 맞붙었던 상대가 일권을 못 터티고 바로 바닥에 주저앉은 것과 달리 군호명은 계속 뒤로 주춤거리며 물러서고만 있었다. 일시 승부가 끝난 것인지 확신이 들지 않았다.

"군 소협?"

남궁차경이 확인을 위해 부르자 군호명이 마치 구원이라도 요청하는 표정으로 바라봤다.

그의 몸속에 파고든 진자운의 권경이 갈수록 강해지고 있었다. 당장 폭발해도 이상하지 않을 정도로.

"나, 남궁 대협……."

"이런!"

그제야 군호명의 위급한 상황을 눈치챈 남궁차경이 얼른 진자운에게 시선을 던졌다. 자신이 나서 손을 쓰는 대신 어찌 된 영문인지를 물어본 것이다.

순간 진자운이 경고하듯 말했다.

"그를 그냥 놔두시는 게 좋을 겁니다."

"진 소협, 이게 도대체……."

쾅!

갑작스런 폭발음에 놀란 남궁차경의 입에 벌어졌다. 그가 머뭇거리

는 사이 거의 비무대 끝까지 밀려난 군호명이 갑자기 화살같이 밖으로
튕겨 날아갔기 때문이다. 진자운이 한 경고의 의미가 확연해지는 순간
이었다.

"이런 뜻입니다."

진자운이 어깨를 으쓱해 보이자 남궁차경이 놀란 신색을 간신히 거
뒀다. 후배 앞에서 체면이 말이 아니라는 생각이 든 것이다.

'허어, 무당파의 속가제일인이라더니, 과연 빼어난 무위를 지녔구
나! 예선 때와는 완전 다른 사람이야!'

남궁차경이 내심 고개를 흔드는 사이 비무대 끝으로 걸어간 진자운
이 그대로 바닥에 쭈그려 앉았다. 그의 눈앞에 군중들 틈에 대자로 뻗
은 군호명의 모습이 보였다.

"외공의 조예가 깊으니, 달포가량만 요양하면 운신할 순 있을 거
요."

"끄으……."

군호명은 신음을 흘릴 뿐 대답하지 못했다.

거의 광란에 가까운 환호 속에 진자운이 십육강전을 끝마치고 비무
대에서 뛰어내렸을 때다.

비무대에서 가장 가까운 곳에 서서 진자운을 응원하고 있던 담화연
이 신이 난 표정으로 달려들었다.

"와! 반보무적 진 소협! 또 이겼다! 또 이겼어!"

"반보무적(半步無敵) 일보단천(一步斷天)!"

진자운이 그녀의 말을 슬쩍 정정해 주자 담화연 옆에 서 있던 소설
향이 특유의 사내 같은 동작을 취해 보이며 고개를 가로저었다.

“부끄럽지도 않냐.”

“뭐가 부끄럽다는 거요?”

진자운이 시선을 던지자 소설향이 붉은 입술을 내밀었다.

“세상에 너처럼 지가 스스로 별호를 만들어 붙이는 사람은 처음 봤다!”

“어차피 이번 비무대회가 끝나면 생길 별호인데, 내 마음에 들어야 할 게 아니오.”

“그래도 그렇지…….”

계속 이어지려는 소설향의 잔소리를 담화연이 살짝 곱지 않은 시선을 던져 끊었다. 그녀는 진자운에게 천진난만한 표정을 해 보이며 소맷자락을 잡아끌었다.

“진 가가, 오늘은 더 이상 비무가 없으니까 무림맹 밖으로 놀러 나가자!”

“지난번에 그만큼 놀아줬으면 됐지, 또 놀아달라는 거냐?”

“그때는 그냥 서호만 구경했으니까, 오늘은 딴 곳을 구경가면 되잖아!”

“귀찮은데…….”

“아앙!”

담화연은 진자운의 소맷자락을 마구 잡아당겼다. 자신을 따라나서지 않으면 그대로 찢기라도 할 기세였다.

그때 주변으로 다가드는 군중들을 살기를 뿜어내 막고 있던 서이환이 진자운에게 무심한 표정을 던졌다.

“빨리 비무대 주변을 벗어나지 않으면 불청객을 만날지도 모른다.”

“불청객?”

진자운이 되묻는 순간, 빽빽하게 들어차 있던 군중의 한 켠이 좌악 갈렸다. 반대편 비무대에 사룡과 더불어 이봉인 남궁성경과 은여설이 모습을 드러낸 것이다.

'남궁가의 도도한 아가씨는 여지껏 골이 나 있으려나?'

슬쩍 남궁성경 쪽에 시선을 던진 진자운이 못 이기는 척 담화연에게 고개를 끄덕여 보였다.

"그럼 오늘은 꼬맹이와 놀아볼까?"

"와!"

담화연이 신이 나 소리 지르자 서이환과 소설향이 군중 사이로 길을 만들기 시작했다. 사룡이봉과는 극단적일 정도로 다른 방법을 동원해서.

'이럴 땐 참 편리한 사람들이란 말야……'

담화연에게 끌려가며 진자운이 미미하게 고개를 가로저었다. 비무가 끝날 때마다 운엽자에게 보고하라던 현음의 신신당부 따윈 이미 그의 뇌리에 남아 있지 않았다.

비무대회 구 일째의 밤이 깊어가고 있었다.

하루 종일 담화연에게 끌려 다니다 항주제일루라 불리는 서자호루에 들른 진자운은 삼층의 한쪽 켠에 자리를 잡았다.

사룡삼봉처럼 최고로 비싼 삼층을 통째로 빌릴 돈도 없었지만, 그러고 싶지도 않았기 때문이다.

그의 앞에는 여전히 담화연이 앉아 있었다. 평소 같으면 벌써 잠자리에 들었을 시간이나 아직 그녀의 눈은 별빛처럼 초롱초롱했다. 진자운이 함께하고 있어서였다.

"진 가가, 그동안 어째서 나랑 놀아주지 않은 거야?"

담화연이 묻자 진자운이 픽 웃어 보였다.

"내가 무당산을 내려온 이래 꼬맹이 너와 가장 많이 놀았다. 그만하면 됐지, 뭘 더 바라는 거냐?"

"그치만 진 가가는 무림맹 안에서 지내고, 나와 서 단주 등은 밖에 거처가 있어서 밤에는 만나기가 쉽지 않잖아. 그게 나는 너무 속상하단 말야."

"밤낮으로 너 같은 꼬맹이에게 시달리다간 아마 내가 피골이 상접하고 말 거다."

"내가 언제 진 가가를 괴롭혔다고 그런 소릴 하는 거야?"

"그냥 그렇다는 얘기다."

진자운은 그쯤에서 말을 끊고는 시켜놓고 손도 대지 않고 있던 죽엽청을 한잔 들이켰다.

그동안 술꾼 소설향이나 서이환 등과 몇 번 대작을 한 탓에 그의 주량도 꽤나 많이 진보해 있는 상태였다. 술맛을 대충이나마 느끼게 됐달까?

진자운이 홀로 자음자작하자 담화연이 자신의 잔을 앞으로 내밀었다. 한잔 달라는 뜻이다.

"어린것이 건방지게!"

진자운이 한마디로 끊자 담화연이 입술을 쭉 내밀었다.

"내가 왜 어린애야! 시집도 갈 수 있는 나인데!"

"그럼 애도 낳을 수 있다는 거냐?"

"애? 시집가면 꼭 애를 낳아야 하는 거야?"

"당연하지."

"그치만 안 낳는 사람들도 있다고 들었는데……."

담화연이 눈을 동그랗게 뜨고 자신없이 중얼거리자 진자운이 다시 술을 한잔 마시고 말했다.

"그건 네가 잘못 안 거다. 여자가 남자한테 시집을 오면 당연히 애를 낳아야 하는 거야. 내가 잘은 모르겠다만, 우리 어매는 날 낳을 때 너무 아파서 죽을 뻔했다고 하더군."

"그, 그렇게 애를 낳는 게 아파?"

"그렇다더군. 그래서 우리 어매는 어렸을 때 날 툭하면 몽둥이로 두들겨 팼지. 나만 보면 그때 고생한 기억이 나서 그렇게 미웠다던가?"

진자운의 뒷말은 평소의 자신만만한 표정 대신 다소 애조를 띠고 있었다. 맹랑한 담화연을 겁줄 생각으로 한 말인데, 문득 어머니 진가영이 보고 싶어졌기 때문이다.

'우리 성질 나쁜 진가댁, 잘살고 있겠지?

진자운이 다시 술을 따라 마시자 담화연이 눈을 한차례 깜빡거렸다. 설혹 일이 꼬여 천하 전체를 적으로 둔다 해도 씩 웃으며 그다지 걱정할 것 같지 않은 진자운이었다.

그래서 내심 자신의 짝으로 점을 찍었고 점점 더 좋아지게 됐는데, 그가 처음으로 인간적인 약점을 드러내자 강한 흥미가 일었다.

'진 가가, 나는 당신의 모든 걸 알고 싶어. 그게 당신한텐 치명적인 것일지라도…….'

담화연은 손으로 턱을 괸 채 귀여운 얼굴로 진자운을 바라봤다. 즐거운 기색이 얼굴에 완연했다.

그런데 그때 갑자기 입구 쪽에 앉아 주변의 취객들을 살기로 압박하고 있던 서이환이 나직이 헛기침을 터뜨렸다. 서자호루 삼층에 미녀와 야수라 할 수 있는 모용청려와 철무한이 모습을 드러냈기 때문이다.

"늦었네요."

모용청려는 마치 진자운과 미리 약속이라도 잡은 듯 면사를 나풀거리곤 앞으로 걸어왔다. 뒤따른 철무한이나 살기 어린 서이환 따윈 없는 사람 셈치고서.

진자운이 역시 그녀를 기다렸다는 듯 손을 들어 보였다.

"아직 밤은 꽤 많이 남았으니 괜찮소이다."

"진 가가!"

담화연이 빽 소리를 지르자 진자운이 소지로 귀를 슬쩍 후볐다. 귀 아프단 뜻이다.

그때 진자운 앞에 도착한 모용청려가 담화연을 바라보며 슬쩍 고개를 숙여 보였다.

"그럼, 실례하겠어요."

담화연이 쌀쌀맞게 말했다.

"실례 따위 하지 마세요!"

"저는 진 소협에게 볼일이 있는걸요?"

"설마 서로 약속한 건가요?"

담화연이 의심스런 눈빛을 던지자 진자운이 퉁명스레 말했다.

"꼬맹아, 이곳에 날 끌고 온 건 너였다."

"그건 그렇지만……."

"그리고 일단 모용 소저는 날 찾아온 손님이니까 예의는 지키는 게 좋아."

"……."

담화연은 대답하지 않았다. 그녀의 두 볼이 부어올랐다. 진자운의 처사가 불만스러운 것이다.

그러나 진자운이나 모용청려나 그런 자잘한 일에 신경 쓸 사람들이 아니다. 진자운이 손으로 자리를 가리키자 모용청려가 얼른 앉았다.

진자운이 손뼉을 쳐 점소이를 불렀다.

"여기, 한 사람 분의 술잔과 젓가락 좀 갖다 줘!"

"예이."

점소이가 빠릿하게 움직였다. 이곳에 모인 사람들이 유명한 무림인들임을 알고 있었기 때문이다.

모용청려 앞에 술잔과 젓가락이 놓였다. 진자운이 술병을 들자 모용청려가 자신의 술잔을 내밀었다. 그녀의 면사가 가볍게 흔들렸다.

"그렇지 않아도 오늘은 술 한잔하고 싶었는데, 진 소협이 채워주시네요?"

쪼르르.

술을 따른 진자운이 시선을 반대편 탁자에 자리잡은 철무한 쪽에 던지곤 속삭이듯 말했다.

"모용 소저, 저 산도적 녀석은 어째서 매일 끌고 다니는 거요?"

"봉추 녀석을 장가보내기 위해서죠."

"봉추?"

반문한 진자운이 얼른 고개를 끄덕였다. 모용청려의 색골 하얀 당나귀를 떠올리고 납득한 것이다.

그때 담화연이 언제 두 볼을 부어올렸냐는 듯 두 사람의 대화에 끼어들었다.

"모용 소저는 목적을 위해선 수단 방법을 안 가리는 분인가 보죠?"

술을 마시느라 면사를 들춰 섬세한 옥용을 슬쩍 드러낸 모용청려의 시선이 담화연을 향했다.

"어째서 그리 생각하는 건가요?"

모용청려의 빼어난 용모를 확인한 담화연의 눈빛이 더욱 도전적으로 변했다.

"모용 소저가 방금 말하셨잖아요, 철 소협이 따라다니는 걸 묵과하는 이유에 대해서."

"철 소협이 절 따라다니는 걸 방관하는 게 잘못됐단 뜻이군요?"

"그렇지 않은가요?"

담화연의 전투적인 표정을 살핀 모용청려가 미미하게 고개를 끄덕여 보였다.

"하긴, 소 소저의 말도 일리가 있군요."

"그럼 어찌하실 건가요?"

"마음속에 짐을 덜어야겠죠."

"어이, 그렇다고……."

진자운이 만류의 말을 채 꺼내기도 전이다. 흡사 그림 속의 미인도처럼 자리에서 일어선 모용청려가 철무한이 앉아 있는 탁자 쪽으로 걸어갔다.

"모, 모용 소저……."

내력을 운용해 담화연과 모용청려 간의 대화를 모조리 엿듣고 있던 철무한의 목소리가 가늘게 떨려왔다. 이미 신앙과 같은 존재가 된 모용청려에게서 흘러나올 축객령이 두려웠기 때문이다.

그때 모용청려가 철무한에게 살짝 고개를 숙이곤 면사를 나풀거렸다.

"철 소협, 이제부터는 절 따라다니지 말고 같이 다니도록 해요."

“안 됩니다! 나는 죽어도… 예?”

“이제부터는 말없이 절 뒤따라 다니지 말고 같이 다니잔 말이에요.”

“그, 그러지요!”

덜컥!

대답과 함께 철무한이 벌떡 일어섰다. 그의 그림자에 일시 모용청려의 섬세한 교구가 잡아 먹히는 듯했다.

그러자 서이환의 살기에 숨죽이고 있던 주변의 취객들 사이에서 가벼운 한숨 소리가 터져 나왔다.

진자운까지는 억지로나마 참을 수 있었던 그들도 철무한 같은 야수와 모용청려 같은 미녀는 절대 어울리지 않는다고 생각했다. 누구라도 공감할 만한 한숨이었다. 입이 귀에까지 걸린 철무한만 제외하고.

그렇게 진자운과 담화연만이 오붓하게 정담을 나누던 자리에 모용청려뿐 아니라 철무한까지 끼어들었다. 이남 이녀로 짝이 맞춰지게 된 것이다.

몇 마디의 담소 끝에 술이 몇 순배 돌자 모용청려가 진자운을 찾은 본심을 털어놨다.

“며칠 전 성경이를 울렸다면서요?”

“성경? 미봉황 남궁 소저를 말하는 거요?”

“예.”

확신에 찬 질문을 던진 모용청려뿐 아니라 담화연과 철무한까지 진자운을 뚫어져라 바라봤다.

그들의 눈 속에는 의심이 가득했다. 진자운이 남궁성경이란 또 다른 미녀마저 찝쩍댄 게 아닌가 하는.

진자운이 피식 웃었다.

"울리기는커녕 따귀를 얻어맞았소."

"따귀를 맞았다고!"

담화연이 놀라 소리치자 진자운이 어깨를 으쓱해 보였다.

"나는 단지 월하가인이 어째서 밤중에 날 찾아온 거냐고 물었을 뿐인데, 그쪽에서 내 의도를 좀 곡해를 한 듯싶더군."

"남궁 소저가 진 가가를 밤중에 찾아왔단 말이야?"

"어."

진자운이 아무렇게나 고개를 끄덕여 보이자 담화연의 볼이 다시 부어올랐다. 그녀는 속으로 진자운을 욕했다.

'나쁜 자식! 도둑놈! 난봉꾼 자식! 어째서 가는 곳가다 미인들을 홀리는 거야! 네 옆에는 내가 있는데!'

모용청려가 면사를 나풀거렸다.

"으음, 그래서 성경이가 제게 진 소협을 가까이 하지 말라고 했군요."

"모용 소저는 남궁 소저가 갑자기 내게 화를 낸 까닭을 아는 것이오?"

진자운이 묻자 모용청려가 대답했다.

"성경이는 자존심이 무척 센 아이랍니다. 어려서부터 그랬지요. 그런데 진 소협에게 밤중에 찾아갔음에도 발치에 엎드려 사랑을 맹세하지 않았으니 화가 날 수밖에요."

"그럼 그때 내가 남궁 소저 앞에 무릎을 꿇고 사랑을 맹세해야 했다는 거요?"

"적어도 제가 아는 성경이는 그런 아이예요. 만약 상대가 진 소협이 아니었다면 분명 제 말이 맞을 거예요."

"그럼 나라면?"

모용청려의 아름다운 눈동자가 진자운을 향해 반짝였다.

"글쎄요? 어쩌면 진 소협은 다른 의도를 가지고 성경이의 화를 일부러 북돋았을지도 모르죠."

"설마 내가 일부러 뺨을 맞기를 원했다는 거요?"

"그저 제 추측일 뿐이에요."

모용청려는 더 이상 말하지 않고 다시 술잔을 손가락으로 건드렸다. 술잔이 비었다는 뜻이었다.

서자호루의 밖.

성녀 담화연에게서 일정 거리 이상 떨어지지 않는 서이환과 달리 소설향은 밖을 경계하고 있었다.

주루가 바로 코앞이었다. 술꾼의 본능으로 입 안에 침이 고였으나 그녀는 꾹 참았다. 요 근래 별다른 습격을 받은 일은 없으나 경계를 늦출 순 없었다.

서자호루 앞에 심어진 고목에 앉아 주변을 경계하던 소설향의 눈에 이채가 떠올랐다. 수상한 움직임을 보이는 검은 그림자를 발견한 것이다.

'움직임으로 보아 일류고수다!'

소설향은 살그머니 고목에서 뛰어내렸다. 순간 서자호루 안에 있는 서이환에게 알릴까도 생각했지만, 곧 고개를 가로저었다. 언제부터 자신이 서이환에게 의지했냐는 오기가 고개를 치켜든 것이다.

'저놈은 나 혼자 잡는다!'

한순간 자신의 직분을 망각한 소설향이 야행인을 쫓아 신형을 날렸다.

한동안 철무한, 모용청려 등과 술잔을 주거니 받거니 하던 진자운이 자리에서 일어섰다. 그러자 담화연이 어느새 붉게 달아오른 얼굴로 눈매를 살짝 찌푸려 보였다.
"또 어떤 미인에게 수작을 걸려고?"
진자운이 담화연을 지그시 바라봤다.
"너, 취했냐?"
"내가 취하긴 뭘 취해!"
진자운에게 빽 소리를 지른 후 따라 일어서려던 담화연의 신형이 휘청거렸다. 모용청려를 좇아 몇 잔 마신 술에 이미 다리가 풀려 버린 것이다.
그러자 곁에 앉아 있던 모용청려가 재빨리 담화연을 부축했다. 마치 처음부터 대기하고 있었던 것 같은 움직임이다.
"소 소저는 일단 좀 쉬어야 할 것 같네요."
"이거 놔! 이거 놔!"
담화연이 몸부림치자 모용청려가 얼른 그녀에게서 손을 뗐다. 어느새 서이환이 다가와 살기를 뿜어내고 있었기 때문이다.
"저는 아무 짓도 하지 않았어요."
모용청려의 말에 서이환은 대꾸하지 않았다. 그는 그저 휘청이는 담화연을 정중하게 부축할 뿐이었다.
"아가씨, 시간이 늦었습니다."
"시간이 늦어? 에헤헤……."

나직이 웃음을 터뜨린 담화연이 이미 초점이 풀린 눈으로 진자운을
바라봤다.

"진! 자! 운! 날 두고 어딜 가려는 거야?"

"뒷간에 간다."

"뒤, 뒷간?"

"난 꼬맹이 너와 달리 술을 꽤 많이 마셨거든."

히죽 웃으며 아랫춤을 추어올린 진자운이 서이환에게 슬쩍 시선을
던지곤 계단 쪽으로 걸어갔다.

소설향은 바람같이 신형을 날려 앞서 가던 야행인을 덮쳤다. 일단
붙잡아놓고 자초지종을 캐물을 생각이었다.

하지만 그녀의 예상은 처음부터 빗나갔다. 아니, 의도 자체가 완전
히 빗나갔다고 함이 더 옳을 것이다.

파파팟!

비전의 소음강살을 펼쳐 야행인의 상체 전부를 공격하던 소설향의
미간이 좁혀졌다. 당연히 반응을 보이리라 생각했던 상대가 무대응을
보였다. 아예 목숨을 도외시한 사람처럼.

'설마 내가 착각했던 건가?'

그렇지는 않았다. 소설향의 소음강살이 잠시 머뭇거린 사이 무방비
상태로 서 있던 야행인이 역공을 가해왔다. 신형을 되돌리더니, 새파
랗게 빛나는 장력을 뿜어낸 것이다.

콰콰콰!

"청류독장(靑流毒掌)?"

소설향이 재빨리 소음강살의 공력으로 전신을 보호한 채 신형을 뒤

로 물렀다. 어떻게서든 면전을 파고드는 푸른색 독장으로부터 벗어나려는 의도였다.

하지만 이미 늦었달까?

치익!

뭔가가 타 들어가는 소리와 함께 소설향의 신형이 휘청거렸다. 이미 푸른색 독장이 옆구리를 훑고 지나간 것이다.

그때 달빛에 야행인의 얼굴이 드러났다.

묘하게 특징을 잡을 수 없는 평범한 얼굴.

입가에 드러난 흐릿한 미소 하나.

"역시 독인(毒人)이구나!"

나직이 이를 간 소설향이 언제 휘청거렸냐는 듯 신형을 재빨리 회전시켰다. 혈우마도를 꺼내 든 것이다.

위잉!

혈우마도를 꺼내자마자 소설향은 다시 청류독장을 뿜으며 파고든 독인을 쓸어갔다. 소음강살을 펼칠 때와는 기세부터가 다른 핏빛 도막이 그녀의 전신을 휘감았다.

물론 독인 역시 만만히 당하고 있지만은 않았다.

일 장에 달하는 혈우마도가 덮쳐들자 독인이 청류독장을 거둬들이고 신법을 발휘하기 시작했다. 마치 얼어 죽은 강시(殭屍)와 같은 움직임.

그러나 강시와 다른 점이 있다면, 그 움직임이 지극히 빠르다는 것이었다. 소설향의 혈우마도가 채 따라잡지 못할 정도였다.

'뭐, 이런 녀석이 다 있어!'

소설향은 전신 모공을 막은 채 혈우마도를 쏟아내며 내심 욕설을 퍼부었다. 숨을 참고서 절정의 도법을 계속 펼치기엔 그녀의 내공에 한 계가 있었기 때문이다.

그러다 그녀는 중요한 사실을 깨달았다. 자신이 혈우마도를 꺼내 든 이래 독인이 더 이상의 공격을 포기했다는 사실이었다. 아예 이길 생각 자체가 없다는 듯.

'설마?'

소설향은 일부러 도법에 허점을 만들었다. 독인을 꾀기 위함이 아니라 갑자기 떠오른 자신의 예상이 맞는지를 확인하기 위해서였다.

그러자 과연 독인은 공격할 절호의 기회를 잡고도 오히려 뒤로 신형을 날리는 것이 아닌가!

그녀의 예상대로 독인의 목적은 단순히 시간을 끄는 데 있는 게 분명했다. 다른 목표를 달성하기 위해서.

'성녀님이 위험하다!'

소설향이 아랫입술을 깨물었다. 지금쯤 서자호루 쪽엔 더 많은 독인들이 몰려가 있을 거란 생각에 몸이 달아올랐다.

파파팟!

순간 혈우마도에 두 배나 강력한 힘을 주입한 소설향이 독인을 폭풍처럼 몰아쳐 갔다.

그 시각, 진자운은 서자호루에서 빠져나오자마자 주변을 살피고 눈살을 가볍게 찌푸렸다. 항상 담화연 주변을 크게 벗어나지 않던 소설향의 모습이 보이지 않을뿐더러, 피부를 따끔거리게 하는 살기를 감지했기 때문이다.

"흠, 살기가 너무 짙은 거 아닌가?"

진자운의 말이 떨어진 것과 동시였다. 서자호루의 주변을 병풍처럼 에워싼 수백 년 된 노송 사이로 몇 명의 인영이 모습을 드러냈다.

흡사 쌍둥이처럼 비슷한 꼴이랄까?

복면을 쓰지 않은 야행복에 평범한 얼굴.

중간쯤 되는 키.

정체를 발각당하고도 평온한 걸음걸이.

야행인들의 정체는 소설향의 추격을 받은 자와 동일한 독인이었다.

진자운은 천천히 자신을 압박해 오는 다섯 명의 독인들을 눈으로 살피고 어깨를 으쓱해 보였다. 처음 예상과 달리 꽤나 강한 고수들이란 생각이 들었다. 굳이 자신들의 정체를 숨길 필요를 느끼지 않을 정도로.

"뭐, 이쯤 되면 대화 따윈 필요가 없는 걸 테지?"

스스로 자문한 진자운이 독인들 중 한 명을 골라 앞으로 슥 파고들었다. 반보붕권에 일권파의 강력한 기세를 담은 채.

파파파!

진자운의 일권파가 일으킨 권경은 독인에게 닿기도 전에 강한 회오리를 일으켰다. 격공권을 펼쳐 일단 상대의 무공 수준을 떠보기 위한 수순이었다. 고하만 가리면 되는 비무와는 달랐기 때문이다.

그러자 권경이 바로 코앞에 닥칠 때까지 아무런 움직임이 없던 독인이 갑자기 진자운을 향해 풀쩍 뛰더니, 기쾌한 동작으로 파고들었다.

그의 활짝 펼쳐진 쌍수에서 푸른빛 기류가 흘러나왔다.

청류독장이었다.

퍼퍼퍽!

진자운이 절반쯤 되는 힘으로 쏟아냈던 격공권이 독인의 신형이 가볍게 휘청거렸다. 처음부터 진자운의 공격을 전혀 피할 생각이 없었다는 걸 반증하는 모습.

순간 진자운의 눈앞으로 푸른 장영이 번뜩였다. 일권파의 권경이 실린 격공권에 연달아 얻어맞고도 독인은 독장을 쏟아냈다. 마치 불사신을 방불케 하는 모습이다.

'이놈들, 사람이 아닌가?'

푸른 장영이 파고든 것과 동시, 신형을 가볍게 옆으로 비튼 진자운의 다리가 자오원앙각의 수법으로 기쾌하게 독인을 쓸어갔다. 각영의 움직임은 머리 쪽을 향했으나 실제 노리는 건 다리 쪽이었다.

빠박!

이번에는 확실히 먹혔다. 막 진자운의 머리 쪽으로 독장을 쏟아내려던 독인이 크게 휘청거렸다. 다리에 타격을 받고 몸의 중심이 흐트러졌기 때문이다.

그 짧은 순간을 진자운은 놓치지 않았다.

스슥!

왼 다리를 축으로 강하게 진각을 일으킨 진자운의 신형이 좌측으로 빙그르르 돌았다. 그저 방향을 바꾸려는 게 아니었다. 그는 발끝으로부터 일으킨 전사경으로 몸을 보호한 채 그대로 눈앞의 독인에게 돌진했다.

콰쾅!

벼락같이 파고든 진자운의 등판에 얻어맞은 독인이 마치 용수철같이 밖으로 튕겨져 날아갔다. 이미 단천뢰심강으로 몸을 보호한 진자운에게 그가 쏟아낸 청류독장의 독기는 아무런 피해도 입힐 수 없었다.

'일단 한 명!'

진자운이 가볍게 숨결을 몰아쉬었다. 급하게 단천뢰심강을 끌어올리느라 내력이 조금 달리는 걸 느꼈다. 그러나 그가 신형을 돌린 것과 동시였다.

이번에는 네 명의 독인이 동시에 진자운에게 덤벼들었다. 각기 청류독장을 잔뜩 일으키고서.

히죽!

진자운의 입꼬리가 슬쩍 치켜 올라갔다. 절정의 무공을 익힌 후 한동안 잊고 있던 막싸움 시절의 야성이 꿈틀거리며 잠에서 깨어났다.

진자운은 이번에도 자신이 먼저 독인들에게 파고들었다. 아직 단천뢰심강을 오래 사용하지 못하는 터였다. 싸움꾼의 본능으로 꽤나 위험해 보이는 독인들을 쓸어버리는 데 많은 시간을 투자할 순 없었다.

콰쾅!

다시 단천뢰심강을 몸에 두른 진자운의 파산경이 폭발했다. 바로 코앞까지 파고든 독인 한 명을 날려 버린 것이다. 그리고 다시 그의 신형이 몇 개의 분영을 만들어내며 회전했다. 파산경 전 육식이 거의 동시에 펼쳐졌다.

콰쾅! 쾅! 쾅!

파산경 전 육식이 채 끝나기도 전에 나머지 네 명의 독인들이 모조리 사방으로 튕겨져 날아갔다. 보통 사람 같으면 온몸의 근골이 몽땅 파열되어 즉사할 정도의 타격과 더불어.

그러나 파산경을 멈추고 단천뢰심강을 거둬들인 진자운은 거칠어진 호흡을 토해내다 입을 다물었다.

필경 근골이 모조리 박살났어야 마땅한 독인들이 꿈틀거리며 다시 신형을 일으키고 있었다. 마치 자신들에겐 죽음 따윈 있을 수 없다는 것처럼.

"괴물들이냐?"

나직이 중얼거린 진자운의 손가락 끝에서 흐릿한 검기가 솟아올랐
다. 박살 내는 걸로 안 된다면, 베어버리면 된다는 판단을 내린 것이
다.

『태극검해』 3권에 계속…